U0024685

馬踏天下

卷10

縱論天下

槍手一號 著

目錄
CONTENTS

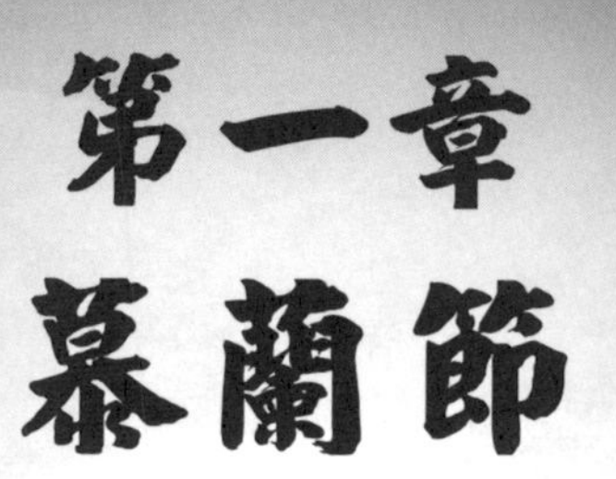

第一章 慕蘭節

「慕蘭節馬上就要到了！」伯顏道：「我已向李清大帥稟告，想在上林里號召那裡的族人舉行慕蘭節慶祝活動！」

「什麼？」肅順一驚，「伯顏大人，這樣大規模的聚集活動，只怕會犯李清忌諱，他肯定不會同意的。」

鍾靜回來，看到清風的臉色，探詢的目光看向紀思塵，紀思塵低聲地說了幾句，鍾靜恍然，此時清風看向鍾靜：「阿靜，你要跑一趟洛陽了！」

鍾靜點點頭，「小姐，需要我去做什麼？」

「你去見李老爺子，勸他離開洛陽，只要他願意走，你便在那裡運籌如何讓李老爺子離開，他老待在洛陽不是個事，對將軍來說，到時候會投鼠忌器，再說了，李老爺子那個頭腦待在洛陽可惜了，定州不久之後便要有大動作，翼州需要有人主持大局，我擔心將軍的父親和幾個叔伯會撐不住場面。」清風道。

「不會吧，無論是蕭遠山、胡澤全，還是蓋州的藍山、威遠侯、壽寧侯、翼寧侯都應當應付得過來吧？」紀思塵道。

「不是他們！」清風搖頭，「**我擔心的是興州的屈勇傑他們。**」

蓋州，獅子關。

鍾子期站在高高的山頭凝視著關下，金州的那大片土地，蓋州多山，獅子關卻是扼守這兩州邊界的一道重要關頭，擁有了它，便擁有了進出蓋州金州的通衢大道，而失去它，進入金州的大軍便斷了後路，這道關口的重要性可想而知。

「藍玉，不管出什麼事，你都要死死地將獅子關握在自己手中，你父親的數萬大軍的後路都靠它呢！」鍾子期叮囑道。

獅子關守將藍玉，是南軍大將藍山的兒子。

「放心吧，鍾叔叔，只要我還活著，獅子關就絕不會丟！」血氣方剛的年輕將領信誓旦旦地說。

不知怎麼，從這豪氣干雲的話裡，鍾子期卻聽出了濃濃的不祥味道，不由皺起了眉頭。藍山深入金州，他是持反對意見的，可惜自己很少參謀軍事，在這上面沒什麼發言權，而寧王又為眼前的大勝所迷惑，竟然看不到潛藏著的危機。

蕭遠山會這般不堪麼？一輩子都活在勾心鬥角，陰謀算計之中的鍾子期，總覺得有哪裡不對頭，但猶如一團亂麻，一時卻又找不著頭緒，也許自己該去一趟洛陽，去那裡探探風色了。

新年之前，蕭遠山調赴金州的援軍終於沒有來得及趕到，藍山不顧天氣寒冷，風雪肆虐，揮軍強攻金州城，十天之後，退守金州城的金州軍終於抵擋不住，開了西城，狼狽而逃。

金州城的陷落，代表著金州正式落入寧王之手。蕭遠山麾下大將張愛明統率的五萬援兵只能停在長陽縣，收攏自金州逃來的殘軍構築防線，長陽已經是秦州與大後方聯繫的唯一一條通道了，斷然不容有失。

藍山打下金州後，精疲力竭，再也無力發動新的攻勢，南軍停下瘋狂的進軍步伐，在金州整訓，此時胡澤全已推進到秦州城下，走出大營便可以看見秦州城高高飄揚的旗幟。

與金州接壤的翼州，隨著藍山全面占領金州，氣氛也緊張起來，翼寧侯長子李錚統率一萬精兵嚴陣以待，而自草原歸來的李鋒所統率的五千精騎也劃到了李錚麾下，一齊來到金翼邊界，嚴防藍山入侵翼州。

藍山沒有發兵翼州的意圖，但他的手段卻比兵進翼州更讓翼寧侯李思之惱火，南軍在金州將無數因戰火失去家園的流民趕向翼州方向，在金翼邊界，高達數萬的難民拖兒攜女，在關口安營紮寨，每日央求能打開關門，放他們進入翼州，以求得一條活路。

看到關口外那胡亂搭建起來的窩棚遠遠地延伸出去，陣陣酸臭的氣息隨風飄到關口，李錚和李鋒第一次為此事爭執了起來。

李鋒在定州時，曾看到定州是如何處置大批流民的，首要的一條便是要避免瘟疫的產生，像這種大量流民聚集在一起，條件極端惡劣，最易發生流行病，眼下是冬季，寒冷的天氣還可以抑制疾病的流行，但等開春，天氣一暖和起來，勢必會發生瘟疫橫行的局面。看目前的局勢，戰爭還將持續很久，邊境上的流民只會越來越多。

「錚哥，我們應當打開城門，放這些流民進來，不然這些流民會凍死餓死在外面的，一旦拖到明年開春，爆發瘟疫，便一發不可收拾了。」李鋒大聲道。

李錚是翼寧侯的長子，勇武有謀，在李清橫空出世之前，他是李氏年輕一輩中的第一人，今年剛滿三十歲的他，文武雙全，在李氏的大力栽培之下，已漸有一方豪強的霸氣。

聽了李鋒激昂的話，李錚笑道：「二弟，你著什麼急，藍山用心險惡，你看不出來麼？他雖然沒有兵進翼州，但驅趕這些流民過來，卻比他帶著軍隊過來更棘手，放流民進關，哪裡是一件簡單的事情啊，**關口一開，你知道翼州會付出什麼代價麼？**你放他們進來了，就必須要安置他們，這可不是兩三千人，而是數萬人！而且看這樣子，只怕會越來越多，**一個處置不當便會釀成大亂子的，既然如此，我們為什麼要將這個爛攤子背上?!**關外是金州，這些人死在金州的土地上，背上不仁、殘暴名義的人是藍山，是寧王，可不是我們。至於你說的明春可能爆發瘟疫，我已發文翼州城，讓父親派大量的大夫攜帶防瘟疫的藥材在過年後迅速趕到這裡來，防止到時候真的發生瘟疫，蔓延到城中。」

「那外面這些人呢？」李鋒心寒地問。

「只能任他們自生自滅了！」李錚面無表情地道：「我可沒有法子救他們！」

李鋒忍不住建言道：「錚哥，我在定州的時候，看到大哥對流民歡迎之至，大哥曾說過，**亂世之中，人是最寶貴的**，有了人，便可以耕種荒蕪的土地，可以提供源源不斷的兵源，可以繳納無數的賦稅，而我們付出的，只不過是前期一點微不足道的代價而已。錚哥，我覺得大哥說得很有道理，這是一本萬利的生意啊！」

李錚沉下臉來，對於李清，他是佩服中帶著妒嫉，這個二房庶出的弟弟做出來的事太過驚人了，以至於他只能高山仰止，自己在李氏大力栽培下，年近三十才算混出一點名堂，可這個弟弟如今已是一方諸侯，名震大楚，**世人提起李氏，立即便會說到李清；而他，李氏的長子，則被完全遺忘了。李清的光芒太過於耀眼，讓他們一個個都黯然失色。**

「二弟！」李錚冷冷地道：「定州那邊是什麼情況，我們翼州能比麼！他們有大量的土地可供流民開墾，我們呢？吸引流民進入定州，是他們一貫的政策，所以他們有一套完備的制度來保障這些流民有序進入，而我們呢？如果我們隨便打開關門，放這些人進來，不僅會害了我們，更會害了這些流民，如果這些人進來之後，發現仍然不能生存，他們會幹什麼？他們會造反，會打家劫舍，會淪為盜匪，那個時候，我們再向他們舉起屠刀麼？」

李鋒聽了，無言以對，李錚說得也有道理，但日日看著關下流民悲苦哀號，他心中又十分不忍。

「二弟，慈不掌兵，你啊，還是太年輕了，看來蠻子的鮮血並沒有讓你的心腸變硬一些！亂世之中，人命如草芥，你慢慢學吧！」李錚嘆道。

年前，中原戰場上一連串的戰事終於停了下來，看來各方都準備安生地過個好年，等到來年天氣轉暖後再來較量了，冬季風雪肆虐，這種季節也的確不適合作戰。

在北方，呂逢春終於攻下了順州，順州一失，境內困守各處關隘的曾軍立時失去鬥志，要麼開關投降，要麼棄關而逃，順州徹底落到呂氏手中。

但身在前線的呂逢春卻怎麼也高興不起來，他的閃電戰計畫完全破產了，光是順州便打了數月之久，有這麼長時間的準備，接下來的目標沈州恐怕也困難重重，看著冰雪靄靄的大地，呂逢春心情沉重之極。

今天是順州全州淪陷的日子，但曾慶豐卻沒有什麼感傷，因為就在今天，來自李清麾下的水師先遣隊平安抵達了安順港。自己的兒子曾逸凡已代表自己前往安順港，歡迎這支不遠萬里而來的援軍。

五千料的大船「出雲號」緩緩駛進了安順港口，在他的身後，是十餘艘三千料戰船，鄭之元站在高高的「出雲號」頂層上，俯身注視著安順港口那無數的歡迎人眾，心中不免充滿自豪。

曾氏少主曾逸凡豔羨地看著高大的「出雲號」，今天鄭之元為了擺譜，特地讓手下士兵都穿上了簇新的盔甲，此時，一排排的水兵排成整齊的隊列，倒背著雙手，站在船舷兩側，數層高的甲板上，一排排服裝統一的水兵傲然挺立，煞是好看。

「不愧是殲滅了勃州水師的強軍啊！」曾逸凡嘆道。

年過四十的他身體略顯肥胖，酒色過度而稍顯浮腫的雙眼卻不乏精明強幹，看到「出雲號」緩緩駛進港口，他的手猛的揮下，頓時港口裡數十架大鼓齊聲敲響，各種鑼鼓家什一齊上陣，熱鬧非凡。

曾逸凡邁開大步，從臨時搭起的遮擋風雪的棚子裡走出來，向著碼頭走去。鄭之元也率領著親兵走下「出雲號」，迎上曾逸凡。

「鎮西侯李大帥麾下，復州水師先遣隊鄭之元，見過曾大人！」鄭之元啪的一聲，行了個軍禮。

曾逸凡大笑著上前一把挽住鄭之元的雙手，鄭之元身材高大，身材較矮的他只能仰視，上下打量了鄭之元半晌，方才嘆道：「果然英武不凡，難怪一擊之下便讓鍾祥那老狗全軍覆滅，佩服，佩服啊！」

鄭之元心裡不由好笑，殲滅鍾祥，自己不知花了多少心血，跟自己英武不凡有屁的關係！更何況，自己英武不凡麼？摸摸臉，黑黝黝的皮膚粗糙刺手。

「僥倖而已！」鄭之元謙遜道。

「兵凶戰危，何來僥倖一說，鄭將軍太過謙虛了，來來來，我已在棚內略備薄酒，為鄭將軍接風洗塵。請！」曾逸凡道。

「曾大人，末將麾下士兵都還沒有吃飯，末將不敢先吃，李大帥當年定下過規矩，士兵未吃前，為將者絕不准先吃。」鄭之元笑道。

曾逸凡一愣，定州還有這個規矩！點點頭道：「鄭將軍放心，我早就安排好了，這個時候，熱騰騰的飯菜酒肉正在給戰船上的弟兄們送去，鄭將軍只管放心飲用。」

定州水師的到來，猶如一支強心劑，讓身處困境的曾氏集團振奮起來，特別是隨著水師而來的那一船船最新式的武器，讓曾氏更是雙眼發亮，改裝過後一次能射四支強弩的八牛弩，上百臺的百發弩，成千上萬的一品弓，一捆捆的破甲箭堆積在碼頭上，懂行的人只需瞄上一眼，便估計到這些箭矢有上百萬支。

定州兵器甲於天下，這是在大楚早已形成的共識，可是想大量買到定州武器卻不是一件易事，一是定州限制武器的出口，二是定州採取競價配給制，確保任何一家都不可能買得太多，現在出現在曾逸凡面前的，卻是如此之多，讓他不禁感到目瞪口呆。

「曾大人！」鄭之元撫摸著八牛弩黑沉沉的弩身，笑道：「這些可都是我們定州最新研發出來的武器，威力驚人，在我們定州，也只有一線部隊才能裝備，這一次我家大帥為了支援你們，可是不遺餘力的。」

曾逸凡感激地對鄭之元抱拳道：「我代表曾氏，代表東方數州百姓感謝李大帥的仗義援手，有了這些武器，我們擋住呂氏鐵騎就更有把握了。」

「這只是我們援助曾氏的第一部分軍械，隨後，水師主力將會攜帶更多的軍械抵達，我家大帥說了，這些物資中，一半是無償援助曾氏的，另一半嘛……」鄭之元停頓了一下。

曾逸凡心想，這才對嘛，世上哪有白吃的午餐，如果李清當真什麼都不要，反而要嚇著他了，於是立即說道：「另一半我們用真金白銀購買。」

鄭之元哈哈一笑，「這倒不必。」

曾逸凡心中一跳，小心地問道：「不知李大帥的意思是？」

「曾大人可知道，我們的船隊深入黑水洋，一路繞行到這裡，其中凶險何其大也，為了盡可能地減少避損失，我們在黑水洋深處利用海島修建基地，駐紮兵馬，以保證這條航線的安全，同時也封鎖南方水師對我們的圍追堵截，這修建基地，有些材料可以就地尋找，但還有一些就只能讓曾氏幫我們搜集了。」

「應當的，應當的！修建基地也是為了幫助我們曾氏，我們當然義不容辭。」曾逸凡一口答應。

鄭之元笑道：「我家大帥還說了，這些島上需要駐紮很多的士兵和船隊，這些人的花費……」

「我們出！」曾逸凡答應得異常爽快。

「曾大人真是爽快！」鄭之元豎起大拇指，「不過我們修建基地，人手十分不足，花數月時間才修起兩三座基地，這遠遠不夠啊，我們船上水兵很多，但這都是戰士，讓他們去扛泥包抬石塊，實在是太浪費了！」

曾逸凡這回猶豫了一下，鄭之元的意思很明顯，就是要他出人力。但如果要派人的話，修建島嶼要的可都是青壯勞力，現在曾氏也大量地需要青壯啊。

猶豫片刻，他終於還是咬牙道：「好，我為鄭大人募集兩萬強壯勞力去修建這些基地，不知夠否？」

「夠了夠了！」鄭之元眉開眼笑，這兩萬青壯勞力到手，等基地修建完，還想自己還給他麼?!到時稍加整訓，便可以讓他們成為戰士，以定州對士兵優厚的待遇，這些人只會搶著加入，他們的餉銀還可以向曾氏伸手，真可謂是一箭數鵰了。

當晚，這些軍械便被裝車運往沈州，曾慶豐也在自己府內宴請鄭之元及一干水師將領。

酒過三巡，曾慶豐擦擦嘴，含笑看著鄭之元，鄭之元也知道辦正事的時候到了，放下碗筷，向曾慶豐微微欠身。

鄭之元一放下筷子，一眾水師立即齊刷刷地放下碗筷，抬起身子，坐得筆直，看得曾慶豐眼角一陣跳，這些定州兵竟連吃飯也保持如此的紀律嗎！

「鄭將軍，不知道鄧統領何時能到啊？」

曾慶豐相當關心鄧鵬的水師大隊什麼時候能給他帶來更多的軍械武器，今天，那些聞訊趕來的部將們看到如此精良的定州武器，可都是紅了眼，當著曾慶豐的面爭得險些動起了拳頭。

「曾大帥，這要看我們深海基地修建的速度！」鄭之元微笑道：「大帥也知道，雖然我們前期殲滅了勃州水師，但登臨兩州水師加起來仍然要比我們強大，鄧總管的主力部隊必須小心防範寵軍，只有這些基地修建完了，鄧總管才能放心地趕過來而不虞有失啊！」

曾慶豐點點頭，回顧兒子道：「逸凡啊，要儘快地募集人手去替鄧總管修建基地，你親自負責此事。」

「是，父親大人！」曾逸凡躬身道。

「那鄭大人的先遣船隊也要返回嗎？」曾慶豐問道。

「曾大帥，我們水師船隻太大，只能在海上作戰，因此送達這批物資之後，我們就準備返航去與鄧總管會合，以應付南方水師可能的襲擾，不便在安順港停留太久。還得請曾大人儘快為我們招募好青壯，我們隨船將他們帶走。」

曾慶豐聽聞，道：「如此也好，不過此去，大概什麼時候才能再次到安順港呢？」

鄭之元掐著指頭算了一下，「總得到明天春暖花開時節吧！」

「這麼久啊？」曾慶豐皺起了眉頭，在心裡盤算起來。

鄭之元微笑著看著曾慶豐，其實心裡卻挺著急的，心道：曾大人，你快開口相留啊，這樣我就可以名正言順地留下部分人馬，協助你在化冰之後進入內河作戰啊！

曾慶豐心裡也在猶豫，聽了兒子的彙報，他就意識到復州水師的確很強大，戰鬥力比起自己那一點可憐的內河水師簡直是天上地下，不能相比，如果能將他們適宜內河作戰的船隻留下來，將大大增強在沈州抗敵的勝算。**但是其一，李清並沒有答應讓他的部隊直接參戰；其二，他也有些擔心引狼入室，將來呈尾大不掉之勢**，如果鄭之元主動提出要留下船隻協助作戰的話，他會立即毫不猶豫地拒絕，但看起來對方根本就沒有這個意思，反而急著要返航。

曾慶豐在心中權衡許久，放著這麼強的援兵不用，實在太可惜了，如果只留下一些水師的話，對自己的影響其實有限，便清清喉嚨道：「鄭將軍，我有一個不情之請，還望將軍海涵！」

鄭之元心中狂跳，臉上卻作詫異狀，「曾大人何出此言，我們現在是朋友，只要能辦到的事情，我鄭某人一定不遺餘力！」

曾慶豐道：「我見鄭將軍船隊中千料以下戰船頗多，想必鄧統領屬下這種船隻更是數不勝數，不瞞將軍說，我曾氏雖然也有內河水師，但戰力實在不足，多年不動刀兵，都生銹了，我想請將軍留下一部分水師，一是幫助我們抵禦敵軍，其二也可以幫我們整訓一下原有的水師！」

「啊，是這個啊！」鄭之元面露難色，「曾大人，您這可真是不情之請了，我沒有這個權力啊，只怕便是鄧總管，也不敢隨意答應您這個要求啊！」

曾慶豐聽話裡的意思好像並沒有說死，當下道：「鄭將軍，曾某也知道有些唐突，但說實話，復州水師如此龐大，少個幾十條小船也影響不大，不如這樣，你臨走之前，將這些船隻和士兵留下來，我修書一封給李大帥，坦承是我強留的，如何？」

鄭之元搖搖頭道：「曾大人，這事還得容我想想，我可不想留下幾十條船後，回到鄧總管那裡就被收拾了。」

曾慶豐趕忙道：「那是，那是，鄭將軍再多多考慮一下。來，來，喝酒，來人啊，換菜！」

深夜散席，鄭之元等人自去休息，剩曾氏父子兩人促膝長談。

曾逸凡道：「父親大人，看來這個鄭將軍是不肯留下船給我們了。」

曾慶豐意味深長地說：「**不是不肯，而是此人在向我們索要好處呢**，你沒看出來嗎，他話沒有說死，如果鄧鵬真有嚴令，他肯定會當場就回絕的。」

「索要好處？這好辦！」曾逸凡心領神會地道：「孩兒馬上去辦。」

「嗯，不要小氣，這幾十條船和數千名訓練有素的士兵對我們的幫助可大了！」曾慶豐囑咐道。

待鄭之元回到自己的臥室時，立時便呆住了，大床上端坐著一個千嬌百媚的女子，如此冷的天氣，卻只穿著薄紗，屋子正中的大桌子上，則放著滿滿一盤的金銀珠寶。

外面響起急促的敲門聲，拉開門，一名部將便急急地道：「將軍，屋裡有女人啊，還有銀子！」

鄭之元呵呵一笑，「人家好意安排了，你們不去享受，巴巴地跑到我這裡來幹什麼！」

眾人大喜，有了將軍的吩咐，大夥兒可就明正言順了，所謂從軍三年，老母豬也能看成貂蟬，更何況房中那是貨真價實的美女，當下歡喜地一哄而散，急急地奔回自己的房間。

曾逸凡聽到下人的彙報，鄭之元一群人並沒有拒絕自己的安排，心裡一塊大石頭終於落下了地。

天色放亮，鄭之元便爬了起來，將身邊的那個女人打發走，穿戴整齊後走出房門，看到一眾部下仍是房門緊閉，重重地咳嗽了幾聲，返回房中。

約莫半刻鐘後，房門外傳來陣陣腳步聲，部將一個個跨進門來，臉上皆是滿足的神色，鄭之元掃了眼眾人，問道：「昨夜過得還快活？」

眾將都笑道：「多謝將軍！」

鄭之元哈哈一笑，「這是人家曾大人的美意，謝我做甚麼？美女享用過了，但這些東西可是要上交充作軍費的，你們有意見麼？」他指著面前的金銀珠寶。

「沒問題，沒問題！」眾人七嘴八舌地道。

鄭之元接著道：「好了，接下來說正事，江漁，你的部隊留下來，協助曾氏作戰。」

江漁霍地應道：「謹奉大人之命。」

「你知道該怎麼做麼？」鄭之元問。

「明白！」江漁點點頭：「進入曾氏境內後，第一件事就是要繪製內河的航道圖樣，弄清沿岸這些地方的具體情況，在作戰的同時，在這些沿河區域大力發展自己的地盤，直至完全控制這些內河航道。」

「不錯。」鄭之元滿意地道：「你率領十條千料戰船留下來，隨後我會派出更多的船和人加入你的隊伍，北方呂氏根本沒有水師，所以你在內河不大可能發生大規模的水戰，主要還是登陸作戰襲擾對方而已，幹這個你算是老手了，膽子要大，心卻要細，明白了麼？」

「多謝大人指點！」江漁拱手道。

「還有，你在這裡，像昨天這種事恐怕會天天遇上，你記住了，溫柔鄉是英雄塚，想要做出一番事業來，就給我把持定了。」

江漁凜然道：「將軍放心，我把持得住，從今天開始，江漁便又要開始做和尚了！」

眾人不由大笑起來。

鄭之元的船隊要走了，歡送宴上，曾慶豐笑容可掬地問道：「鄭將軍，昨天我說的那事……」

鄭之元會意地道：「曾大人，這次我們來順安港，一路上不少船隻受損，需要檢修，不得不留在順安港，還請曾大人多多照拂啊！」

曾慶豐撫鬚道：「無妨，無妨，不論停留多久都可以！」

「江漁，你留下來負責這些船隻的檢修，有事多多向曾大人請教，要服從曾大人的命令，不得造次，明白麼？」

江漁站起來，向曾慶豐行禮道：「江漁見過曾大人！」

「出雲號」拔錨起航，船隊載走了兩萬精壯，駛向茫茫的大海，十數條千料戰船則靜靜地停在港口裡，只等天氣轉暖，化冰時節，便駛入內河作戰。

臘八一過，定州城裡人流明顯比以前翻了幾倍，街上人群摩肩擦踵，或挑擔子，或背背簍，四里八鄉的人都湧進了定州城，開始採辦年貨，準備過年。

與往年相比，今年定州城裡多了不少蠻族的店鋪，大都以銷售皮貨為主，說起蠻族人硝製獸皮的手藝的確是高人一籌，製出來的皮革柔軟舒適，一看便知是上等貨，在定州城供不應求。

外城最大的一家皮貨店，是蠻族大貴族景頗開設的，別看這傢伙老態龍鍾，但心眼兒卻著實靈動，孫子景東現在又是定州駐守室韋區域的重要將領，在大將關興龍麾下效力。

在這間店的對面，肅順則開了一家草原風味的酒樓，三層高的門面頗為雄偉，整個酒樓占地數畝，是外城中數得著的高檔次酒樓，因為風味獨特，生意極好，往來的客商來到定州，大多會來這家酒樓嘗嘗草原的風味。

正宗的馬奶酒、青稞飯、烤全羊等草原特色菜肴，酒樓內還每日表演各類風格的歌舞，沒用多長時間，這家酒樓便聲名鵲起，生意十分興隆。

進入這家酒樓，穿過大堂，走入後院，眼前便是一亮，寬闊的庭院內大樹掩映，雖然被厚厚的積雪覆蓋，但這些特別修剪過的松柏傲然挺立著，白茫茫一片中探出一點翠綠，幾株梅花正自吐蕊，淡淡的芳香縈繞在鼻間，五彩石鋪就的彎曲小徑兩邊，各式帳篷櫛比鱗次，單是包下這樣一座帳篷便要花上十兩銀子，算上酒菜、歌舞，沒有數十兩銀子不行。

相比大楚內地各大城市都在實行宵禁政策，定州城在數年前就取消了宵禁，使定州城完全成了不夜城，此時雖已三更，但酒樓內仍是人聲鼎沸。

「肅順，看不出你還真有做生意的天賦啊，可算是日進斗金了！」帳篷內，伯顏把玩著酒杯，兩眼盯著中間跳著舞的舞女說道。

這間帳篷內，伯顏、肅順、景頗、祈玉等人赫然在場，只有諾其阿尚在軍中，沒有出席。

肅順嘿嘿一笑，「伯顏大人，除了做做生意，現在我們還能做什麼呢，總不成整日待在府中飲酒作樂，坐吃山空吧，我總得為兒孫們找一個營生啊，景頗老爺子，你說我說得對不對？」

景頗摸了摸花白的鬍鬚，點頭道：「是啊是啊，總得找些事做，不然可把人悶壞了。說起來，這皮貨生意的利潤居然如此之大，以前我們吃了那些奸商的虧了，他們居然將價錢壓下一倍之多，哼，現在我自己來做，讓這些奸商們喝西北風去吧！」

伯顏移居定州已經一年了，他不得不承認，在招攬人心上，李清的確高明，數十萬內遷的蠻族百姓，如今日子還算過得滋潤，特別是以前那些最低層的蠻族人，比起當年在草原上，日子不知好過了多少，不僅有自己的房屋，土地，更學會了中原人的農耕之術，加上這些人本就擅長養殖，只要勤勞一些，便可過上富足的生活。

加上一連串的措施，如賦稅，他們每年只需繳納定州人應繳分額的三分之二，在蠻族聚居的上林里，有大量開辦的學堂免費讓孩子入學，如今的蠻族人可算是樂不思蜀，開始安心地經營自己的小生活了。

面對此情此景，伯顏有心無力，只能眼睜睜地看著李清一步一步地同化著草原各部落。

他敲敲桌子，讓那些舞女退下，看著帳內眾人道：「各位，今天我將各位找來，是為了商量一件大事的。」

眾人都安靜了下來，一齊看向伯顏。

「慕蘭節馬上就要到了！」伯顏道。

眾人都是臉色一變，一想起往年慕蘭節那盛大的景況，都不由黯然神傷，這種盛景只怕不會再現了。

「往年的慕蘭節，參加者都是數十萬人，今年恐怕咱們只能在自己家裡過了！」肅順低聲道。心裡卻在盤算著如何利用這個節日，在酒樓裡舉辦一系列的活動來吸引顧客。

「我已向李清大帥稟告，想在上林里號召那裡的族人舉行慕蘭節慶祝活動！」伯顏淡淡地道。

「什麼？」肅順一驚，「伯顏大人，這樣大規模的聚集活動，只怕會犯李清忌諱，他肯定不會同意的。」

伯顏笑道：「正是要他不同意，我已將消息散布了出去，上林里的族民們可都盼著這一天啊，**如果李清不允許，那正好，讓族民們看看，他到底對我們如何，是不是像表面上這麼信任，這麼毫無保留！**」

肅順心裡一顫，低下頭，沒有作聲。

此時，在鎮西侯府，李清面對著伯顏這一要求，也有些犯難，蠻族歸化不久，野性未除，懷念舊主之人大有人在，如此大規模的聚集活動，一旦有人煽風點火，便極易生出事端，萬一出事，除了舉起屠刀之外，還真沒有什麼別的好辦法，然而一旦舉起了屠刀，自己這一年來的心血可就白費了。

「召駱道明回定州議事，請尚先生、路大人和清風司長過來！」李清吩咐道。

「此事萬萬不可！」尚海波反應十分激烈。

「此事大有風險！」路一鳴也是連搖其頭。

清風垂頭，不知在想些什麼，但很明顯，她沒有表態便是表態了，顯然也不大贊成這件事。

李清看向駱道明，「駱大人，你是上林里主官，說說你的看法。」

駱道明看了眼其他三人，欲言又止，憋了半晌道：「下官沒什麼主意，全聽大帥及各位大人作主。」

李清看到他的樣子，怒聲道：「駱大人，你現在是東都護府都護，治下百姓數十萬，大都是蠻族，如今你可不是當初的區區信陽知縣了，是我定州坐鎮一方的重臣大員，什麼叫沒主意，沒主意我讓你去坐鎮上林里，難道我看錯了人麼？還是你心裡有什麼見不得光的東西？」

李清極少對手下文臣如此疾言厲色，聽到李清的斥責，駱道明臉上滲出一層密密的汗珠，跪倒在地，連聲喊道：「卑職知罪！」

李清哼了聲，「知罪！你知什麼罪了？」

「大人委我重任，我卻推諉責任，不能勇於擔事，只知逢迎上官。」

此話一出，尚海波與路一鳴也有些坐不住了。

「你起來吧，對於這次慕蘭節，你有什麼看法，不妨直言，能辦也好，不能辦也罷，你是上林里主官，最有發言權，說出個道理來！」李清道。

駱道明沉思片刻之後，接著堅定地說道：「大帥，下官認為，**能辦，而且必須辦！**」

「哦，這是什麼道理？」李清感興趣地道：「剛剛尚大人與路大人都擔心會有風險，你說說為什麼能辦，而且必須辦呢？」

「是，大帥！」駱道明清清嗓子，稍微理了下思緒，道：「大帥，我定州治理蠻族重在歸化，重在收心，慕蘭節是蠻族最重要的節日，與我漢人過年一般，蠻人盼望慕蘭節，便如我等盼望年節一樣，今年是蠻族歸化的第一年，如果我們禁止他們舉辦，將會使剛剛穩定下來的蠻人情緒重新波動，我們前期的投入和努力都將打了水漂。即便他們不敢異動，但怨恨埋在心中，這種怨恨日積月累，一旦爆發，就會成滔天之勢。到了那時，我們除了舉起屠刀，還有何法！不是更為可怕麼！既然如此，當初我們在草原上將他們殺個一乾二淨豈不更簡單？如今我們為了收服他們，投入大把的銀子，還沒有見到什麼回報呢。」

尚海波反駁道：「正因為慕蘭節重要，我們才不能讓他們辦，數十萬人聚集起來，狂歡數天，這期間，只要有有心人稍加挑撥引導，或給奸人利用，便是一場血光之災，我們讓蠻人歸化，首先便要讓他們移風易俗。」

清風道：「尚先生，想要讓蠻人忘記慕蘭節，恐怕不切實際，當初我被擄去草原之時，曾見過在草原上已度過半輩子的奴隸，每當年關之時，也總要悄悄地慶祝一番，將心比心，這些蠻人恐怕也是如此，與其讓他們偷偷地來，不如引導他們公開慶祝。」

見到清風支持自己，駱道明精神大振，道：「清風司長說得對極。」渾然沒有注意到在座其他人的神色都很怪異。

李清知道，**被蠻人擄去是清風心中永遠的一根刺**，最忌諱有人在她面前提起這段，但現在她居然自己主動說了出來，**難道清風已經解開了這個心結麼**，李清欣喜地想道。

清風似乎沒有看見他人的神色，說完，神態自若地端起茶杯，輕輕地啜了一口，合上杯蓋，叮的一聲，這才將幾人的注意力重新拉回到駱道明的陳述中。

「蠻人聚集上林里，有了房屋，分了田地，逐漸安居樂業，就我看來，蠻人也不是天生就愛搶劫擄掠，實是草原上生存環境惡劣，蠻族貴族又盤剝極狠，除了上戰場奪取戰利品外，他們沒有什麼其他的營生，但現在不同了，不需要動刀子拼命流血，就可以過得很好，這些蠻人如今學會了農耕，加上皮貨買賣，一年下來的收入比起僅僅農耕的定州人要好得多，他們還會造反麼？不會的。我在上林里一年，看到的是這些蠻人滿足的樣子，他們很享受現在的生活。」

李清聽了道：「你說得有道理，但尚先生所言也不得不防，這些蠻人中，總有人刻意想挑起漢蠻爭端，現在正是敏感時期，稍一不慎就有可能前功盡棄！你如何防備這種情況發生呢？」

駱道明不由語塞，「這……」

清風清脆的聲音響了起來：「將軍，這件事其實很好解決。我們可以將蠻人分成三個層次，第一層，是像伯顏、肅順這樣的大貴族，他們處在嚴密的監控之中，很難有什麼作為，所以他們挑起事端的可能性極少，像伯顏提議舉辦慕蘭節，我認為他更多的是在試探我們對蠻族的態度。

「第二層則是駱大人所言的那些最底層的牧民，這些人歸化之後，日子比以前好得太多，所以他們對現實是滿足的，想平平安安過日子，這些人也不用擔心，我們需要防備的是第三種人，也就是以前那些蠻族小貴族，小頭領。

「這些人依靠大貴族生存，我們打敗蠻族，剝奪了大貴族們的特權，但大貴族們的財產我們分毫未動，財產保全令讓這些大貴族們仍然可以過著優裕的生活，但那些依附大貴族的人就不同了，他們失去了生活來源，又不願意像那些低層牧民那般去辛苦勞作，所以這些人最渴望出亂子，最渴望回到從前的那種生活中去，是以，我們如果真要舉辦慕蘭節，要防備的便只是這些人。」

尚海波哼了聲：「這些人何其多也，我們又怎麼做到萬無一失？」

清風嫣然一笑，「尚先生，您忘了清風是幹什麼的嗎？在這些人中，又可以分成幾種，有心無膽的居多，有心又有膽的卻沒有幾個，早在我們控制之中，只要這些人稍有異動，我們隨時可以將他們拿下。」

「既然如此，那我就可以打包票了！」駱道明拍手笑道：「如果清風司長保證安全沒問題，那上林里完全可以舉辦一次盛大的慕蘭節，讓那些蠻人進一步體會到我們定州的博大胸懷。」

李清點頭表示贊同，「舉辦慕蘭節可要花不少銀子，你們上林里能出多少？」

駱道明道：「這個大帥不用擔心，我已經想好辦法了，此事既然由伯顏等人提議發動，說不得下官要去找他們打打秋風了，下官準備搞一個慕蘭節籌委會，將這些大貴族拉進去，一是便於就近監視，二來呢，也方便找他們討銀子，再說，我認為，慕蘭節本身就是可以賺錢的嘛，我還指望從中撈一筆呢，如此一來，明年的義學就不用都護府另外出錢了。」

李清目瞪口呆地看著駱道明，心道**這個人真是個天才，居然能想到利用慕蘭節來賺錢，自己倒要看看他如何賺出真金白銀來！**真讓他搞成了，這個人就用對了，並且可以大用，現在的讀書人中，有這種頭腦的人可是極少。

「大帥，雖然清風司長對安全打了包票，但小心駛得萬年船，上林里和撫遠的軍隊仍然要進入一級戰備狀態，以防萬一出現事端。」

尚海波小小地給清風挖了一個坑，清風何等精明，尚海波話一出口，便讓她給聽了出來，但她只是嘴角牽動了一下，露出一絲冷笑，似乎絲毫不在意尚海波在大帥面前給自己下的這個套。

路一鳴當然也聽出來了，只有駱道明興奮之餘，沒有注意到就在剛剛簡單的幾句話中，廳中的幾位大人物已是電閃雷鳴般地交鋒一次了。

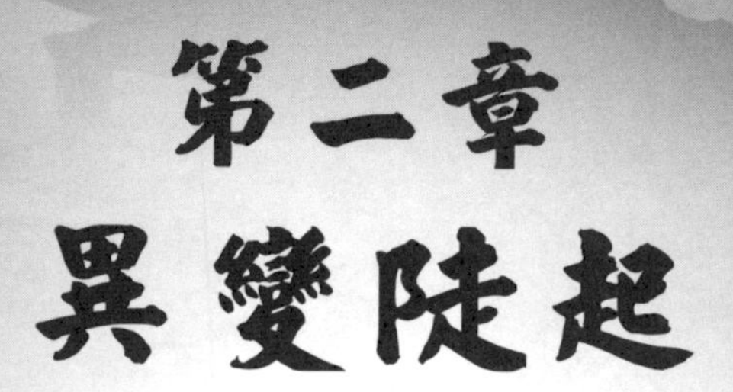

第二章 異變陡起

傾城走在前面，霽月落後半步，順著臺階拾級而下。誰知走到一半時，異變陡起，本來走得好好的霽月忽然一個趔趄，身子突然向前倒下，扶著她的巧兒大驚之下沒有抓住，霽月便重重地摔了下去，身後一群丫頭媽子登時大亂。

伯顏萬萬沒有想到，就在自己提出要舉辦慕蘭節後的第二天，便得到了肯定的答覆，上林里都護駱道明親自上門，禮聘他為此次慕蘭節籌委員的委員之一，與他一齊名列其上的，自然少不了肅順，祈玉，景頗等人。

能舉辦慕蘭節自然讓人高興，但伯顏卻怎麼也高興不起來，李清的舉動實在大出他的意料之外。**李清，你當真有如此博大的胸懷麼？你當真不擔心會出事麼？你當真如此信任一年前還在與你生死搏殺的蠻族人麼？**

駱道明笑嘻嘻，一切盡在掌握中的神態讓伯顏更是感到不舒服，更何況，在籌委會中還有一個他絕對不想見到的人——紅部富森，也赫然是委員之一。

在定州人看來，上林里都護駱道明大人實在是一個斂財的好手，而在李清眼裡，他卻實實在在是一個難得的能員，搞經濟的一把好手。慕蘭節還沒有開張，他就已將大把的銀子實實在在地摟進了懷裡。

先不說他從那些蠻族大貴族那裡刮來的銀子，這只能算是小頭，雖然舉辦慕蘭節，這些貴族們拿錢也爽快，但哪裡比得上駱道明的手段！他將上林里自撫遠之間設下了十個會場，上林里為主會場，每個會場按位置的好壞，明碼標價設置廣告區，然後大義凜然地聲稱是為了幫商家提高知名度。

與此同時，駱道明派出大量人員到處宣揚慕蘭節的妙處，什麼叨羊大賽、蠻族歌舞等等，總之，如何吸引人，他派出的人便如是說。手下吏員不夠用了，便跑去找楊一刀，從軍中借來一群能說會道的軍士，換上便裝，跑到撫遠及定州城裡四處宣傳，數天之內，慕蘭節便成了熱門焦點，四處都在議論紛紛。

「喂，黃四，聽說了麼，上林里那個慕蘭節要開張了！」一個攬工的漢子大聲招呼著同伴。

「聽說了，能不知道麼，現在城裡都在說這個呢！」黃四沒好氣地說。

「黃四，我可聽說了，蠻族女子都豪爽得很，像你這種光棍，不妨去碰碰運氣，說不定能討房媳婦回來！現在本地女子娶不起啊，不但要房子，還要銀子，你老哥是運氣好，早早就娶了老婆，你可就不行囉。」

黃四懊惱地道：「誰說不是呢，前幾天隔壁阿娘給我介紹一門親事，上得門去，沒說三句話就被趕出去了。」

「哪三句？」

「在城裡有房子麼？」「沒！」

「有正式工作沒？」「街上攬工的！」

「那還找什麼媳婦？」

那漢子聽黃四說完，笑得打跌，「黃四啊，大帥啥都好，可這城裡的房價未免漲得也太快了，大帥也不管管。我說你啊，找本地女子那是沒戲了，不妨去上林里碰碰運氣，我聽說那慕蘭節也是蠻族女子尋找如意郎君的日子，真讓她看中了，倒貼也願意嫁給你啊！」

「你當小弟沒動這個心思麼，可那駱大人說了，慕蘭節是蠻族人的節日，不是蠻族人，進去是要付銀子的，這門票如今可是漲到五兩銀子一張了，小弟我運氣不好，手裡的一點銀子前幾天跟人賭錢輸個精光，想進去也沒門了。」

「這個駱大人真是棺材裡伸手，死要錢，這樣吧，我手裡還有三兩銀子，你再去借借，去碰碰運氣吧！」那漢子倒很是豪爽。

黃四大喜，「老哥哥，如果我真找著了媳婦，銀子我加倍還你。」

「黃四，可說清楚了，你找不著媳婦這銀子也得還我，你當我藏幾個零花錢容易麼？」

「那是自然！」

清風講這個故事給李清聽時，險些把李清笑翻在地。

「清風，這是你編來逗我開心的麼？」

「這可是真的！」清風笑道：「我一個手下將這事當笑話在衙門裡講，我聽著也覺得開心，你說這駱道明也真是的，先找伯顏、肅順他們敲了一筆，然後又找商家敲了一筆，臨末，還不忘搞什麼門票，再狠狠地撈上一票，現在這票價可是漲了好幾倍了，輕易還搞不到手呢！」

李清笑道：「尚先生他們怎麼說？」

「聽說尚先生沒怎麼說話，倒是路大人吹鬍子瞪眼，斥責駱道明有辱斯文，是斯文敗類什麼的。」

「駱道明不錯，能想出這些個點子，說明此人實在是天縱其才，好傢伙！清風，這駱道明搞經濟的確是一把好手，輕輕鬆鬆地就賺了大把銀子進口袋。」

清風掩嘴嬌笑道：「這可不行，我們統計調查司為了安全，投入了大批的人力物力，駱道明只顧自己發財，也不可憐可憐我們，回頭我得找他討要一些辛苦費才是。」

李清大笑，「駱道明還是不夠機靈啊，要是換個人，早將銀子給你送上門去了。」

兩人正說得開心，門口突然出現一個人，笑道：「什麼事說得這麼開心啊？能不能讓我也高興高興啊？」

聽到這突如其來的聲音，清風的笑容立即斂去，從座位上站了起來，向來人微微欠身，道：「見過傾城公主！」

傾城公主已有六七月的身子，在兩個宮女的服侍下，慢慢地走過來，「大帥！」

李清點點頭，「今兒怎麼出來了?快坐下吧，別累著了！」

傾城坐在李清的一側，看著清風道：「清風妹妹，剛才你和大帥說些什麼呢，如此開心，能不能讓我也開心一下?」

清風道：「公主見笑了，不過是些市井俚語，難登大雅之堂，不敢有辱公主視聽，將軍，我還要去巡視一下慕蘭節的保全，就先告退了！」向兩人行了一禮，轉身離開。

傾城看著清風優雅的背影，心裡驀地冒出一股火來，聽清風叫李清為將軍，她便忍不住心頭火大，在定州，叫李清為將軍似乎成了清風的特權了。

「今兒個出來，有什麼事嗎？」李清關切地問道。

「我聽說過兩天在上林里要舉辦蠻族的慕蘭節，我長這麼大了，還沒有看過這種節日呢，想請大帥那天帶我過去！」傾城笑道。

李清有些遲疑，「你身子這麼重了，天氣又寒冷，定州城離上林里又很遠，不大好吧？」

傾城伸手拉住李清的衣袖，央求道：「駙馬，我要去嘛，你知道，我從小習武，身子骨強得很，一點風雨怎麼能奈何得了我？」

傾城難得撒嬌，李清不好再拒絕，「好，但那天你可得穿厚一點，外頭風雪大，可千萬凍不得的。」

與此同時，在桃花小築裡，霽月也聽說了慕蘭節的盛況，她在桃花小築中悶得久了，靜極思動，便想去看看這一年一度的蠻族盛大節日。

「劉強，你去跟大帥說，我要跟他去上林里！」霽月道。

劉強嚇了一跳，霽月夫人最多還有一個多月就要臨盆了，這個時候大帥怎麼會讓她出去！

「夫人，恆神醫說了，您的產期就在一個月後，這段時間一定要注意休養，大帥怎會同意讓您冒著如此大的風雪去上林里?!」

霽月歪著頭想了片刻，點頭道：「說得也是啊！」

劉強大喜，以為霽月放棄了這個不切實際的想法，哪知道霽月接下來一句話讓他徹底傻了眼：

「那我就自己溜出去，劉強，我們先偷偷走上一半路，然後在路上等著大帥，你說那時候，大帥總不能再趕我回來了吧，還不得帶我去?!」

劉強苦著臉，心道：「那道是，不過我可就慘了，您沒事的話，我也得屁股開花；您要是有個三長兩短，我這腦袋瓜子可就要搬家了。這可不行，得讓人去稟告大帥，讓大帥制止霽月夫人胡來！」心裡拿定了主意，臉上便輕鬆起來。

「既然夫人拿定了主意，那卑職就下去做準備！」劉強順勢道。

霽月纖纖食指伸到了劉強的鼻子下，瞇著眼道：「劉強，如果這事讓大帥知道了，哼，你可不要怪我收拾你。我知道你在想什麼，你想下去之後便派人告訴大帥是吧？你要是敢這麼做，哼哼！」

霽月威脅地說：「巧兒，你安排人給我將他們盯緊了，這幾天，所有侍衛一個都不准離開桃花小築！」

劉強又傻了。

李清不知道桃花小築裡的這一幕，但清風卻知道得清清楚楚，聽到從桃花小築裡傳來的消息，清風沉默半晌。

鍾靜急道：「小姐，霽月小姐馬上就要臨產了，出去太危險了，還是去攔下來吧！」

清風搖頭：「不用，只需小心些便好，虎子不是說傾城公主也要去麼，到時候便讓恆神醫也跟著，就以照顧公主的名義，有他在，霽月出不了什麼事的。」

「小姐，您不去上林里麼？」鍾靜問。

「我不去了！」清風閉上眼，「慕蘭節是我的夢魘，讓紀思塵去主持一應事務吧，鍾靜，過了年，我們兩人一起去洛陽。」

「小姐，霽月小姐馬上就要生了，您在這個時候離開定州？」鍾靜遲疑地道。

「我在與不在又有什麼關係？」清風緩緩地道：「**我總有種感覺，在洛陽有什麼人在等著我**。再說了，我也想見李老爺子一面，屈勇傑的事我要當面向他討教一番，也許他瞭解了所有情況之後，會給我一個很好的答案。所謂人老成精，像李國公這樣的人，吃的鹽比我們吃的飯都多，我們想不通的事情，在他那裡也許簡單得很！」

鍾靜點頭道：「我明白了，把王琦他們帶上吧，興許用得著！」

「這些事你去安排就好了！年後我們就走！」

臨出發的這一天，天公也似乎很作美，斂去了風雪，多日不見的太陽慢吞吞地從雲層中鑽出來，懶洋洋地將微不足道的一點熱量灑將下來，光線射在凍得結實的積雪上，明晃晃地讓人睜不開眼。

定州城內，馳道兩邊的大樹上，偶爾有枝條承受不了積雪的重壓，搖晃幾下，將厚厚的積雪傾倒下來，一片雪粉便簌簌而落，鑽進下面正在走路的人的脖領裡，冷颼颼的，旋即又化成細細的水線，沿著脊梁流將下去，引起陣陣歡笑。

街道上，孩子們快活地打著雪仗，雪團飛舞，不時有人被擊中，哎喲的叫喚聲不絕於耳，但卻愈挫愈勇，有人實在被打痛了，號啕一會兒，在同伴的嘻笑中，抹乾眼淚，亦是加入了戰場。街道兩邊被堆出無數的雪人，更有一些商鋪腦筋動得快，用雪堆出各種惟妙惟肖的造型，以此來吸引路人。

李清的儀仗隊走過街道，隔著車窗看著這幅太平景象，臉上洋溢著滿足的笑容，曾幾何時，定州還是一片兵荒馬亂的景象，人人朝不保夕，現在在自己的努力下，定州已成為整個大楚世外桃源一般的地方。

見到李清的車隊，路上的行人趕緊回避，車隊所過之處，人們一個個抱拳一揖到地，連孩子們也停止了嬉戲，整齊地站在街道兩側，靜候著車隊過去。

「這些孩子們站得真整齊！倒似軍隊一般！」馬車中，傾城公主訝然地道。

李清不在意地道：「這沒什麼，這些孩子都在定州的義學中上學，義學是不收學費的。每天還給學生提供一頓午餐，在義學中，除了讀書認字之外，還進行一定的軍事訓練，由退役的士兵擔任教官，等他們長大了，需要他們入伍的時候，便可以省下不少訓練的功夫，很快就能上手。」

傾城公主啊了一聲，顯得很是驚訝，這一年多來，她一直深居簡出，對這些事瞭解的不多，「這是今年才開始的麼？」

「當然！」李清點點頭，「以前有心也無力啊，一直在打仗，哪裡能顧得上這些，現在不打仗了，財力上也寬裕許多，就有時間和精力來做這些！」

李清指指那些孩子，朗聲道：「他們是定州的未來，我要培養的是允文允武的下一代，把書讀呆了不成，以粗魯為傲更不行。」

傾城笑道：「你就肯定這些孩子將來個個都能成為定州的頂梁柱？比起那些世家豪門培養下一代的手法，你這個法子顯得粗陋了些！」

李清哈哈大笑：「我這是廣種薄收，定州如今下轄數百萬百姓，小孩子不說多，幾十萬總有吧，這些人當中，只要有百分之一，甚至千分之一能成為頂梁柱就夠了。」

「那與你的投入相比，豈不是要虧大本了？」傾城怪道。

李清搖頭：「你錯了，怎麼會虧本，這幾十萬孩子雖然不可能都成才，但個個都知書識禮，做到這一點就賺了！十年樹木，百年樹人，教育的普及是一個漫長的過程，眼下巨大的投入也許到幾十年甚到上百年後才會結出豐碩的果實，也許你我是看不到了，但我卻有信心我們的後人總能看到這一天，前人栽樹，後人乘涼，大概就是這個道理吧！」

聽到李清意味深長的一番話，傾城默然無語，這些話，在她前幾十年生涯中，從沒有人對她講過，皇帝哥哥沒有，那些教自己讀書識禮的大儒們也沒有。她一雙妙目凝視著李清，手緩緩地撫著高高隆起的肚腹。

「怎麼了，有什麼不舒服麼，要不要叫恆神醫過來瞧一瞧？」李清問。

傾城搖搖頭，「沒什麼，只是心生感觸而已，前人栽樹，後人乘涼，你這話說得好，我們做父母的，的確要將樹都栽好了，好讓我們的孩子將來能省心一點！」

想到父皇留下一個爛攤子，皇帝哥哥心力交瘁，食不知味，夜難安寢，苦心操持，但終究難以回天，不明不白地就死了，心裡不由一陣難過，眼裡頓時蓄滿了淚水，又怕李清瞧見，別轉頭，假裝去欣賞車外的雪景，偷偷地將眼淚擦掉。

說話間，車隊已出了城，向上林里方向沿著馳道前行。

這幾天，這條通往上林里的馳道人滿為患，大批的人流湧向這個方向，大都是買了門票準備去湊熱鬧的定州人，更有許多商戶，趕著馬車，帶著貨物、招牌急如星火地去布置。

因為車隊裡有傾城，所以車隊行駛的速度很慢，估計要到中午時分才能趕到撫遠，夜裡才能達到上林里，這還是李清車隊享有特權，一路上所有車輛行人都要讓路的結果，其他人恐怕會到得更晚。

馳道兩邊不時會看見身著衙門公服的差役在路中巡邏，預防有什麼爭端或事故出現，看到人流雖眾，但一切都有條不紊，李清不由讚道：「路一鳴辦事果然滴水不漏。」

中午時分，終於看到撫遠高大的城牆。

平蠻之後，撫遠作為抵抗蠻族的最前線的功效已經喪失，但李清在撫遠依然駐紮了一個營的兵力，其目的不言而喻，在撫遠與上林里之間便是蠻族的聚居地，二十餘萬蠻族便分布在兩者之間數百多公里的土地上，而且在撫遠，還有對定州至關重要的宜陵鐵礦、匠師營等重要設施，一點也不能輕忽。

駐守撫遠的將領魏鑫和撫遠縣令阮方宇早已迎出數里路，此時正站在道路旁，恭敬地迎候著李清一行人。

李清跳下馬車，含笑走到老將魏鑫面前，拍拍他的肩膀，「老魏，有段日子沒見了，在撫遠過得怎麼樣？」

魏鑫感激地一笑，山羊鬍子一翹一翹地說：「多謝大帥關心，末將現在舒服得很，就是太舒服了，反而有些不自在，沒仗打的日子更難熬。」

李清哈哈一笑，「你這傢伙，年紀一大把了，還和小夥子一樣血氣方剛，放心吧，只要你身體沒問題，總有你大顯身手的時候！」

魏鑫眼前一亮：「大帥，末將雖然年近六十了，可仍是大碗吃肉，大碗喝酒，打起架來，多少小夥子都不是我的對手。如果有仗打，大帥可不能將我忘了！」

李清大笑點頭。

看到魏鑫與大帥如此熟絡，一邊的撫遠縣令阮方宇眼中露出豔羨的光芒，但他自知無法與魏鑫這等大帥的老部下相比，因而向前跨出一步，行禮道：「撫遠縣令阮方宇，見過大帥！」

李清點點頭，「阮方宇，我記得你，你和魏將軍配合得不錯，治理撫遠也卓有成效，任如清和許小刀都曾經和我說過你，很不錯！」

阮方宇又驚又喜，「這是下官的本分。」

李清點點頭，「能做好自己的本分便是一個好官了，行了，有什麼事我們進撫遠城再說吧，夫人身子重，不耐在城外久待。」

魏鑫與阮方宇兩人臉上卻露出奇怪的神色，阮方宇看看魏鑫，抬抬下巴，又衝他擠擠眼，好像在催促魏鑫什麼，魏鑫有些遲疑，欲言又止。

李清看得奇怪，不由問道：「你們兩人還有什麼事嗎？」

魏鑫吞吞吐吐地道：「大帥，這個，撫遠城裡現在……現在……」

「什麼事，撫遠怎麼了，難道有什麼不方便讓我進去的事麼？」李清話中已帶有一絲怒意了。

「不是！」阮方宇吞了一口唾沫，「**霽月夫人現在正在撫遠城裡！**」被李清一瞪，阮方宇也顧不得讓魏鑫來說這事了。

「你說什麼？」李清簡直不相信自己的耳朵，「你說誰在撫遠城裡？」

魏鑫支吾地道：「大帥，今天上午霽月夫人在一隊侍從的護衛下到了撫遠城，說是在這裡等大帥，要隨大帥去上林里！」

「胡鬧！」李清勃然大怒，「她現在什麼狀況，還能這樣長途奔波？不要命了麼？」

魏鑫與阮方宇兩人看到李清發怒，都低下了頭，不敢作聲。

「走，還愣著幹什麼？去撫遠城。」李清氣哼哼地道：「這個小丫頭，當真是無法無天了！看我怎麼收拾她！」

院門打開，李清滿面怒氣地出現在門口，正在院子裡警戒的劉強等數十名侍衛看到一臉怒色的大帥，嘩啦一聲，齊刷刷地跪倒在地，李清看也不看他們一眼，直奔上房。

唐虎緊跟著走進院子，見到劉強，氣得一腳便將他踹翻在地，「混帳東西，這麼大的事，居然不知道吭一聲，要是出了什麼事，你吃罪得起麼？」

房內，霽月正坐在小桌前，捻著一枚點心品嘗著，「巧兒，這點心做得倒蠻精緻的，滋味也不錯，你也嘗嘗！」將一枚點心遞到巧兒的面前。巧兒則有些魂不守舍，不時地抬眼看著大門。

吱呀一聲，門被推了開來，李清黑著一張臉出現在門口，巧兒頭一低，趕緊跪倒在地。

霽月則是一臉的驚喜，扶著桌子站起來：「大哥，你終於來了，我可等了你快一個時辰了！」

一腔怒火衝進來的李清，本來是準備大動肝火的，但一看到霽月那張驚喜的臉蛋，那高高隆起的肚腹，和扶著桌子艱難站起來的樣子，一肚子的火一下子便去了一半。

「你怎麼這麼胡鬧？」走到霽月面前，盯著她道：「現在是什麼時候，你居然敢偷偷地跑出來，要是有個什麼差池，可怎麼得了？」

轉頭看著一邊的巧兒，劈頭罵道：「還有你們，夫人胡鬧，你們不知道勸諫，反而跟著瞎來，哼，回去了再收拾你們！」

巧兒嚇得渾身發抖，伏在地上，一迭連聲地道：「奴婢知罪了！」

看到李清一陣狂罵，霽月臉色頓時垮了下來，小嘴一扁，眼眶中蓄滿了淚水，「大哥，不關她們的事，是我自己要出來的，我在桃花小築裡待得都悶死了，大哥一個月也來不了幾次，我就想出來散散心。」

李清見霽月梨花帶淚的模樣，心疼起來，伸手攬著她的肩頭，道：「好，好，大哥不說了，這次就放過你了，不過還有下一次的話，可斷斷不能輕饒！」

想到霽月總是一個人獨守空閨，每日唯一的事情便是等著自己，李清心裡便有些過意不去，這也虧得是霽月這種性子的，換個人只怕還真過不下去。

自己所愛的三個女人中，清風性子陰柔中帶著鋒刃，謀算果決，綿裡藏針，凡事總是預而後立；傾城則是火爆性子，屬於一點就著的類型，十足的男兒性格，不過現在有了改變，只偶爾小露一下猙獰。

這兩個人在李清看來，都是自己能拿定主意的女子，只有霽月，是屬於小鳥依人型的，將自己的男人看成了天，只有依靠著這個男人，她才覺得自己活得有價值。

聽到李清如是說，霽月不由破涕為笑，「真的麼，大哥，你不生氣了，也不會趕我回去了吧，會帶我去上林里了嗎？」

一連串的問題將李清也逗笑了，伸手替她擦去掛在臉上的眼淚，順帶在她翹挺的鼻子上刮了一下，「都到這裡了，還怎麼趕你回去，罷，罷，我真是被你打敗了，去吧，左右我已帶了一個孕婦了，一個是照顧，兩個還不是一樣照顧麼，幸虧我有先見之明，將恆神醫一齊帶來了，否則現在還不亂了陣腳！」

霽月將頭依偎進李清懷裡，格格笑道：「我就知道大哥對我最好了！」

「喲，這又哭又笑的，是唱的那一齣啊？」門邊傳來傾城的聲音，霽月觸電般地離開李清的懷抱，紅著臉，低下頭。

傾城邁步走了進來，端詳了一下霽月，笑道：「霽月妹妹，你也真是的，馬上就要生孩子了還出來亂跑，這是大帥太寵你了……」

霽月趕忙行禮道：「霽月見過姐姐！」

「哎喲妹妹，可別行禮了，看你這模樣，能行禮麼！」傾城拉住霽月，回頭對李清道：「大帥，既然霽月也要跟著我們去上林里，那就讓她和我坐一輛馬車吧，那車好，平穩，裡面的設施也很齊全，一路上我們姐妹倆正好聊聊，都是要做母親的人，肯定有不少共同話題的。」

李清想了想，這兩個女人都要成自己孩子的媽了，彼此的關係也該改善一下，自己征戰天下，總不能讓後宅不寧，讓她們講講話，或許能將兩人間的隔膜消除一些，當下點頭道：「行啊，你們兩個坐一輛車，我騎馬走。」

待用過午飯，霽月被傾城拉上了她的馬車，李清特意將恆熙叫來：「恆神醫，霽月這個樣子不礙事吧？」

恆熙笑道：「大帥放心吧，我觀霽月夫人胎象平穩，不會有事的。」

有恆熙背書，李清放下心來。

一路無事，李清騎馬走在馬車的一側，也不知傾城用了什麼法子，將霽月逗得開懷大笑。

天擦黑的時候，一行人終於到了上林里。

駱道明和楊一刀、呂大兵，再加上提前到達這裡的伯顏、肅順、富森等一行人迎了出來。

駱道明是這裡的行政主官，楊一刀則是軍事主官，呂大兵的身分則有些特殊，他在這裡統帶著紅部富森的數千騎兵，等新年過後，李清已決定要將呂大兵調往羅豐、姜奎那邊去了，北方戰事結束，再在這裡駐紮如此多的精銳未免有些浪費，好鋼也要用在刀刃上。

明天就是慕蘭節，整個上林里已提前熱鬧起來，大量的人流湧進上林里，城裡的客棧人滿為患，慕蘭節的主會場裡，巨大的火堆被一個個點了起來，有些無處可去的人便攜了酒肉，圍著火堆而坐，一邊飲酒驅寒，一邊聊天打屁，倒也頗為熱鬧。

「這麼冷的天氣，那些人不會凍壞吧？」看著外面露宿的人群，李清擔心地問。

駱道明道：「大帥，下官也沒有想到會有這麼多的人來，實在是有些措手不及，不過我已準備了大量的柴火，保證火堆絕不熄滅，另外，也讓衙門熬些薑湯等禦寒食物免費提供，應當不會出現意外。」

李清哈哈一笑，「你賺足了銀子，當然得保證他們的安全，駱大人，有沒有搬石頭砸了自己腳的感覺啊？」

駱道明卻興致勃勃地道：「大帥，雖然辛苦了些，但這次賺的銀子不僅足夠明年義學的開銷，還有大量的盈餘，我準備拿這些銀子修建溝渠，將河裡的水引向田中，雖然今年大雪，明年應當不會出現什麼旱情，但豐年之際更應該做好這些事情，否則一遇災年，不免要慌了手腳！」

「很好！」李清讚道：「取之於民，用之於民！你做得不錯，蠻族百姓剛剛移民過來，對水利的重要性可能還不如內地百姓有切膚之痛，你要多做宣導，明年開工，以工代賑，剩餘的要按工付給工錢，不能讓百姓白白地為我們幹活。」

「大帥，我明白！」駱道明道。

傾城指著遠處一個巨大的臺子，問道：「駱大人，那個大臺子是用來做什麼的啊？」

駱道明微笑道：「回公主話，那是為各族民表演用準備的舞臺，便是定州本地人，也有鄉紳出資安排了大型歌舞，明天也要上臺與各部落較勁呢！」

「我聽說還有什麼叼羊大賽，那又是怎麼回事？」

一邊的伯顏解釋道：「這是我族的傳統節日，勇武的漢子們在數千米的草場上爭奪一隻白羊，誰能在這個過程中奪得白羊，誰就會成為族裡的英雄。會得到姑娘們的青睞。」

霽月擔心地道：「那會不會有危險啊？」

肅順應道：「危險自然是有的，不過我族族民馬術嫻熟，受傷雖然是免不了，卻也沒有出過什麼大事！」

楊一刀笑道：「大帥，明天的叼羊，我的部下也躍躍欲試，不知兩位大人能否讓他們也下場較技？」

李清笑道：「同場較技也是一場盛事，兩位大人，不妨讓他們也去試試吧。」

肅順伯顏一齊道：「如此甚好，那今年的叼羊大賽可就更有看頭了！」

在會場視線最好的地方，早就搭好了看臺，以供前來的達官貴人們觀看，重頭戲叼羊大賽的主賽道也從看臺下經過，坐在看臺上，居高臨下，一目瞭然。

至於一般百姓們可就沒這個待遇了，一排排的臨時柵欄將他們攔在賽場之外，使他們只能隔著柵欄觀看。

賽場內，到處都插滿了商家的招牌幌子，這些頗具現代感的東西讓李清一陣錯覺，彷彿回到以前那個世界。

今天老天爺依舊很給面子，太陽早早地高掛在空中，雖然只散發著微薄的熱量，卻讓每個人心裡都暖烘烘的。

「李大帥，請！」負責這次慕蘭節總籌劃的伯顏向李清微微躬身。

一邊的肅順則恭敬地捧著一柄鑲金嵌鑽的牛角寶弓，以及一支特製的鳴鏑。

李清站起來，雙手接過弓箭，就像現代運動賽事的開幕式一樣，自己射出這支鳴鏑，便代表這次的慕蘭節正式開始。以往扮演這個角色的都是巴雅爾，如今蠻族歸化，這個環節便由定州的最高統治者李清來完成了。

李清微笑著走到高臺，引弓，搭箭，遙指天際，李清緩緩拉開弓弦，手指一鬆，帶著尖厲嘯聲的鳴鏑沖天而起，與此同時，數百面牛皮大鼓同時擂響。

會場上，數千名身著民族盛裝的蠻族人載歌載舞，在數十名頭戴面具，身上插著五顏六色羽毛的人的帶領下，邊舞蹈邊向著場內走來。

「大帥，這是幕蘭節的第一環節，祈天，是我族向長生天祈福的舞蹈！」伯顏在一邊向李清解釋道。

臺上，傾城與霽月等一干人看得聚精會神，蠻族舞蹈粗獷大氣，別有另一番風韻，伴隨著高亢的歌聲，不時讓場外的觀眾爆出熱烈的掌聲。

鼓點聲變化，場內的舞蹈又起變化，從先前的莊嚴肅穆一變為歡慶之聲，又有數百名蠻族族人手持著冬不拉、馬頭琴、手鼓等魚貫而入，在悠揚的樂聲中，場中數千舞者不時擺出各種造型，讓人群直呼這幾兩銀子花得不冤，看得如醉如癡。

「大帥，這是在慶豐年！」伯顏又湊了上來道。

李清道：「這個舞蹈要排練不短時間吧？」

伯顏道：「那倒也不必，年年都要跳的，族人們都熟得很，只需要讓新加入的人稍加練習就可以了！這是我族的傳統，怎麼會忘記呢。」

李清掃了一眼伯顏，笑道：「既然是你族的傳統，那以後每年都可以舉辦嘛，也不必每次都問我了，只需要向當地官員報備一下就可以了。不過，我看有了這一次後，駱道明食髓知味，你不辦，說不定他還來纏著你呢！」

伯顏苦笑道：「駱大人倒是好手段，我們舉行了這麼多年的慕蘭節，從來都是貼錢的，想不到駱大人居然能賺錢。」

「這有什麼好奇怪的，」李清不以為怪地道：「以前你們在草原上，大家都知道這慕蘭節是怎麼回事，在這裡，可是新鮮物事，大家都沒見過，自然願意掏錢來看，這節日要繼續下去，等以後天下平定了，會吸引更多的人來看的，你的族人也可以從慕蘭節上賺到大把的銀子的。」

兩人說著話時，場下的舞蹈又開始了變化，舞者們猶如浪濤般一波波向看臺湧來，快到看臺時，又像碰到礁石一般倒捲回去，井然有序。

「這是頌歌！」伯顏道：「是向最高首領的祝福！」

李清臉上露出笑容，凝視著臺下的舞者，伯顏則悄無聲息地向後退了半步。

盛大的開場舞後，便是眾人最為關注的叼羊大賽了。隨著舞者的退出，一匹匹神駿的馬匹在騎士的操控下進入起點，起點遠在數里之外，從看臺上看過去，只能模糊地看到一些人影而已，終點則在看臺下，騎士們從遠處奔到這裡，白羊在誰手裡，誰就是勝者。

李清退回到座位上，傾城與霽月一左一右坐在他身側，傾城雖然看著高興，但還能控制住自己的情緒，不讓自己太激動，以免影響腹中胎兒，霽月就不行了，一張小臉漲得通紅，手掌都鼓紅了，對李清高興地道：「大哥，太好看了，我這次溜出來太值得了！」

李清橫了她一眼，霽月舌頭一吐，心虛地低下頭去，一邊的傾城淡淡地掃了霽月一眼，嘴角意義不明地揚了一下。

咚的一聲，遠處傳來一聲鼓響，緊接著，鼓聲由遠而近，瞬間便傳到看臺下，到最近看臺的一面鼓聲敲響之後，場內數百面大鼓同聲敲響。

遠處一座哨樓上一道白影閃過，那是上面的人將一隻白羊丟下，下面數百名騎士同時催動駿馬，猶如閃電般地掠過，混亂之中，也不知是誰拔得頭籌，將那白羊一把搶在了手中。

此時騎士們距這裡還遠著，李清伸手招來楊一刀，問道：「一刀，你的手下怎麼樣啊，咱們就算不說取得最後的勝利，但怎樣也不能丟臉是不，可別到了終點，你的部下一個也看不著啊？」

楊一刀低聲道：「放心吧大帥，我選出的人在騎術上絕對不輸給他們，就是他們不太熟悉規則，恐怕會吃些虧！」

李清點點頭，楊一刀又悄無聲息地退了下去。

此時，騎士們奔得越來越近了，眾人看得很清楚，從開始的數百騎，此時只剩下百餘騎，騎士們展現著他們精妙的控馬技藝，閃避，奪羊，縱馬狂奔，碰擠拉扯，各種手段一齊上陣，不時有人掉落馬下，在眾人驚呼聲中，騎術高超的騎士總能在最後關頭避開一擊，不慎落馬的騎士只能垂頭喪氣地找到自己的馬兒，快快地退出比賽。

進入主會場後，正在激烈爭奪的兩人中，其中一個便是選鋒營的武官，而後面的十餘騎已經沒什麼指望了。

爭奪的兩人武功相若，控馬技巧亦相差無幾，胯下戰馬也都是神駿不已，鼓聲戛然而止，代表比賽結束了，竟無法分出勝負來，只見兩人將那隻可憐的白羊橫扯在空中，卻是誰也不肯鬆手。

李清拍手道：「請兩位勇士上臺！」

這個結果最好，兩邊都不傷和氣，又不會丟了自家的面子，同時讓這些蠻族人看到定州士兵的馬術和勇力。

兩名騎士上得臺來，一個是白族勇士卜易，一個是選鋒營鷹揚校尉何足道。

臺上早已準備好獎品，但有些尷尬的是，獎品只有一份，誰也沒有想到會出現平局的結果，往年在草原上，這種局面從來也沒有過。

李清將象徵勝者的綬帶和鮮花掛在卜易的脖子上，再將獎品親手遞給他，讚道：「好男兒，好功夫，可有從軍的想法？」

卜易一怔，眼神不由瞄向一邊的伯顏，李清哈哈一笑，拍拍他的肩膀道：「等你想參軍的時候，不妨直接來找我。」然後走到何足道的面前，道：「獎品只有一份，我給了卜易，你可就沒有了！」

何足道激動地道：「能見到大帥，便是最好的獎品！」

李清笑道：「你倒是很會說話，嗯，你也算是今天的英雄啊，我總得獎勵你點什麼！」想了一下，解開自己的腰刀，遞給何足道：「這個賞你！」

何足道喜出望外，單膝跪地，雙手接過腰刀，「多謝大帥厚賞！」比起卜易得到獎品，他這個禮物意義可大多了，何足道滿心喜悅。猶如喝醉酒一般，搖搖晃晃地下臺去了。

叼羊大賽結束後，接下來就是歌舞表演了。

看得幾場歌舞，已是到了午後，傾城與霽月明顯有些倦了，見兩人體力不支，李清吩咐讓人送她們回去休息。

傾城走在前面，霽月落後半步，兩人都由貼身丫頭扶著，順著十數級的臺階拾級而下。

誰知走到一半時，異變陡起，本來走得好好的霽月忽然一個趔趄，身子突然向前倒下，扶著她的巧兒大驚之下沒有抓住，眼睜睜地看著霽月倒了下去，前面的傾城聽到不對，武藝精熟的她下意識地一閃，霽月便重重地摔了下去，跌落在地上，身後一群丫頭媽子登時大亂。

看臺上，看著這一切發生的眾多官員頓時都驚呆了，李清飛身而起，幾個大步掠到霽月面前，就見霽月面色慘白，已是昏了過去。

更讓李清膽戰心驚的是霽月的下身鮮血淋漓，李清大吼起來：「恆熙！」現場頓時大亂。

李清一手伸到霽月腋下，一手托住她的腿彎，想將她抱起來，恆熙已趕了過來，大聲阻止道：「大帥，不要妄動！」李清手一顫，頓時僵在那裡。

恆熙掃了一眼，看到正被風吹得獵獵作響的大旗，不管三七二十一將旗子拉了下來，平鋪在地上，叫道：「大帥，您小心地將夫人平移到旗子上！」

這時候，恆熙的話就是聖旨，李清依言，小心翼翼地將霽月挪到旗子上。

「來四個人，抬夫人回城去！」恆熙指揮著唐虎、鐵豹、劉強等幾名親衛，一人抓住一個旗角，將霽月抬了起來，一邊喊道：「輕點，一定要保持平穩，千萬不要顛著了夫人！」

四人邁開大步，一人抓著一個旗角，抬著霽月嬌小的身子，不讓旗面有絲毫顛簸，向著城內奔去，李清急步伴在一側。

一會兒，霽月慢慢地清醒過來，伸手抓住李清，帶著哭音道：「大哥，我肚子好痛！」

「沒事，恆神醫在這裡呢！」李清雖然心急如焚，卻強露出笑臉，安慰著霽月。

駱道明、楊一刀等一眾人等也是急匆匆地隨著李清奔向城裡。

特別是駱道明，一顆心直欲蹦出腔子來，**慕蘭節辦得再好再成功，但要是讓霽月夫人在這兒出了事，天大的功勞也要化為烏有。**楊一刀則沉靜得多，走時還回頭掃了眼呆立在原地的傾城公主，搖搖頭，長嘆了一口氣。

看臺上，瞬間只剩下傾城公主一行人和伯顏、肅順等一干蠻族貴族。

伯顏凝視著遠去的李清等人，慢慢地走到傾城面前，嘆道：「公主，這一招可就太露骨了。」

傾城霍地轉頭，怒視著伯顏，「你說什麼，你這是什麼意思？」

伯顏笑而不語。

傾城恍然，怒道：「**你認為是我設計害霽月的麼？**我沒有，我真的不知道她好好地為什麼會摔下去。」

伯顏狐疑地道：「公主，你走在前，霽月夫人在後，霽月夫人的貼身丫頭在她的一側扶著她，但在霽月夫人身後，可全都是公主您的侍女，霽月夫人不可能無緣無故地摔下去，是有人從後面踩住了她的裙裾後又突然鬆開，霽月夫人這才向前倒了下去。公主的反應好快啊，恰到時機的一讓，便讓霽月夫人重重地摔到了地上，這讓一個身懷六甲、即將臨盆的女子可是……」

傾城臉色蒼白起來，喃喃自語著：「我不知道，我只是下意識的反應閃開……」忽地怒視伯顏，喝斥道：「你這個蠻子，想挑撥離間麼？」

伯顏露出意味深長的一笑，「公主，**我怎麼做無關緊要，我相不相信公主的話也無關大局，重要的是李大帥怎麼想？他的文臣武將們怎麼想？**」

傾城驀地身上一陣發涼，楊一刀走時那犀利的目光讓她如墜冰窖。

「**是誰？是誰要陷害本宮？**」傾城咬牙切齒地叫道。

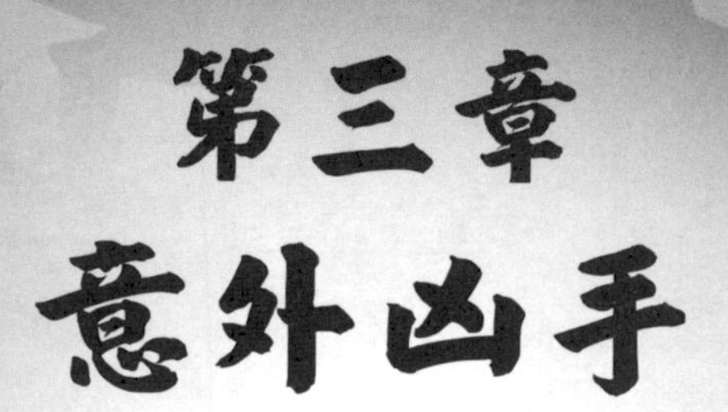

第三章 意外凶手

「公主，是我做的！」容嬤嬤從宮女中穿了過來。

嘩拉一聲，傾城伸手拂倒桌上的東西，氣急敗壞地道：「為什麼，容嬤嬤，你為什麼這要這麼做？」

容嬤嬤鄭重地行了一禮，「職方司屬下，領參將銜容桂芳見過公主。」

駱道明的都護府廂房內，此時戒備森嚴。

霽月躺在床上，痛得頻頻大聲哭叫，李清半跪在床側，一手握著霽月冰冷的小手，問道：「恆熙，怎麼樣了？」

「大帥，霽月夫人這是要生了！」恆熙此時也沒有了以前的從容，臉上汗水淋漓。

「你不是說還有一個多月才臨盆的麼？」

「今天夫人這一跌，動了胎氣，只怕是要早產了！」恆熙咽了口唾沫，「快去找接生婆來！」

李清回過頭，大聲叫道：「虎子，駱道明，快去找有經驗的接生婆來，快點，都是死人麼？快去！」

李清已有些失態了。床榻上，霽月的臉色越來越白，叫聲也有些嘶啞了。

「大帥，接生婆我已經找來了！正在外面候著呢！」駱道明報告。

「快進來！」李清喊道。

兩個接生婆一溜小跑地進了臥室，「見過大帥！」

李清擺擺手，「什麼時候了，快準備給夫人接生。」

接生婆怯生生地道：「請大帥和恆神醫出去，好讓婆子給夫人接生。」

李清一愣，這才反應過來，點點頭，「好，你們手腳麻利些，做好了有重賞！」

「大哥！」模糊中聽到李清要出去，霽月一把抓住李清的手，「大哥，不要走，我害怕！」

李清輕拍霽月，安撫道：「別怕，我就在門外，一會兒就進來，你努力給我生個大胖小子出來！」

「嗯！」霽月應道，無言地鬆開李清，李清狠下心轉身出了房門。

恆熙在房外吩咐下人道：「準備熱水！還有，你過來！」伸手招來一名醫官。「你馬上去配這些藥材過來！配好藥後馬上熬好送過來。」接著一口氣報了十幾種藥材。

外面，一眾官員齊聚，個個神情緊張，李清深吸一口氣，冷冽的空氣讓他的頭腦慢慢冷靜下來，「駱道明！」

「大帥！」駱道明走了上來。

「慕蘭節正值高潮，你身為主官，應該要在現場主持才是。」李清令道。

「大帥我……」駱道明遲疑不決。

「快去吧，不要誤了正事！」李清擺擺手。

駱道明勉為其難地行了禮，轉身離去。

「一刀，你是軍事主官，不能輕離，也隨駱道明去吧！」

楊一刀上前一步，欲言又止，李清搖頭道：「有什麼事以後再說，快去！」

呂大兵走到李清跟前，「大帥，我夫人過來了，她生產過，有經驗，讓她去陪伴霽月夫人吧！」

說話間，一個盛裝打扮的嬌俏女子走了過來，「冬日娜見過大帥！」

李清點點頭：「有勞你了！」

屋裡的慘叫聲時高時低，屋外眾人也跟著焦躁不安。

一個時辰過後，孩子仍然沒有生出來，倒是霽月的聲音越來越低，李清在院外走來走去，雖然是寒冷的冬季，但大滴的汗珠不停地淌下來。

醫官端著一碗熱騰騰的藥水，恆熙接了過來，對李清道：「大帥，霽月夫人身子弱，我給她開了副提神的藥，喝下去可以讓她暫時長些力氣。」

「對孩子有影響麼？」李清問。

「不會！」

「那快送進去！」

一個丫頭將藥端了進去，恆熙這才面色凝重地道：「大帥，別的不怕，就怕霽月夫人這一跌，生完孩子會……會血崩！」

李清額頭上青筋一跳，一把抓住恆熙，「不會的，應當不會的，是不是？」

恆熙吃痛，倒抽著冷氣，忙擺手道：「大帥，我是醫者，只是判斷有這種可能。」

李清有些失神地盯著屋內。

此時，又是一陣騷動，眾人卻見傾城正急急地趕了過來，關心地問道：「大帥，霽月妹妹怎麼樣了？」

李清深深地看了她一眼，道：「沒事，正由接生婆給她接生呢！你來幹什麼，你懷著孩子，這個場合不適合你來，你回去休息吧！」手一揮，「虎子，送公主回去休息！」

「公主，請！」唐虎走到傾城面前。

傾城眼圈一紅，看了李清一眼，欲語還休：「大帥，我……」

「好了，有什麼事以後再說，先回去休息吧，別讓你也動了胎氣，一個就把我弄得焦頭爛額了！」李清不耐煩地揮手道。

房中的慘叫聲仍在持續，中間夾雜著冬日娜的安慰聲和接生婆鼓勵的聲音：

「夫人，再使點勁！」

冬日天黑得極早，天色已是有些朦朧了，早有侍從將一盞盞的燈籠掛上，將院子裡照得如同白晝，屋中霽月的聲音越顯微弱，李清幾次按捺不住想衝進去，都被恆熙死死拉住，就在李清耐心即將耗盡之時，房中傳來一聲嘹亮的嬰兒哭聲，隨即幾個驚喜的聲音傳來：

「生了，生了！」

李清跳了起來，冬日娜一陣風般地從屋裡捲了出來，「生了，生了，大帥，生了一個大胖小子！」

「霽月怎麼樣？」李清問。

話音未落，接生婆竄了出來，帶著哭腔道：「不好了，夫人血崩！」

院子裡剛剛因為孩子出生而歡呼雀躍的聲音立時戛然而止，李清也驚慌失措起來，一把拉過恆熙，「恆大夫，快去救命！」

恆熙此時也顧不得了，一頭竄進產房，只看了一眼，臉色變得嚴肅道：「大帥，情況有些不妙，我要用銀針來給夫人止血！」

「快去做啊，還等什麼？」李清吼道。

「可是，這樣要接觸霽月夫人的身體啊……」恆熙猶豫不決地道。

「事急從權，命都要保不住了，還管什麼其他的，快動針！」李清大吼。

恆熙一咬牙，將隨身的針囊攤開，捻起一根銀針，猛的揭開蓋在霽月身上的被褥。

屋裡屋外，緊張得喘不過氣來，除了剛出生的小生命在巧兒的懷裡哇哇大哭之外，竟是聽不到其他任何聲音，李清咬著嘴脣，看著床榻上霽月蒼白如雪的容顏，心裡陣陣絞痛，一時間，也顧不得去看自己那呱呱墜地的兒子了。

恆熙將最後一根銀針插進了霽月的身體內，捻動半晌，再慢慢地拔出來，長長地吐了口氣，身上的衣裳早已被汗浸濕，如此凶險的病情，他行醫一生，也是第一次碰到。

「怎麼樣？」李清問。

恆熙身子搖搖晃晃地站了起來，「恭喜大帥，夫人的病穩住了！」

李清大喜，向恆熙深深一揖，「多謝恆神醫，李清必有厚報！」

恆熙笑笑，險些倒了下去，卻是年紀大了，剛才又費盡神思，一時間有些支持不住。

李清趕緊上前扶住恆熙，吩咐道：「來人啊，扶神醫下去休息。」

「大帥可喚這裡的醫官進來，為夫人開個方子，熬好了，等夫人一醒過來便餵食。夫人經此一事，身體元氣大損，只怕以後不會再有子息了。」恆熙又道。

李清點點頭，「我明白了，恆先生放心休息去吧，能保住性命已是萬幸了，其他的無需掛心。」

恆熙被扶了出去，一邊的巧兒臉色亦是雪一般的白，此時才看出一絲血色來，盯著霽月，哇的一聲哭了出來。

李清噓聲道：「哭什麼，霽月沒什麼危險了，別吵著她休息，來，把我兒子抱過來，讓我好好瞧瞧！」

巧兒破涕為笑，將裹得嚴嚴實實，只露著一張小臉的孩子小心地遞到李清手上。

李清抱著孩子，看著那張小臉，許是哭得累了，這時候睡得極香，看他眉眼五官像極了自己，忍不住低下頭去親了一口。

剛剛出生的孩兒皮膚何等細嫩，李清精心蓄養的鬍鬚扎痛了他，眼睛沒有睜開，小嘴一扁，哇的一聲又哭了起來。

李清喜道：「好小子，聲音恁地洪亮！」抱著他，大步便向外走去。

一眾文武大吏還等在那裡呢，肅順、伯顏等人也過來了，見李清抱著孩子出來，都湧上前，大聲道著恭喜。

「同喜，同喜！」李清笑得合不攏嘴，今日之事有驚無險，總算平安度過了。

「大帥，小侯爺出世是大喜事，不知大帥有沒有為小侯爺取好名子？」駱道明笑道。

李清沉吟了一下，道：「我等生逢亂世，戰亂不休，生靈塗炭，**一直以來我便有一個心願，那就是能濟世安民，這孩子便叫安民吧，李安民！**」

眾人對視一眼，在場之人，哪個不是七竅玲瓏之人，一件簡單之極的事在他們轉七繞八一想，也要複雜起來，李清為兒子命名「安民」，在他只是極自然，順口而為的事，然而大夥兒皆是認為大有深意，一迭聲讚揚之餘，看向這個新生兒的眼光又變了很多。

駱道明心思細膩，早就找好奶媽，將孩子交給奶媽，又囑咐巧兒細心照顧霽月，李清遣散眾人，獨獨叫上駱道明與楊一刀，進了一旁的廂房。

今日一整天，李清的精神一直高度緊繃，雖然此時也感到疲乏，但一雙眼睛仍是炯炯有神，喝了碗燕窩，看著楊一刀道：

「一刀，你先前想跟我說些什麼？」

楊一刀遲疑了一下，開口道：「大帥，今天霽月夫人跌倒很是蹊蹺。」

一邊的駱道明身子一震，目光在楊一刀與李清身上轉來轉去。

「你說說看！」李清卻似乎並不感到有什麼意外。

「出事時，我站在正後方，就我看來，霽月夫人不是自己沒有站穩跌下去的。」楊一刀緩緩說道。

李清沒有作聲，沉默半晌才道：「一刀，此事非同小可，你要想好了再說啊，一旦屬實，那可是有人要掉腦袋的。」

楊一刀聽了，跪下沉聲道：「大帥，一刀從一介小兵之時便跟著大帥，數年來承蒙大帥賞識，官至將軍，但一刀的心仍如當初一般，心中只有大帥，再無其他。」

「你說吧！」李清嘆了一口氣，閉上眼睛。

「當時霽月夫人的狀況，肯定是有人在後面踩住了夫人的裙邊，夫人被迫停下來後，身體重心便會向前傾移，恰在此時，那人再一鬆開，夫人便會跌下去，這不是意外，而是有人蓄意為之。」楊一刀咬著牙，一字一頓地道。

「楊將軍，你可看清楚了，這可不能憑臆測之詞信口揣摩啊。」駱道明驚道。

楊一刀發誓道：「我等習武之人，對這樣失去重心摔倒的事再清楚不過了，陡然間失去重心，便是久習武功之人也會難以站穩，何況霽月夫人弱不禁風又身懷六甲？駱大人如果不信，我們現場馬上便可以驗證。」

駱道明沉默了，看大帥的表情，便知道大帥已然是相信了。

「大帥，霽月夫人身後站著的人屈指可數，只需拿下一審，真相便可一清二楚。」楊一刀又道。

他對李清忠心耿耿，眼見大帥的愛姬和還沒有出生的兒子險些一命嗚呼，心裡便怒火熊熊。

李清心裡想的卻不是這麼簡單，見駱道明沉默不語，便道：「道明，你說說你的意見。」

駱道明有些猶豫，半晌才道：「大帥，查不如不查！」

楊一刀驚詫地看著駱道明，不明所以。

「查不如不查，嘿嘿！你說得不錯，」李清怪笑了起來，道：「道明，你看得很準啊，查出來又能如何？難得糊塗！」

兩人見李清神色有些異樣，顯然心中又怒又哀，但這涉及到大帥家事，兩人卻是不便深說了。

「就這樣吧，駱大人，霽月身子虛弱，趕不得路，恐怕要在你這裡休養一段時間，我明天還待一天，後天就要趕回定州去，這段時間，就要勞你費心了。」

駱道明躬身道：「大帥放心，下官一定將一切安排妥貼。」

兩人出得房來，楊一刀不解地問道：「道明兄，為何你說查不如不查？」

駱道明見四下無人，小聲道：「一刀兄，這還用查嗎？真要查出來，豈不是貽笑天下，你放心吧，大帥自然心中有數。」

楊一刀若有所悟，點點頭。

此時駱道明心中卻很興奮，因為這件事，自己算是因禍得福，大帥的意思再明白不過，霽月夫人和剛剛出生的安民至少要在上林里休養一個月，甚至更長，這讓自己和小侯爺先結下了一段香火情，小侯爺小不記得，但霽月夫人卻不會看不到啊！這對自己的將來可是大有裨益的。

清晨，停了數日的雪花卻又灑落了下來，霽月困難地睜開雙眼，便看見坐在床邊的李清正目光炯炯地含笑看著她，眼圈立即一紅，流下淚來。

李清抓住霽月的雙手，笑道：「霽月，你生了一個大胖小子，該高興才是，怎麼卻哭了？」

霽月嗚咽道：「大哥，我錯了，我不該亂跑出來的，以後我再也不敢了！」

李清心裡一沉，看來霽月多少也知道了些什麼，昨夜險死還生，興許在生死掙扎之際，她的腦子比什麼時候都清楚吧。

李清握著她的手，安慰道：「沒事，只是一個意外嘛！巧兒，將安民抱進來，給夫人看看她生的小子！」

巧兒笑意吟吟地將安民抱了進來，小心地遞到李清手中，霽月掙扎著半坐起來，巧兒趕緊半倚到床邊，讓霽月靠在自己的懷裡。

霽月從李清手裡接過安民，眼睛一下便明亮起來，將安民的小臉貼在自己的臉上，喃喃地道：「大哥，這是我們的兒子。」慘白的臉上洋溢著幸福的笑容。

兩人逗弄了一會兒小安民，恆熙卻來了，李清趕緊站起身來迎接。

「大帥放心吧，夫人的病情已完全穩定，剩下的就是靜養恢復了！」恆熙笑道。

「多謝恆神醫啊，也是霽月命大，這次幸虧神醫也一起來了，否則後果還真是難料啊！」李清心有餘悸地道。

「一飲一啄自有天意，這是大帥濟世安民應得的福報啊！」恆熙感嘆道。

「大帥，定州城尚路二位大人都來了急件！」外面唐虎大聲報告道。

「拿進來！」

昨天事情一發，立刻便有急信傳回定州，想來這兩位接到消息之後，立馬便回了信。

拆開信件，李清不由一笑，兩人的意思如出一轍，尚海波的回信直截了當，「大帥，查不得！」路一鳴則多了一個字，「大帥，難得糊塗！」兩人都是字跡潦草，想來是倉促之下揮筆立就，馬上就派人送了來。

距上林里城數里的雪原中，一輛黑色馬車靜悄悄地停著，數十名騎著戰馬的護衛散在四周，看似無序，卻從各個方向緊緊地將黑色馬車保護著。

這輛馬車在這裡已停了近一個時辰，車內，清風隔著車窗凝視著上林里城的方向，保持這個姿勢已有很久了，一邊的鍾靜將刀橫放在膝上，眼光卻注視著清風。

「小姐，霽月夫人母子平安，您可以放心了！」鍾靜終於忍不住開口。

清風嗯了一聲，卻沒有收回目光。

「要不，我們進城去瞧瞧霽月夫人，還有您那剛剛出生的侄兒吧！」鍾靜又道。

清風收回了目光，微微一笑，「還是不去的好！」

鍾靜垂下了目光。

「那孩子叫安民？」清風問道。

「是，大帥當著一眾官員當場取的，說要這孩子將來濟世安民。」鍾靜道。

「很好！」清風臉上露出一絲笑意。

「關於霽月夫人出事的事，定州路大人與尚先生都來了信。」鍾靜道。

「他們怎麼說？」

「尚先生說不能查，路大人說難得糊塗！」鍾靜有些不平地道：「難道就這樣輕易地放過凶手?!」

清風眼中閃過一絲厲芒，「這也是題中應有之意，如果大帥問我，我也要說查不得。」

「為什麼？」鍾靜不解地道。

清風眼睛瞇了起來，「不論這件事是傾城主使也好，還是她的下面人蓄意討好主人自作主張也罷，**不查便只是一個意外，一旦查下去，便會牽扯更多的人和事進來，將會引發一場地震**，現在的定州需要的是安定，需要的是集中所有精力來應付接下來的逐鹿之戰，其他的都可以放在一邊。」

「倒是便宜了這些人！」鍾靜霍地拔刀出鞘，又狠狠地插了回去。

「倒也未必！」清風冷笑道：「鍾靜，你瞧著吧，**那個凶手活不過今晚的。**」

鍾靜臉上露出驚訝之色，「小姐，你已經有了安排麼？」

「**不是我，而是那人身後的人是不會容許他活下去的。**」清風平靜地道：

「我們回去吧，明天啟程去洛陽。」

「不是說年後才去嗎？」鍾靜又是一問。

「原本打算年後去，是想等霽月生產完，我才能放心地走，現在霽月母子平安，我也沒有什麼可掛心的，便年前去吧，咱們去洛陽過年！」清風看了眼鍾靜，「怎麼，捨不得虎子，要不要去跟他道個別？」

鍾靜噗哧一笑，搖頭道：「才不呢，給他留封信就行了，小姐，你不跟大帥說一聲麼？」

「和你一樣，給大帥修書一封吧！」清風笑道。

黑色馬車同來時一般，悄無聲息地消失在上林里外的雪原之中。

上林里，傾城住所。

傾城滿臉凝重，當天跟著她出席慕蘭節的幾名丫頭、老嬤嬤跪在她的面前，低垂著頭。

「**是哪個做的？**」傾城的聲音裡帶著壓不住的憤怒。

昨天**那一幕，讓她苦心在李清心中樹立起來的形象瞬間轟然倒塌，楊一刀意味深長的目光，伯顏略帶嘲笑的話語，以及李清不耐煩的神色，都如一根尖刺般狠狠地扎在她的心上。**

「不關我們的事，公主！」幾個年輕宮女滿面驚惶，誰都知道，這可是掉腦袋的大事。

眾宮女之中，卻有一個中年宮女一臉坦然，仰頭注視著傾城。

傾城心縮了下，幾乎不敢相信自己的眼睛，「容嬤嬤，是你？」

也難怪傾城驚心，這個容嬤嬤從小就陪伴著傾城，幾乎是看著傾城長大的，在傾城心中，容嬤嬤是她極為親近的人。

「**公主，是我做的！**」容嬤嬤從前面跪倒的宮女中穿了過來。

嘩啦一聲，傾城伸手拂倒身旁桌上的所有東西，氣急敗壞地問道：「為什麼，容嬤嬤，你為什麼這要這麼做？」

容嬤嬤看著傾城，眼中充滿了憐愛，半晌，整整衣衫，向傾城鄭重地行了一禮，「職方司屬下，領參將銜容桂芳見過公主。」

傾城整個人都呆住了，看著容嬤嬤，眼裡充滿了陌生，「**職方司，參將，容**

桂芳？」

容嬤嬤微微一笑，「公主，從你這麼大一點我就抱著你，看著你一步步長大，您一直叫我容嬤嬤，還不知道我的全名吧，其實從我入宮的第一天起，就是職方司的一員。」

「職方司，袁方！他好大的膽子，居然在我身邊安插探子？」傾城憤怒地道。

容嬤嬤向前一步，「公主，**其實每位皇親跟前都有職方司的密探**，主要是進行護衛的工作。我在公主身邊快二十年了，從來不敢做一點不利於您的事。」

「那現在呢？你為什麼做了？你以為能瞞過誰去？你知道你做的事，現在世人都道是我指使下的手?!我會受萬人唾罵的，大帥也不會原諒我的。」傾城憤怒地道。

容嬤嬤看了眼四周的宮女，傾城一揮手，「你們都下去！」

房中只剩下容嬤嬤與傾城兩人，容嬤嬤這才侃侃說道：「我突然接到職方司級別最高的金令，命我找準時機除掉霽月夫人！我才會這麼做的。」

「金令？」傾城驚道：「怎麼可能？金令只有指揮使司袁方手中才有，現在袁方應當在興州……」

傾城忽然頓住了，喃喃自語道：「你的意思是袁方到了上林里?!可他為什麼要與我為難？」

容嬤嬤搖頭：「**公主，袁指揮這不是在與您為難**，而是在幫您，雖然我不知道詳細的情形，但袁指揮絕不會出錯的，**他一定有更深的意思在裡面**，只可惜我功虧一簣，讓霽月夫人逃過這一劫，連那個孩子也安然無恙！」容嬤嬤臉上露出悔恨的神色，「早知如此，我應當找個時機直接去刺殺她的。」

傾城打了個寒戰，「容嬤嬤，你為什麼一定要置霽月於死地？」

容嬤嬤道：「我也不知道，但我接到的金令就是這樣。公主，如果霽月夫人連同她的孩子一齊死了，不管李大帥會怎麼想，都不可能動您和您肚中的孩子，雖然現在他也不會動您，只不過，霽月活了下來，您以後的日子會更艱難一點罷了。不過我知道，袁指揮一定會來找您的，他會幫助您度過難關的。」

「他來找我幹什麼？」傾城怒道：「他身為職方司指揮，卻連蕭氏發動叛亂都不知道，不僅自己被丁玉整得半死不活，連我皇兄也連累了，看到他，我第一件事就是亂刀砍死他。」

「袁指揮行事一向高深莫測，公主，但我知道袁指揮對大楚，對皇上一直是忠心耿耿的，如果有一天他來找您，你一定要聽他把話說完！」容嬤嬤抽搐了幾下，身子慢慢地軟倒下來。

「容嬷嬷，你怎麼啦？」傾城一驚，眼看容嬷嬷要摔在地上，趕緊伸手扶住她。

容嬷嬷七竅慢慢滲出血來，用盡最後的力氣說道：「公主，您召我們進來的時候，我就知道我的大限到了，我悄悄地服了毒，這種毒藥，職方司每個人都有。公主，我死了，大帥也不會來找您的麻煩了。」

傾城心亂如麻，先前痛恨那個暗中下手的人入骨，但此時，看到這個陪伴了自己二十年的嬷嬷就要死去，心裡卻又難受得要命。

「容嬷嬷，你可以不死的，你不是說過麼，大帥不會拿我怎麼樣的。你死了也是白死啊！」

容嬷嬷笑了，笑容在布滿鮮血的臉上顯得分外詭異，「職方司行動，失敗了就是一個死字，我死了，可以使公主解脫，如果大帥問起，您就說是我自作主張，事後畏罪自殺，大帥不會深究此事的！只是可惜我看不到你肚裡的小寶寶出世啦！」

手輕輕撫過傾城鼓起的小腹，停留半晌，猛的垂下，頭歪向一邊，已是死得透了。

傾城抱著容嬷嬷的屍體，放聲大哭起來。在她心中，自皇帝哥哥死後，第二個親人也離她而去了。

霽月房中，李清正陪著霽月說著話，被奶媽餵得飽飽的小安民躺在霽月身側，正睡得香甜，半躺在床上的霽月，一手輕拍著安民，一雙眼睛目不轉睛地盯著李清，這是她最幸福的時候了。

房門輕輕地敲響，李清站起身來，打開房門，房外，一個黑影向李清行了一禮，「大帥，都弄明白了。」

李清走出房門，隨手將房門掩上，問道：「怎麼回事？」

黑暗中，那個人影小聲地將剛剛在傾城房中發生的一幕講了出來。

李清身體微微一震，「職方司？」

「是，那個容嬤嬤叫容桂芳，是職方司參將！現在已經服毒自殺了。」

「死得好！」李清冷笑道。

「大帥，這件事還要繼續嗎？」

「算了，到此為止，你下去吧！」李清擺擺手，黑影迅速地淡去。

李清在院中思索片刻，然後走回屋中。

「大哥，出什麼事啦？」霽月擔心地問。

李清笑道：「哪有那麼多事出啊，不過是我明天要回定州，他們來問問啥時出發而已。」

洛陽西門。

今兒個是大年夜，往日喧鬧的城門口門可落雀，除了幾個躲在門洞裡借著火盆取暖的守城士兵，再也沒有一個人影。

晴了幾天的天氣在今天陡然又變了臉，雪花下了一整天，時近傍晚，雪雖然停了下來，但北風卻一陣緊似一陣，刀子般地切削著人們裸露在外的肌肉。

夜色漸濃，城門洞裡點起了火把，在風中搖曳，風穿過城門洞，發出嗚嗚的呼聲。士兵們雖然儘量地湊近火盆，仍然是跺腳搓手。

一名校尉走了過來，催道：「弟兄們，到時辰了，關門關門，門樓裡已準備了酒菜，咱們也過年了。」

士兵們大聲歡呼著，熱氣騰騰的菜肴，燙得熱熱的美酒，眾人早已是望眼欲穿。幾個士兵合力推動沉重的大門，準備結束一天的差事。

門剛關上一半，遠處卻傳來一陣急促的馬蹄聲，校尉側耳聽了一下，「且慢，好像有馬車過來。」

士兵不滿地道：「長官，讓他們在外面吃一夜風雪吧，誰叫他們不早點來，關城門吧！」邊說邊去推另一扇城門。

校尉擺擺手，「等一下，大過年的，誰沒有個急的時候，咱們只不過等一小會兒，城門真關了，這些人可就要等一個晚上了，合著一天都過來了，也不在乎這點時間嘛！」

士兵們停了下來，「也就是長官您心好，換成別人，才不理會他們呢！」

馬蹄聲越來越清晰，「兵大哥，等一等！」呼喊聲也傳了過來。就見一輛馬車狂奔而來，到得城門口，趕馬的漢子手上鞭梢一揚，啪地打了個響鞭，拉車的馬前蹄蹬直，在雪地硬生生地畫出一道長長的痕跡，穩穩地停在城門口。

「好馬！」校尉脫口讚道。

趕馬的漢子拱拱手，「多謝各位長官行方便，要不是碰到幾位好心的長官，今兒個小人可就要在城外過年了。」

校尉微微一笑，「與人放便，自己方便嘛！不過這位漢子，按規定，進城可是要檢查的。你馬車裡還有什麼人啊？」

其實是校尉看到這漢子馬術精奇，這樣的身手居然只是一個趕車的，心裡有些犯疑，而且拉車的兩匹馬神駿異常，比起自己所騎的戰馬還要好，用這樣的馬當拉車的腳力未免太奢侈了些。

「這個，」漢子遲疑了一下，「長官，實不相瞞，這車裡坐的是我家小姐，這實在是有些不方便啊！」

校尉道：「讓你們進城已是本校尉心存仁念了，進城要檢查可是上面訂的規矩，莫要使我為難。」

馬車裡似乎叫了一聲，趕車的漢子趕緊湊了過去，就見馬車門打開了一條縫，從裡面遞出一樣東西來，借著火光，校尉匆匆一瞥，一張絕美的側臉一晃而過。

漢子將手裡的牌子遞給校尉，道：「長官，有這個東西，是不是就不用開車門了？」

校尉接過掃了一眼，臉色一變，雙手將牌子還給漢子，口中告罪道：「真是大水沖了龍王廟，一家人不識一家人了，罪過罪過，請吧！」

漢子將牌子從車門遞了回去，又接過幾樣東西，道：「我家小姐說了，耽誤了幾位長官的時間，這是一點小意思，不成敬意，還請不要推辭。」

校尉微微一笑，也不推辭，接過東西道：「長者賜不敢辭，謝謝小姐了！」

看著馬車走遠，一名士兵好奇地湊了過來，道：「校尉，這又是哪家的貴人啊？」

校尉拋了拋手中的東西，是幾錠成色十足的白銀，忙吩咐道：「張三，你趕緊去城裡『富貴居』將上好的酒菜弄一桌來，咱今兒也享受一番。」

「好耶！」張三興奮地接過銀子，「哈，長官，還是您厲害，多等這一小會兒，便給弟兄們弄到了一桌『富貴居』的酒菜。」

「與人方便，自己方便嘛！」校尉高興地道。

士兵們正要關門，外面又傳來急驟的馬蹄聲，在士兵們回頭之際，兩匹馬已是一陣風般地駛過城門，「一點小意思，不成敬意！」接著某樣東西便直飛向那校尉。

校尉大怒之下伸手接住，打開一看，卻是呆住了，居然是兩大錠黃金，看著黃燦燦的金子，士兵們也都呆住了，「今兒個是怎麼啦？」

校尉咧咧嘴，叫道：「張三，咱不吃『富貴居』了，今兒個大年夜，咱們改吃『鼎升元』的酒席！」

馬車在雪地上輾過兩道深深的車轍，穿街走巷，最後在一個胡同裡停了下來。

趕車漢子躍下馬車，在一間四扇開的大門上用力地敲響了銅環，門打開一條小縫，守門的人不耐煩地道：「誰呀，這麼晚來有什麼事？」

漢子道：「兄弟，請去回稟丁員外，他在並州的侄女來了。」

門一下子被拉開了，守門人一臉驚喜地走了出來，「原來是小姐來了，哎呀呀，員外早就吩咐過了，只是沒想到這麼晚才到，我們都以為小姐今天進不了城，員外正擔心著呢！快請進來！」

漢子從車轅上取下一個小凳子放在車旁，招呼道：「小姐，到了！」

車門打開，一個作侍女打扮的女子躍下馬車，回過身扶著一個被狐裘裹得嚴嚴實實的女子踏著小凳子走下了馬車，進得大門還沒幾步，丁員外已是疾步迎了出來。

「叔叔！」穿狐裘的女子叫了聲，向丁員外福了一福，一邊的侍女也彎腰道：「見過員外老爺！」

丁員大笑道：「好，好，來了就好，我正擔心著呢，快快進房去，房裡暖和，可別凍壞了！」

走進暖烘烘的大廳，丁員外立即收起笑容，向狐裘女子躬身道：「司長，屬下是洛陽分部胡勇將軍麾下振武校尉丁原，負責在洛陽商界的滲透。」

鍾靜幫清風脫下狐裘，清風走到火盆邊，將凍得有些僵的手伸到火盆上方取暖，點點頭道：「嗯，丁原，我知道你，胡勇呢？什麼時候過來？」

丁原道：「今兒是大年夜，胡將軍需要將麾下一大幫子人打發了才能過來，要晚一點，將軍讓我跟司長道歉。」

清風笑道：「他做的是正事，跟我道那門子歉，你先跟我說說洛陽的情況吧！」

「是，司長，不過司長一路勞累，我略備了些酒菜，司長喝點酒暖和暖和，邊聽我解說吧！」丁原建議。

「也行！」清風點點頭。

一直快到午夜，胡勇才到這裡，滿臉通紅的他一看便知道喝了不少酒，見到清風，連聲告罪不迭。

「司長，請恕末將遲來，實在是末將那兒一大票狐朋狗友，今兒個大年夜，非得灌我酒，您知道，這些人皆是得罪不起，平時用得著他們的地方多著呢。」

清風不以為忤，「我不管你喝多少酒，交什麼朋友，只要不誤事就行，胡勇，剛剛丁原跟我講了你們在洛陽的網路鋪設，總體來說，我很滿意，只是對洛陽地下勢力的掌控，你還要加大力度。」

「是，司長，我一直在努力做這件事，現在半個洛陽城的地下勢力都在我的手中，官府做不了的事，我伸伸手便可解決。」

清風聽了說：「你安排一下，我要儘快見到安國公！」

胡勇有些為難地道：「司長，安國公府現在被蕭浩然那廝死盯著，稍有風吹草動便會察覺，要想神不知鬼不覺地進去有些難度。」

「所以我才在大過年的時候趕來，這幾天總會比平常稍微鬆懈一些，你儘量在這幾天安排我進國公府。」清風不容他拒絕地說道：「另外，你發動你的那些潑皮手下們，給我查查這幾個人到了洛陽沒有？」

清風朝鍾靜使了個眼色，鍾靜隨即從懷中抽出幾張紙，紙上是幾個人的頭像。

「這不是……」胡勇驚道。

「我總覺得這幾個傢伙也來了洛陽，去好好查一查，但不要驚動他們！」清風交代道：「另外，聯絡一下謝科，看他能不能找到機會與我見一面，如果沒有機會，就不要強求了。」

第四章
縱論天下

「要解決李清，」安國公道：「傾城便是一個變數，如果天啟真的沒有死的話，傾城就會成為一把鋒利的匕首。」

清風不以為然地道：「老爺子太高看傾城了吧？她武功是高，但想要動搖定州政局，只怕還沒有這個能耐吧？」

洛陽城。

大佛寺的鐘一聲接著一聲的敲響，伴隨著渾厚的鐘聲，是此起彼伏的歡呼聲，新的一年在這大雪飄飛之中來臨了。洛陽城難得地解除了宵禁，自從天啟皇帝死後的一年中，洛陽一直便實行宵禁政策，解除宵禁的洛陽燈火通明。

昔日熱鬧無比的安國公府卻有些冷清，一大家子人都去了翼州老家，獨留下安國公空守著偌大的宅院，門口兩個紅燈籠在風中搖來擺去。

書房中，上好的白炭火燒得正旺，屋裡十分暖和，白髮蒼蒼的安國公獨坐在炭火邊，腿上蓋著厚厚的羊毛毯，身邊的案几上，擺放著一整套茶具，小火爐上，壺裡的水已沸騰了。

書房門輕輕被叩響，安國公抬起一雙有些渾濁的老眼，「來了？進來吧！」

房門推開，清風臉微笑著出現在門口，向安國公盈盈拜倒，道：「清風見過安國公老大人！」

在她身後，鍾靜影子一般地隨著出現，默不作聲地向安國公行了個軍禮。

安國公臉上的皺紋舒展開來，笑道：「小丫頭這麼鄭重其事做什麼！快進來，坐，今兒老頭子正想著要獨自守歲，你就來了，妙極，老頭兒今夜不寂寞了！」

清風嫣然一笑，移步走到安國公身邊，跪坐在小案几後，笑道：「這套茶具是國公爺為我準備的麼？」

安國公嘿嘿笑著，「前些時日皇帝賞了我二兩好茶，我於茶道一事卻是半通不通，不想糟蹋了這等好東西，早聽說你極精茶道，老頭子早早就擺好了這套傢伙，就等你來了。想不到這時候才等到你。」

清風熟練的將茶具一一擺好，開始擺弄茶具，「安國公面子大，大過年的，想要進來還真不容易呢！」

安國公嘿嘿笑道：「你不還是進來了，調查司神通廣大，名不虛傳！」

「不過是些雞鳴狗盜之輩，哪能入您法眼！」清風一雙玉腕上下翻飛，轉眼間，就將碧綠如玉的茶水沖好，推到安國公的面前。

「好茶！」安國公端起茶水，也不管燙不燙，一口喝進嘴裡，咕嘟一聲吞了下去，讚道：「手藝更好！」

清風欠身笑道：「多身安國公誇獎！」

安國公瞇著眼睛看著清風：「茗煙剛走，你緊接著便入京，是有什麼重要的事需要知會老頭兒麼？」

清風微微一笑，「兩件事，一件是喜事，另一件卻是愁事，清風百思不得其解，特來請老爺子解惑！」

安國公白眉一掀，「你百思不得其解？以你的才智，如果想不明白，只怕到了老頭兒這兒也是枉然！」

「我家將軍一直說，家有一老，如有一寶，您吃過的鹽比我吃過的飯還多，對我萬分為難的事，到了您這裡，說不定就不叫事了！」清風奉承道。

安國公大笑，「你這小丫頭，倒是會拍馬屁，好吧，咱先說喜事，什麼事讓你如此喜上眉梢呢？」

清風整整衣袖道：「我家將軍剛剛替國公爺您添了一個重孫子了。」

「重孫子，好！」安國公大喜，「李氏又添新丁，當浮三大白！」抓起案上的茶水，倒進嘴裡，「是你妹妹雲容所出？」

清風低下頭，「是，正是舍妹雲容所出，傾城公主大概要到年後三四月方會臨盆。」

安國公渾濁的老眼陡然間明亮起來，深邃的眼光注視著眼前的清風。

似乎感受到安國公的注視，清風抬起頭來，目光毫不示弱地與安國公對視著，臉上露出倔強的神色。

安國公嘆了口氣，移開視線，看著冒著幽幽綠光的炭火，提起火鉗撥弄了幾下，「老頭子雖不出門，但定州的事我還是知道一些的。」

清風坦然一笑，「老爺子明鑒，有些事清風也是身不由己，阿靜常跟我說，人在江湖，身不由己，我們都是入彀之人，老爺子是過來人，想必也能體諒。」

安國公撫鬚道：「倒也不錯，不過其中分寸卻要把握得恰到好處才是。」

「這個清風省得！」清風嘴角露出一絲苦笑道。

「好啦！」安國公擺擺腦袋，「不說這些了，你倒說說讓你百思不得其解的事，老頭兒好奇得緊，什麼事竟能將你難住?!」

清風從懷裡掏出一疊文件，道：「國公爺，這是我整理出來的一些資料，還有我的分析，您老先看看！」

鍾靜將燭火移到案邊，安國公打開厚厚的一疊文件，只看了數頁，臉色就變了。

一個時辰匆匆而過，安國公放下手中文件，長吁了口氣，「這是你的研判？」

清風點點頭，「我與將軍討論過，都覺得大有可能。如果真如我等所猜測的那樣，許多原先令人不解的疑問就能迎刃而解，但有一點，我和將軍卻怎麼也想不明白，那就是：**為什麼！他為什麼要這麼做？**」

安國公眯起眼睛，「我也想不通，這完全是沒道理的事。」

「先帝暴斃，以國公爺的身分，應當是見過先帝遺體的人吧？」清風問。

安國公道：「太極殿一場大火，將所有一切都燒得面目全非，雖然經過宮廷醫師整容，但也只能辨個大概了。」

「那些御醫想必都死了吧？」清風又道。

安國公點點頭，回憶道：「從身材輪廓和隨身攜帶的物品來看，的確是先帝無疑，再說了，皇后娘娘是對先帝最熟悉的人了，有她確認，應當不會有錯，所以我認為，你這推論是有些站不住腳。」

清風懊惱地甩甩頭，「這麼說，先帝潛行是不可能的了！」

安國公點點頭。

「**如果皇后娘娘知道內情，與先帝兩人串謀的呢？**」一邊的鍾靜忽地說了一句。

安國公霍地抬起頭，看了眼鍾靜，眼中滿是震驚之色，啪的一聲，手中的火鉗不慎掉進火盆之中，濺起一大蓬火星。

鍾靜無意之中的一句話，此時卻將安國公和清風兩人都驚住了。鍾靜說這句話，是不知道皇后娘娘的身世背景，但就是這句無意識的話，卻讓屋中的兩個當世人傑想起了另一個可能。

皇后娘娘姓向，是大楚門閥向氏的女兒，向氏正是這次與蕭氏合謀發動宮廷政變的另一大勢力，如果皇后娘娘知情，那麼向氏就一定知道，向氏知道還發動這次政變，這其中的意義就不言而喻了。

「如果真是如此，蕭氏危矣！」安國公喃喃地道。

「果然如此，**那麼天啟的目標就不僅僅是蕭氏。**」清風思索道：「**他是要讓大楚所有的門閥大族都加入這次爭奪中來，將門閥世族掃蕩一空！**」

兩人對視一眼，眼中都露出駭然之色，**如是這是真的，那麼李氏也在清洗之列。**

安國公站了起來，「先帝有這麼大的魄力嗎？為了重振皇室，居然連自己的皇位也捨得放棄？」

如今昭慶帝已登位，天啟如果真的詐死，暗中謀略天下，即便成功，他也不可能重登皇位，將自己的兒子再廢了，畢竟，他已是公告天下的一個死人了。如果他重登皇位，不啻是告訴世人，這些年來的戰亂，讓整個大楚陷入戰火，讓百姓流離失所，讓成千上萬人死於非命，都是他一手操縱的，如此一來，皇帝的威信照樣蕩然無存。

「捨得捨得，有捨才有得，將軍曾對我說過，天啟皇帝絕不是一個糊塗蛋，也許他真的是一個有大魄力的人傑。」清風猜測道。

安國公心亂如麻，在書房中轉著圈，天啟皇帝當年是他與蕭氏等一眾門閥一手扶起來的，原因無他，就是因為天啟與寧王相比，眾人覺得天啟更容易控制一些，寧王則無論是在才能和魄力上都要出眾許多，現在看來，他們都看走了眼。**如果天啟真活著，那麼預謀這個驚天大局，很有可能是登位不久便開始籌劃了，十年時間，他有足夠的時間安排一切，算計好所有的可能。**

安國公情緒稍微平穩了一些，重新坐回到炭火邊，整理了一下思路，緩緩地道：「如果興州那人真是先帝的話，那麼我們可以確定，**向氏必然是他手中的一枚暗子**，蕭浩然自以為得計，卻沒想到在他身後還有一柄鋒利的刀子正對著他的後背。」

「蕭氏擊敗寧王之時，便是蕭氏大敗虧輸之日。」清風補充道：「老爺子，您是軍事上的大行家，你分析一下，要做到這一點，他們會怎麼做？」

安國公閉上眼睛，思忖片刻道：「蕭浩然放棄秦州、金州，誘使寧王大軍深入，我估計，蕭浩然為了保證一戰功成，說不定還會放任寧王軍隊深入岷州，在岷州，蕭浩然一定為寧王準備了一個大驚喜，假設蕭浩然一戰成功，擊敗寧王，寧王大敗虧輸之際，殘兵不僅保不住金州、秦州，甚至連蓋州、青州也無法保全，蕭氏軍隊大舉進攻，反攻入寧王控制區域：寧、登、臨、勃。在寧王的老巢與寧王展開決戰，軍隊損失泰半的寧王將舉步維艱，在蕭浩然志得意滿之時異變陡起，興州出兵，切斷蕭浩然退路，斷其糧道，蕭氏軍隊必然大亂，寧王趁機反敗，蕭氏難保。」

「而在蕭氏後院，后族向氏趁機動手，剷除蕭氏根基，徹底將蕭氏滅亡，寧王也在役中元氣大失，再也無力抵抗興州屈勇傑與向氏聯手攻擊，敗亡指日可待。」清風接著道：「**但他們此計之中，並沒有考慮到老爺子的翼州啊？**」

安國公苦笑道：「可能在先帝的計畫中，屈勇傑與向氏聯手之下，翼州要麼服軟加入他們的行列，要麼便是滅亡的結局，你說我會怎麼選？」

「此一時也彼一時！」清風冷笑道：「只怕他萬萬沒有想到，將軍在定州短短的時間內便發展出如此強橫的勢力，現在的翼州，恐怕會讓他大為頭疼吧？」

安國公點點頭，「現在的翼州讓他投鼠忌器倒是真的，我想在沒有解決李清之前，對於翼州，他只會拉攏我們加入到他的陣營去。」

「不錯，要解決李清！」安國公接著又道：「**傾城便是一個變數，如果天啟死了，傾城會是一個不錯的定州主母；如果天啟真的沒有死的話，傾城就會成為一把鋒利的匕首。**」

清風不以為然地道：「老爺子太高看傾城了吧？她武功是高，擱在軍中也算一員猛將，但想要動搖定州政局，只怕她還沒有這個能耐吧？」

安國公饒有興味地看著清風，道：「清風，你心智謀略都是頂尖之選，卻有一樣缺點，只怕你自己也不知道吧？」

清風欠身道：「還請老爺子指點！」

「但凡絕頂聰明之輩，也大多是眼高過頂之人，極少有人能入他們的法眼，你便是這其中的一個，在定州，真正能讓你佩服的人沒有幾個吧？」安國公笑道。

清風毫不掩飾地道：「不錯，除了將軍之外，只有寥寥數人而已！」

安國公點點頭，「我想也是如此。不過，**你太小看傾城了**。傾城在你面前表現出來的先是跋扈嬌橫，後來是屈意奉迎，但你想過沒有，**傾城憑什麼掌控宮衛軍如此之久？難道只因為她是金枝玉葉，或僅僅是憑她過人的武功？**」

「您的意思，**她是故意做給我看的？**」清風悚然驚道。

「傾城是帶著明顯的政治目的嫁到定州去的，而定州作為一股新興力量，在政治架構上是相當穩定的，她如果想有所作為，必然要想辦法挑起事端。」

「所以她在我面前驕橫無禮的舉動，是想激怒我！」清風臉色難看之極。

安國公侃侃說道：「你與尚海波之間的爭鬥，她不必費力便可知道，尚海波對你一向有防範之心，如果你一怒之下對她有所報復，必然會讓尚海波倒向她那一邊，甚至李清也會對你有所猜忌。」

清風額頭上冒出冷汗，捫心自問，夜深無人之時，自己何嘗沒有起過這個心思？

「所幸你極為冷靜，讓定州一直保持穩定狀態，對尚海波也是一再忍讓，儘管私下裡有些小動作的，但這無傷大雅。」安國公笑道。

清風有些尷尬，沒有說話。

「隨著天啟暴亡，傾城的主要謀士燕南飛被遠遠地打發走，傾城的態度便發生了一百八十度的轉變，不管從那一方面看，傾城似乎已是死心塌地做她的定州主母了，你、尚海波、路一鳴等人也因此將她看成了一隻死老虎了吧？」安國公又道。

清風點點頭，「如今的傾城已無羽翼，唯一的指望秦明，雖然掌控著一營武力，但在呂大臨的監控之下，亦是難有作為。」

安國公拍了下巴掌，「瞧，從開始的萬眾矚目到如今的無人正視，這就是她的目的。」

「國公說她在暗中還有小動作？」

「這只是我的揣測！」安國公道：「盛名之下無虛士，傾城名動天下，可不僅僅是指武功而言，現在的她的確是無爪無牙，但一旦袁方與她取得聯繫之後呢？以袁方掌控下的職方司的能力，傾城就可以做很多事了。」

清風的神色凝重起來，思索道：「但是傾城如今在定州能做什麼呢？我實在想不出來。」

安國公也是搖頭，「我只是說某一種可能，至於如何做，怎麼做，我不是傾城，我也不知道，但我知道，**她不發動則已，一旦發動，必然是石破天驚的一擊，一定是能扭轉乾坤的勝負手**。要知道她是定州的主母啊，設想一下，如果李清出了什麼事呢？」

清風猛的站了起來，「難道她想刺殺將軍？」

安國公大笑起來：「清風，你是關心則亂啊，傾城沒有那麼蠢，這麼做，只是自赴絕地而已，假設傾城知道了天啟沒有死，那她一定會選一個絕好的時機動手，但絕對不是動手刺殺李清。」

清風心煩意亂起來，安國公的推測太過驚人，完全出乎她的意料，她感到事情有些脫出了自己的掌控之中，不禁問道：「國公，傾城當真會如此麼做麼？她是定州主母，是將軍的元配夫人啊！而且馬上就要成為將軍孩子的母親了。」

安國公冷笑一聲：「如果天啟當真沒有死，你就應當知道皇室中人的做事風格了，在他們眼中，親情什麼的都是笑話，天啟一代人傑如此，傾城又何嘗不是？」

鍾靜忍不住出言道：「一刀殺了，一了百了！」

安國公聽了道：「鍾將軍當真是江湖俠女風範，一刀殺了傾城的確簡單，但清風若是動手，立馬就是覆巢之禍，甚至還會連累到霽月，**試問眼下，你有什麼證據說傾城有禍亂定州之事？眾人只會聯想到是定州內鬥**，認定是你的司長為了想要自己登堂入室，刻意陷害主母，如此一來，定州必然產生動亂，再也無力進軍中原，只能龜縮西方，等天啟收拾了舊河山，行有餘力之際便來對付李清，他們的目的一樣達到了。」

「那就只能眼睜睜地看著傾城暗中搗亂麼？」鍾靜不服氣地道。

安國公搖頭，「那倒也不見得，既然我們已經知道了對方的想法，凡事便能更加注意防範，俗云兵來將擋，水來土淹，眼下也只能見招拆招吧。」

清風點點頭道：「國公說得是，定州眼下圖謀北方呂氏，傾城極有可能還不知道天啟皇帝之事，應當還沒有什麼大動作，回去之後，我會加強對這方面的布署，立爭防患於未然，不過這事還得與將軍商量，否則引起將軍誤會。」

安國公搖頭，「清風，看來你對李清瞭解的還不夠深啊，在有些事上面，他比你要清醒得多，只不過處在他這個位置上，更多的是冷眼旁觀罷了。」

清風默然無語，半晌道：「國公，雖然說了這麼多，但這一切都是建立在推測之上，作不得準，我想請老爺子離開洛陽，如果真如我們所猜想的，洛陽已經不安全了。」

安國公道：「你讓我回翼州，順便去一趟興州，瞧瞧那個龍先生？」

清風嫣然一笑，「不錯，那龍先生不管是真龍也好，假龍也罷，在您老人家的法眼下，絕掩蓋不得的。」

「你想逼他提前行動？」

「至少讓他對我們提前攤牌！」清風道：「只要您出現在興州，龍先生就知道此事已經被我們猜出大半，那他除了對我們攤牌之外，再無其他辦法。」

安國公道：「可是如今我被看得死死的，如何出得京城？」

清風笑道：「老爺子不必瞞我，您想走，肯定是走得了的，更何況我也來了洛陽，以統計調查司和暗影的能力，還不能將您從洛陽安然無事地帶走的話，那我和李宗華前輩豈不是要羞愧無地了！」

鍾靜也笑道：「便像老爺子這書房中一樣，看似就我們三人，可夾壁之後卻還有兩位，一直陪伴了我們這麼久。」

安國公呵呵笑了起來，「早知瞞不過你，李文，李武，你們出來吧！」

書房的暗門無聲無息地打開，兩個年約四十的中年人走了出來，「鍾將軍好功夫，一進門就發現我們兄弟了吧？」一個蓄著長鬚的中年人笑道。

出了安國公府，清風心情極為沉重，當真是一波未平，一波又起，安國公的話在她心中掀起了滔天巨浪，**天啟皇帝布下了這個將整個天下都套進去的驚天大局，天下所有豪門大閥都淪為了他的棋子，那定州在其中扮演的是什麼角色？**

按照定州先前的戰略，在摧毀北方呂氏和併吞東方曾氏之後，李清將一躍成為大楚實力最為雄厚的地方勢力，足以問鼎中原，那布下這局棋的天啟豈會容忍自己的棋局成為李清縱橫的戰場？他有什麼後手對付李清呢？

清風不相信天啟沒有應付李清的後手，畢竟定州這幾年來咄咄逼人的氣勢已經毫無遮掩地展現了出來。

傾城會是天啟的後手麼？清風不止一次在心中問自己。

天邊微微露出了曙光，飄灑的飛雪已漸漸稀疏，偶爾有幾片落下來，在空中打著旋，不知飄向何處，街上積了厚厚的一層雪，屋簷下掛著長長的冰凌，被燈光一照，閃著七彩的光芒。

清風沒有坐馬車，裹著一件斗篷，鹿皮靴子踩在積雪上，發出吱吱喀喀的響聲，留下一行深深的足跡。扮作侍女的鍾靜手縮在袖中，緊緊地握著一柄短劍，在她們身後，統計調查司的特勤們裝作閒散的漢子，或孤身一人，或三五成群，不緊不慢地跟在後面。

穿過數條街道，天色已是大亮，清風像是有所感應似地，猛然抬起頭來，看向數十步外的一幢大宅子，紅色的大門外，有十數個家丁正揮舞著掃帚，奮力地掃著積雪。

一個丫環模樣的人牽著一個粉妝玉琢的男娃娃，小男孩咬著手指，雙眼閃閃發亮地看著那漸漸堆高的雪堆，似乎與那丫環低聲央求著什麼，丫環卻連連搖頭，小男孩顯出一臉的沮喪來。

鍾靜發現清風的異樣，順著她的眼光看去，臉色也是一變，那幢院子的大門外，兩個寫著林字的大紅燈籠正隨著寒風飄盪，這裡是林府，是清風的故居，不知不覺中，清風居然走到了這裡。

「小姐，我們走吧！」鍾靜伸手牽住清風，在她耳邊低聲道：「林府之中，說不定還有很多人是認識小姐的。」

清風微微點頭，任由鍾靜牽著她沿著街道的另一側走過，但側臉看著那扇熟悉的大門之時，心頭仍是陣陣酸楚，眼淚禁不住大顆大顆地掉落下來。

牽著小男孩的丫環也注意到了經過門前的這兩個女子，兩人一身不菲的裝束讓丫環不禁多看了兩眼，恰在此時，清風轉過臉來，與她打了個照面，丫環的嘴巴陡地張成了O形，彎腰立即抱起小男孩，風一般地轉身跑進了屋內。

「走吧，小姐，那丫環認出你來了！」鍾靜一驚，拖著清風迅速離去。

片刻之後，曾任定州按察使的林海濤只穿了件中衣，趿拉著鞋子如飛般地奔到門口倚門而望，街道上，除了下人正在清掃積雪，又哪裡還有其他人的身影。

手按著門框，頭上已添了無數白髮的林海濤沮喪地低下頭，轉過身，佝僂著身影，意態蕭索地向院內走去，此時的他自然不知，在街道的轉角處，一雙噙滿熱淚的眼睛正遠遠地盯著他。

「小姐，我們走吧！」鍾靜勸道。

「不，我們去『寒山館』，阿靜，我想喝幾杯！」清風搖頭道。

看著清風的神色，鍾靜欲言又止。

「寒山館」與幾年前相比，沒有任何變化，依舊是一副素顏傲然挺立在四周那些趾高氣揚的大酒樓之間，卻不顯絲毫的寒酸，反而別有一番風味，此時時刻尚早，打著呵欠的夥計正在清掃門前的積雪，顯然昨夜也是熬了一個通宵，睡眼惺忪，精神不振。

看到清風兩人，夥計倒沒忘了自己的職責，丟掉掃帚，帶著笑臉迎了上來，招呼道：「兩位客官，這麼早啊，小店還沒有開張呢！」

鍾靜道：「找個安靜的位子，我們先略坐一坐。」

夥計為難地道：「這時候伙房師傅都還沒有來呢，客官便是進去了，也沒什麼可吃的。」

鍾靜摸了一錠銀子塞給那夥計，笑道：「師傅沒來也沒什麼關係，我們可以先進去等著，這位小二，外面天氣這麼冷，總不能讓我們在寒風中等著吧？」

夥計掂量了一下手中的銀塊，怕有二兩重，臉上的笑容更加歡快了，惺忪的眼睛也一下子變得炯炯有神了，「那是那是，二位客官請進，請到二樓雅間就坐，小的馬上給二位將火盆端進來。」

鍾靜點點頭，扶著清風步入了「寒山館」的大門。

果然有錢能使鬼推磨，不多時，那小二已生起了一盆旺旺的炭火，端進兩人的雅間。

「小二，先上兩壺酒來，什麼果蔬冷盤、瓜果點心什麼的，只管端上來！」

鍾靜在桌角上放了一大錠銀子，吩咐道。

「好耶！」店小二雙眼放光，忙去張羅了。

鍾靜為清風倒上一杯酒，道：「小姐，喝杯酒去去寒氣吧！」

清風端起酒杯，一飲而盡，卻嗆得大咳起來，酒水噴出，將胸前衣襟打濕了一片，臉也嗆得滿是通紅。

鍾靜替清風擦拭著酒漬，勸慰道：「小姐，世上之事，十有八九不能盡如人意，便是天上月兒，一月之間又能有幾天是圓滿的呢？」

清風替自己再倒上一杯酒，眼中卻顯出看盡世事的滄桑。

「小姐，你有什麼苦，儘管對阿靜講吧！說出來心裡就會好一些了！」

清風搖頭道：「阿靜，沒什麼，過一會兒就好了！」

看著清風的神色，鍾靜還想勸解，樓下忽地傳來一個聲音，「小二，找一個上好的雅座，有什麼儘管端上來！」

兩人倏而色變，這個聲音太熟悉了，「許思宇！」鍾靜兩眼陡地變得鋒利起來。

清風先是一愣，繼而笑道：「許思宇與鍾子期一向焦不離孟，孟不離焦，看來鍾子期也來了，當真是不是冤家不聚首。」

鍾靜拔出了短劍，雙眼放著寒芒，「打他們一個措手不及！」說完這一句，忽地又意識到不妥，自己身邊還有一個手無縛雞之力的清風呢！

鍾子期與許思宇便是在大年夜時，繼清風之後飛馬入城的兩人，對於南軍在秦、金兩州的高歌猛進，心思細膩的鍾子期總是心有疑慮，只可惜他的擔心不為寧王所採納，心有不安的他在金、秦二州找不到任何線索，索性便上洛陽蕭浩然的大本營來，希望能有所收穫。

當年二人也是這「寒山館」的常客，昨夜剛到，今天便迫不及待地要來舊地重遊，卻萬萬沒有想到在他們之前，已有人比他們更早來到。

剛踏上二樓的許思宇身形忽地凝住，伸手入腰間，握住短刀刀柄，兩眼看向二樓的一間雅間。

「怎麼了？」跟在身後的鍾子期問。

「有殺氣！」許思宇低聲道，心裡暗暗叫苦，敵人預先埋伏在這裡，顯然是來者不善，如果只有自己一人倒還好辦，打不了逃總行，但身旁這個白面書生鍾子期可就糟了。

鍾子期心中也是一沉，**是什麼人對自己的行蹤掌握得如此準確，竟事先守候在此！**兩人凝立在樓梯口，進也不是，退也不是。

「鍾先生，想不到在這裡也能遇到你，當真是冤家路窄呢！」一個好聽的聲音傳來。

聽到這個聲音，鍾子期如釋重負，伸手推開面前的許思宇，大笑道：「當真是人生何處不相逢啊，清風小姐，我們可真是有緣啊，大過年的，你不在定州陪李大帥過節，巴巴地跑到洛陽來幹什麼？」

雅間的門霍地打開，鍾靜一臉不善地出現在門口。

清風道：「狗嘴裡吐不出象牙來，真是後悔當初在定州沒有一刀做了你。」

鍾子期大搖大擺地走進雅間，大剌剌地自顧坐了下來，說道：「久旱逢甘霖，他鄉遇故知，清風小姐，你看我們兩人相隔何止千里，卻能在這樣一個地方重逢，不是緣分是什麼？思宇，快進來，別和鍾小姐大眼瞪小眼，鬥雞似的，幹什麼呢。」

清風噗哧一笑，許思宇站在門邊，和鍾靜兩人互相瞪視，倒真如同鬥雞一般，「阿靜，別這麼小家子氣，過來坐！」

鍾靜哼了聲，示威似的衝許思宇揚了揚拳頭，走到清風身邊。許思宇嘟囔了一句，也走到鍾子期旁邊坐下，兩人隔著桌子，卻還是互不相讓地瞪視著。

「鍾先生，你好大的膽子，居然敢上洛陽來！」清風替鍾子期倒上一杯酒。

「彼此彼此！」鍾子期笑道：「清風司長纖纖女子，也敢來這龍潭虎穴，我鍾子期男子漢大丈夫焉敢落於人後？」

「我定州可是奉朝廷調遣的，而你鍾大人卻是名符其實的反賊，只怕你我大大不同，相信洛陽職方司、刑部衙門和洛陽巡檢司對鍾大人都是欲得之而甘心哦！」清風笑語晏晏。

「是嗎？那鍾某可是太榮幸了，不過清風小姐說你們是朝廷一夥兒的，我倒是不大相信，清風司長如果跑到街上去大喊三聲『我是定州清風』還能安然無事的話，鍾某人在這裡給你斟酒陪罪！」鍾子期調侃道。

清風哭笑不得，「我又不是三歲小孩，何必做那無益之舉！」

兩人打著嘴仗，另一頭鍾靜和許思宇也較上了勁，兩人各執著一雙竹筷，隔著桌子，在一盤花生米上你來我往，許思宇一手端著酒杯，一手想去夾花生米，鍾靜執著竹筷，偏不讓他得手，兩人手勢變化多端，筷子舞成一團，卻是誰也奈何不得誰。

雅間的門被輕輕敲響，鍾子期和清風二人都沒有在意，以為是小二上菜來了，清風揚聲道：「進來吧！」

房門推開，那人卻沒有立刻走進來，而是站在門邊，輕笑道：「二位大駕光臨，洛陽蓬華生輝，歡迎至極，歡迎至極！」

格的一聲，鍾靜手中的筷子斷為兩截，許思宇手中的一雙竹筷卻是失去了控制，不由自主地向下插去，哧的一聲，將盛著花生米的潔白瓷盤戳了兩個小眼，筷子深深地插入到桌上，兩人相較，終究還是許思宇的內力更強一些。

門口那人披著一身藏青色的披風，削瘦的臉龐上帶著一股長期在上位者所擁有的那種不怒自威的神情，手正撫著頦下三數長鬚，含笑看著房內數人。

「袁方？」

清風和鍾子期兩人大為意外，不約而同地站了起來。

許思宇和鍾靜兩人的手同時摸到懷中，握緊懷中的短刀，袁方可不比清風與鍾子期，一個是纖纖女子，一個是白面書生，可是文武兼備，功夫高明得很。

袁方隨手將披風解下，好整以暇地掛到門邊的掛鉤上，便像多年好友突然重逢一般，走到桌邊，看著兩人道：「二位來到洛陽，袁方身為半個地主，怎麼樣也要來招待一番，二位不嫌袁方唐突吧？」

清風淡淡一笑，「嫌得很，袁指揮能否離我們更遠點？讓我們自在一些！」

鍾子期手中的筷子輕敲著盤沿，道：「袁指揮說錯了，如果是以前呢，袁指揮可不是半個地主，而是這裡真正的主人，不過現在嘛，倒是與我們一樣，都遠來是客了吧？丁玉那廝可把袁指揮恨到了骨頭裡，袁指揮一出馬，丁指揮就成了光桿司令，我想丁指揮一定非常樂意在洛陽碰到您的。」

袁方哈哈大笑，「丁玉那廝不值一提，我倒是對二位大過年的不待在家裡，頂風冒雪的奔到洛陽感到好奇得很，特別是鍾兄，你現在可是反賊重要頭目之一，在刑部通緝名單之中位列前茅的。」

三人脣槍舌劍一番，倒是誰也奈何不得誰，清風吩咐又添一副碗筷，這時，「寒山館」的大廚們也上工了，精心製作的菜肴流水般地端了上來。

清風笑道：「相逢不如偶遇，今兒個大年初一，我們三人倒是出乎預料的在這裡聚齊了，袁指揮和鍾先生都是前輩，清風作為後來者，便先敬二位前輩一杯吧！」便笑盈盈的舉起了杯子。

「長江後浪推前浪，清風司長才智驚人，袁某佩服得很，這杯應該是我敬你，以後日子長得很，清風司長可不要將我這前浪拍死在沙灘上哦！」袁方打趣地道，對於清風在數年之間便構建起統計調查司，並能與自己多年經營的職方司分庭抗禮，袁方這話倒是打從內心裡說出來的。

鍾子期也笑道：「我也要敬清風小姐一杯，感謝你上次手下留情，沒有砍下我這三斤半啊！」

三人杯子略碰了一下，眼裡卻都是閃出火花。

鍾袁二人仰頭一飲而盡，清風只略沾了沾脣，便放下杯子，「如果有機會，我絕對會將您這前浪拍死在沙灘上的。」清風臉上笑著，嘴裡說出來的話卻是咄咄逼人，「至於鍾兄，唉，如果時光倒流，當初我絕對不會有絲毫猶豫，先砍了您這三斤半再說。」

袁鍾二人尷尬地對視一眼，袁方大笑道：「清風小姐果然性情中人，快言快語，看來袁某還得小心一些才是。」

鍾子期微微一笑，對著袁方舉起了酒杯，「同理，同理，袁老哥說出了我的心聲。」噹的一聲，兩人倒似達成了某種默契。

鍾靜詫異地看了眼自家小姐，不知道為什麼在這種場合，一向睿智的小姐忽然公然樹敵？

清風卻毫不在意鍾袁兩人瞬間便結成了同盟，夾了一筷子小菜，放進嘴裡輕嚼慢咽，看著與鍾子期談笑甚歡的袁方，突地開口道：

「**龍先生可好？**」

袁方身體陡地僵住，瞬間便恢復正常，看著清風，道：「清風小姐可是在問屈府幕僚龍先生？」

清風含笑點頭：「不錯，龍先生我仰慕已久，以前在洛陽卻無緣得見，如果有機會的話，還要請袁指揮引見引見。」

袁方心內泛起滔天巨浪，清風話說得輕鬆，但內裡的含義卻很豐富，讓他震駭不已，**定州知道了什麼，知道了多少？**他在心裡忖度道。

「如果清風小姐大駕光臨興州的話，自然就見到了龍先生，何須袁某引見？他又不是什麼神秘人物，以清風小姐的地位，還不是只需吩咐一聲，他就會來見小姐您了。」

「是麼？」清風格格一笑，**袁方終究還是露出了小小的馬腳，試問如果龍先生若真不是什麼神秘人物的話，又何苦多此一舉的加以解釋**。

鍾子期豎起耳朵聽著兩人的這番對話，心裡犯起了疑，龍先生其人他自然是知道的，是屈勇傑的幕僚，足智多謀，堪稱一代人傑，輔佐屈勇傑不過數載，便讓一介武夫的屈勇傑勢力大漲，如今坐擁興州，麾下精兵強將數萬，足以影響到整個中原的形勢，但他再有名，也不過只是一介幕僚而已，清風為什麼會特別提到他？

鍾子期知道清風絕不會無的放矢，她既然這麼說，就肯定有她的深意在裡頭，而袁方看來也是心知肚明，只有自己蒙在鼓裡，摸不著頭腦。

「這個龍先生究竟是什麼來頭?」鍾子期在心裡反覆地問著自己，**他隱約覺得自己接觸到了一個絕大的機密，卻又抓不到要害所在。**

看到鍾子期的神色，袁方心知鍾子期也起了疑心，對清風不由暗恨，這女人果然心思縝密至極，而且手段極其老到，轉眼間就將鍾子期又拉了回去。

「清風小姐，定州萬事俱備，只欠東風，百忙之中仍然來到洛陽，看來是極重要的事情了，袁方忝為地頭蛇，不知能否幫上一點小忙?」袁方道。

清風微微一笑，「哪有忙，清閒得很，只不過有些思念故鄉，特地回來瞧瞧而已，袁指揮想多了。」

「是麼?」袁方故作驚訝，「定州水師大舉東來，滅勃州水師，建深海島鏈，羅興長琦一帶，數萬軍馬枕戈以待，只等李大帥一聲令下便可大舉北進，如此關鍵時刻，清風小姐在定州位高權重，怎麼會清閒呢?說笑了吧?」

鍾子期被袁方的這幾句話立即將神思拉了回來，定州的這些舉措，看似是在針對北方呂氏，但深層次的戰略目標，無一不是指向南方寧王，由不得鍾子期不重視，如果真讓李清得手，寧王立刻數面受敵，李清痛打落水狗的習性他可知道得清清楚楚。

清風格格一笑，「這些軍國大事自有我家將軍操心，清風掌管統計調查司，每日只不過經管些雞毛蒜皮、偷雞摸狗的小事，這些大事則不太清楚。罷了，今日大年初一，是個喜慶日子，我們說這些幹什麼，小二！」

門外的小二應聲而入，「小姐需要什麼？」

「有古箏麼？」清風問道。

「有的。」

「拿來！」清風笑顧袁、鍾二人，「難得相逢，又恰逢新年，我為二位鼓箏一曲，以示小女子對兩位前輩的敬仰。」

鍾袁二人一時不明所以，四目相對，都感到有些莫名，但出於禮節，袁方點頭道：「能聽清風小姐親自鼓箏，倒是我輩的福分，願洗耳恭聽。」

擺好箏，清風綰起衣袖，雙手撫上琴弦，兩手一動，一段激昂的箏曲陡地流轉開來。

「十面埋伏！」鍾子期脫口而出，滿面皆是驚訝之色，而袁方看似從容的神態，眼中卻蘊含著一絲難以覺察的焦慮。

箏曲悠悠，繞梁不絕，清風卻已和鍾靜兩人芳蹤渺渺。

看著那臺古色古香的箏，袁方忽道：「此女不死，我等難有寧日！」

鍾子期聽了道，「如果袁兄有意，鍾某倒是可以助你一臂之力。」

袁方抬起頭，眼中射出絲絲寒光。「倒也不必，鍾兄還是顧好自己吧！」袁方冷冷地道。

「你說什麼？清風在洛陽十五天便遭到了八次刺殺？」李清臉上露出震驚之色，關切之情溢於言表，「她沒有事吧？」

紀思塵微笑道：「司長大人在『寒山館』特意刺激了袁方一下，果然立即招來這些蝗蟲，不過司長早有預防，不但讓袁方徒勞無功，還讓他的人手折損不少，職方司的丁玉也終於逮到時機，乘機殲滅了不少袁方在洛陽的耳目，算是出了一口氣。」

李清臉上露出笑容，「也是，以清風的機警，斷然是不會吃虧的，她的試探果然在一定程度上驗證了我們的判斷。她什麼時候回來？在袁方洛陽沒有得手，只怕不肯干休，路上更需小心。」

「大帥放心，王琦也跟著去了洛陽，一路上有他安排，不會有事。」紀思塵道。

李清沉吟道：「小心無大錯，我讓茗煙將她手下的特種大隊也派出去接應一下，一定要將清風安全地接回來。」

紀思塵彎腰謝道：「大帥對司長的關懷，司長一定銘感五內！」

「聽說清風走時，將興州的事情交給了你，有什麼進展麼？」李清問。

紀思塵汗顏地說：「思塵慚愧，有負司長和大帥的期盼，下官在興州沒有任何進展，竟是一無所得。」

「一無所得就是最大的收穫，試想如果龍先生真是一個普通的幕僚，即便他才智通天，也用不著如此嚴密的保護和封鎖。」

李清站了起來，走到書房內那巨大的地圖前，凝視著那幅大楚疆域圖。

「多了興州這個變數，我們的計畫看來也要改變了。」他揮揮手道：「你下去吧，平安地將清風司長接回來。」

「是，下官告退！」紀思塵退出了書房。

「虎子，請尚先生過來！」李清吩咐道。

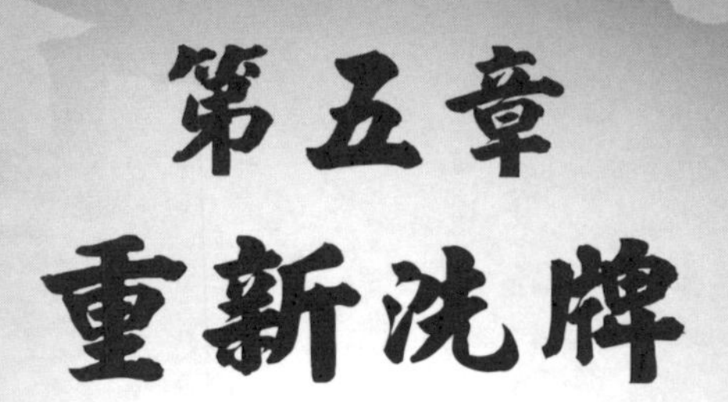

第五章 重新洗牌

「大帥說得不錯，豪門世家與我們開戰，如果我們定州被擊敗了，那麼不論是南軍也好，還是蕭氏也罷，抑或是其他的那些世家，實力都將消耗無幾，天啟皇帝的意圖也就達到了，利用這場戰爭，重新洗牌，再振大楚雄風。」

正月十五一過，傳統的年節便算結束了，過年的氣氛漸漸淡去，生活又逐漸恢復到正常的狀態，定州的氣氛又慢慢地凝重起來，大規模的軍隊調動時有發生，所有的百姓們知道，經過一年的休養生息，這個戰爭機器又要開始運轉起來了。

各村各鄉的預備役訓練突然加大了強度，原本休假的軍官和士兵一個個被緊急召回部隊，乘著春耕前的空檔閒暇，各地紛紛召集大量的民夫將馳道修整加固，定復兩州的商人和作坊在短短的時間內接到大量的軍方訂單，本來正處在淡季的這些商鋪作坊立馬全面開工，將各種各樣的軍需品源源不斷地送到軍中。

定州的異動立刻隨著各種管道傳向大楚的四面八方，所有人都知道，定州要動手了，但到底是在那個方向卻不能確定，因為目前定州在北方和全州都屯有重兵，到底是幫著蕭氏遏阻南方寧王的席捲之勢，還是趁著呂氏陷入與東方曾家的戰爭泥沼而出兵北方，一時難有定論。

各大勢力的諜探大量湧進定州，出動各種管道，打探著定州的出兵方向。而此時，李清已經秘密到了盧州的羅豐與長琦兩縣。常勝師姜奎兩個騎兵營、兩個步兵營，陳澤嶽所率領的一個步兵營，便駐紮在這兩個縣。

羅豐縣。姜奎的常勝師師部駐所。

巨大的沙盤上，紅藍兩色旗幟標識著常勝師與盧州兵的兵力駐紮所在，一目瞭然。

李清此時便站在沙盤邊，田豐正手執著長竿，一一對李清指點著介紹目前常勝師的布署。

聽著田豐的介紹，李清很是滿意，先前還擔心姜奎對田豐的到來有所排斥，現在看來是自己想多了，姜奎對自己的優缺點相當明白，田豐的到來，他如獲至寶，立即將軍隊的調動大權全盤相讓，作為常勝師最高指揮官的他，只給自己保留了蓋大印的權力。

而田豐也當仁不讓地對姜奎原先的部署作了相當大的改動，他們一個是渴望疆場上的金戈鐵馬，一個是感恩戴德急於報恩，同時也有向新主人證明自己價值的心思，因而一拍即合，配合得相當默契。

「大帥，請看，在我們的對面，盧州兵一共駐紮著十營五萬兵馬，分布在陳縣、康縣、秣陵、肅寧一線，我們常勝師經過加強之後，共計有作戰士兵三萬餘人，輔助作戰人員近兩萬。」

「倒是敵眾我寡啊！」李清開玩笑道。

李清的話立即引起一片笑聲。

「大帥，不是我小看對方，盧州在我們占領羅豐、長琦兩縣之後，匆匆忙忙地擴軍，在原先兩萬常備軍的基礎上一下子擴充到近十萬人，這軍隊的戰鬥力，我估計連我們定州的預備役都比不上。」姜奎頗不以為然地道。

「蟻多咬死象，也不要大意，對方本土作戰，說不定保衛家園的心思能激起他們相當大的戰鬥力！」李清提醒道：「說說你們的布署吧！」

田豐點點頭道：「鑒於雙方在戰鬥力上面的巨大差距以及對大型戰役的經驗，我們修改了原先的作戰計畫，改全面占領為長驅直入，集中兵力突破一點，然後將敵人甩在身後，大軍直撲盧州。」

李清皺了下眉頭，「那你們準備選擇突破那裡？」

「秣陵！」田豐道：「秣陵是盧州兵主力所在，計有兩萬餘人，秣陵左右呼應陳、康、桑、肅，我們從這裡單刀直入，直接將盧州兵切為兩斷，然後揮軍直撲盧州城。」

「那另外四縣的敵軍怎麼辦？」李清問道。

「一舉擊垮秣陵守軍，必讓這四地守全軍膽寒，在我看來，他們只有兩個選擇，一個是固守自己所駐紮的縣城，一個是班師回援盧州，跟在我們的屁股後面吃灰。」

說到這裡，室內眾將又笑了起來，的確，論起兩軍的機動能力，完全不在一個檔次上，不說常勝營、旋風營兩營騎兵每名戰鬥士兵都配備著雙馬，就是兩個步兵營裡，也裝備了大量的駝馬和馬車，就是為了提高軍隊的機動力。

「你想一口吞掉盧州城？」李清不動聲色地問道。

田豐搖搖頭，「非也，盧州城不用打，我長驅直入的目的不是為了盧州城。」

李清手指向盧州城的另一邊，笑道：「**你真正的目的是想吃掉它？**」

「不錯！」田豐興奮地說：「**我的目標正是呂氏駐紮在盧州邊境的這兩萬騎兵**。盧州吃緊，他們必然聞聲來援，我就是要以迅雷不及掩耳之勢吞掉它，吃掉它，盧州徐宏偉除了向我們投降，我想不出以他的性格，還能有什麼更好的對策，這樣，**我們便可以以最小的代價換取最大的勝利，同時打掉我們進攻北方的第一個大障礙！**」

「很好！」李清鼓掌道：「計畫非常完善和周密，但有一點，駐紮在盧州邊境的這兩萬呂氏騎兵大都是薩特族士兵，驃悍善戰，如果不能一口吃掉它們，長途奔襲的你們可就要吃虧了！」

姜奎老神在在地說道：「大帥，您怎麼連您一手帶出來的兵馬都不信任了？在我看來，天下沒有任何一支軍隊比我們的戰鬥力更強，再說了，老田的計畫中，我們是長途奔襲，他們難道就不是長途跋涉而來麼？狹路相逢勇者勝，定州軍最擅長打的就是這種靠意志力來取勝的戰鬥！」

「不錯，這也正是我制定這個作戰計畫的依據之一！」田豐道：「如果換一支部隊，我可不敢制定如此瘋狂的計畫，寧願按部就班，一步一步地完成作戰目標！」

李清大笑，田豐這一不著痕跡的馬屁正好搔到了他的癢處。

讓其他人退出了作戰室，室內便只剩下了李清、唐虎、田豐、姜奎四人。

「你們的作戰計畫很好，出乎我的意料之外，本來我這一次來，就是要準備改變原先制定的作戰計畫的，沒有想到你們已做得很好了！」李清讚道。

姜奎與田豐對望一眼，眼中都露出了興奮的神色。

「原本我是想讓定州休養兩到三年的，但計畫趕不上變化啊，最近我發現**中原戰局出現了一些奇怪的現象，迫使我們不得不改變以前的策略，提前向呂氏出兵，力爭以最快的速度拿下北方。**」李清頓了一下，腦中不由地閃過呂逢春那個顯得很是疲憊的面孔。

「大帥，出什麼事了？」姜奎小聲問道。

一邊的田豐不著痕跡地拉了一下他的衣襟，這等事肯定事涉機密，大帥如果想說，一定會告訴他們，不想說，你問了反而讓大帥為難。

果然，李清笑了一下，並沒有接姜奎的話。

「你們的戰術基本與我的戰略目標接近，我就不用多說了，開戰之際，我會來羅豐督戰，先說清楚，我只是來看看，絕不干涉你們的指揮！」李清道。

田豐會意地點點頭。大帥前來，也是為了確保常勝師的後路無憂，萬一陳、留、桑、肅四地之中，有一個盧州將領是個瘋子，不管不顧地在常勝師走後進攻羅豐長琦，雖然不見得能把他們怎麼樣，但造成的影響可就不能忽視了。

「還有一點我得事先告訴你們，開戰時，我會將諾其部部一萬騎兵帶來給你們使用，但除此之外，你們將不再有任何援兵，你們要用手裡這些部隊，給我橫掃北方！」李清用力地捶了下桌子，震得上面的東西都跳了起來。

姜田二人對望一眼，神色鄭重地道：「什麼時候開戰？」

李清一字一頓地道：「春暖化開，江水化凍，東面水師配合曾氏全面反攻，在全州、遼州纏住對方主力之時，便是你們全力進攻之日！」

從盧州返回，李清攜尚海波又出現在復州邊境與全州交界的桐廬，過山風的移山師便駐紮在桐廬縣與全州交界的近三百里邊境線上。

一幢普通的四合院裡，定州大將過山風迎來了李清與尚海波。

過山風本是一介山匪，自從跟隨李清之後，讀書習兵法，迭經大型戰事，早就從一個性子跳脫的山匪蛻變成個性沉穩的統兵大將，數年的戰事歷練讓他在軍事上的天賦逐漸展現，成為極受李清青睞、能獨當一面的大將。

李清對他的倚重更甚於最早跟隨自己的王啟年、姜奎等人，而過山風也的確不負所望，併吞復州，開闢平蠻西線戰場，在東征西討之中，立下赫赫戰功。如今過山風在定州軍隊中的資歷和威望，已直逼呂大臨。而由於眾所周知的原因，過山風在李清帳下更受重用。

得知大帥與尚先生攜手而來，過山風立刻明白定州的戰略出現了重大變化。四合院被過山風的親兵和李清的侍衛圍得水泄不通，警戒之森嚴，恐怕連隻蚊子也難飛得進去，在院中房內，過山風剛剛聽完尚海波對於局勢的說明。

「這也太扯了吧！」過山風瞪大了眼，不可思議地看著尚海波，「那天啟皇帝這是玩的那一齣啊？」

李清沉著地道：**「他玩哪一齣我們不知道，我們只需要明白，在他這盤大棋中，我們處於什麼位置，能謀得多少利益！」**

「此事已確定無誤了麼？」過山風問。

「經清風司長多方求證，已經十有八九了，眼下清風司長正從洛陽返回，預計這幾天就應當回來了，她也會來這裡向大帥稟報最新的情況。」尚海波道。

過山風雙手握拳，道：「大帥何須憂心，不管別人想玩什麼花樣，在我們定州天下無雙的軍隊面前，一切都是浮雲，你有千般計，我有老主意，到最後，活下來的人才是勝者。」

李清被過山風一番豪氣干雲的話說得笑了起來，心情也好了許多，拍拍過山風的肩膀，「你說得不錯，在強大的軍隊面前，一切都是浮雲，不過，我有更深層的考慮。」

「如果我料想得不錯，最遲不過六月，這場大戰將暫時拉下帷幕，寧王大敗，退回老巢，蕭浩然後背被插了一刀，下場更慘，興州屈勇傑崛起，中原形勢更亂，誰都沒有絕對的實力滅掉對方，而這個時候，我們就更突出了！」

「你來看看地圖！」李清指著牆上的軍用地圖道：「我們如果拿下呂氏，併吞曾氏，地盤從西到東，將整個中原包在其中，實力將凌駕與中原任何一股勢力之上。」

過山風點點頭，沉吟道：「這是好事，也是壞事！」

「不錯，你能在瞬間便想到這些，證明你這些年的確很有長進！」李清讚賞地看了他一眼。

「全拜大帥教誨！」過山風謙虛道。

李清搖搖頭，「師父引進門，修行在個人。尚先生，你接著說吧！」

尚海波道：「大帥實力凌駕中原任何一股勢力之上，**最大的可能，也是最壞的可能，就是這些勢力之間拋棄前嫌，組成聯盟，擰成一股繩來對付我們。**我們剛剛拿下北方，吞併東方，需要時間來消化和整合這些地方，龐大的地盤將消耗我們大部分的精力，而這些地方，呂氏和曾氏勢力根深蒂固，數十上百年的統治基礎不是我們在短時間內便可以完全抹殺的，可以想像得到這些地方在很長時間內將陷入混亂，盜匪四起，民不聊生，**整合的這段時間，將成為我們定州最危險的時刻。**」

李清接過話頭，「本來這些勢力要想完全毫無芥蒂地聯合在一起是很困難的，我們大可以利用他們之間的矛盾分化離間，**但現在出現一個大問題，那就是天啟皇帝的存在，他如果沒死，就完全有能力將這些勢力有效地組合起來，形成對我們重大的威脅。**」

「大帥說得不錯，整合中原備受打擊的豪門世家，與我們定州開戰，在戰事中進一步地削弱豪紳門閥的勢力，作一個大膽的假設，如果我們定州被擊敗了，那麼不論是南軍也好，還是蕭氏也罷，抑或是其他的那些世家，實力都將消耗無幾，打到最後，大地一片白茫茫，乾淨無比，到了這個程度，**天啟皇帝的意圖也就達到了，利用這場戰爭，將威脅到大楚皇室的豪紳門閥清洗得一乾二淨，他則從容地收拾舊山河，重新洗牌，再振大楚雄風。**」

過山風倒吸一口冷氣，「好瘋狂的計畫，不知他想過沒有，一旦失敗，大楚將再無翻身之日，永墜沉淪了。」

「天才都是瘋狂的，也是不計較後果的。天啟已經瘋了！」李清嘆道。

「那我們如何應對？」過山風看向李清。

「奪取北方，吞併東方的計畫不變。」李清斷然道：「你這裡則是與原計畫相反。」

「大帥要兩線作戰？」過山風道。

「不錯，中原局勢即將亂成一團，能不能有效遏制這個龐大計畫中針對我們定州的部分，就在於你這裡了。」李清道。

過山風眼神慢慢凝重起來。

「寧王兵敗，蕭氏沒落，在這段時間裡，中原將陷入一個短暫的權力真空，屈勇傑一時之間難以收拾這麼大的地盤，**我要你抓住時機，出兵全州，將全州給**

我一口吞下，與此同時，我會要求翼州李氏兵進金州，將金州吞掉，如此一來，**翼、金、全、復這幾州將連成一氣。**」

李清的手在地圖上畫著。「過山風，如此一來，你說，我們的地盤像什麼？」

「像一把斧子！」過山風脫口而出。

「不錯，就是**一把斧子！**」李清轉過身來，目光炯炯，「**以翼州、金州為斧刃，以定州、復州、並州為斧背，以北方和東方地域為斧柄，我們可以狠狠地砍向中原地區**，將壓力集中到翼金一帶，在這兩個州布設重兵拒敵，我們將有更多的時間來整合消化北方和東方，一旦整合結束，就是我們大舉進兵的時候。」

「只是如此一來，翼州李氏必然要承受絕大部分的攻擊壓力，他們會答應麼？」過山風有些懷疑地看向李清，雖然大帥是李氏子侄，但這涉及到了李氏各房的利益，讓翼州承受巨大的損失來成全定州，翼州李家會幹嗎？

「所以清風司長此去洛陽，不計代價地也要將安國公帶出來。李氏其他族人肯定不願，但安國公站在和他們不一樣的高度之上，看得更清楚，有安國公在翼州，便沒有問題！」尚海波笑道。

「不錯！大帥的勝利便是李氏的勝利！」過山風興奮地道：「李氏中有些人或許會被眼前的東西蒙蔽，但安國公老謀深算，絕不會如此短視，有安國公在，大帥的戰略一定會成功。」

李清與尚海波對望了一眼，臉上雖然帶著笑意，心中卻遠沒有如此輕鬆，這事說來簡單，但真做起來就複雜得很了。對於敵人，可以有很多的手段折服他們，但對於自己的戰友，親人，有時反而要為難得多，不說別的，要達成這一戰略目標，在翼金全復連成一片的時候，首要的一步便是要整合軍隊，政令一統，定州強勢，翼州勢弱，而在將來的戰略中，翼州又要承受大部分的壓力，這其中的平衡實在難以把握。

事情千頭萬緒，一時之間也難以理出頭緒，也只能走一步看一步了。

李清到達桐廬的第二天，一行人擁著兩輛馬車，出現在過山風的指揮部外。自洛陽而還的清風帶著安國公李懷遠，終於抵達了目的地。

讓李清等人吃驚的是，隨行的護衛幾乎個個帶傷，血跡斑斑，可見這一路上的驚心動魄。

馬車門打開，鍾靜跳了下來，回身扶下清風，讓李清變色的是，清風臉色慘白，一隻胳膊裹著厚厚的繃帶，吊在脖子上，竟是受傷了。

李清快步迎上去扶住清風，問道：「怎麼受傷了？」

清風臉上露出淡淡笑容，「沒事，一點小傷，袁方像被踩著了尾巴的貓，一路上陰魂不散，幸虧你派了孫澤武帶著飛鷹去接應，否則能不能回來還真難說，安國公在後面，你快去見過國公爺！」

李清點點頭，「你快去休息，我晚上過來看你！」

走到第二輛馬車前，李清彎腰躬身，「孫兒見過爺爺！一路上您老受驚了！」

馬車門打開，安國公哈哈大笑著探出頭來，「受什麼驚，這輩子老頭子驚心動魄的事比這一次厲害多了，我可是吃得好，睡得香，你手下這些傢伙們當真厲害得緊，是我見過最強的兵，李文李武，是吧？」

影子一般保護著安國公的李文、李武笑道：「不錯，這些士兵當真厲害。」

李清看李文李武兩人神色憔悴，身上也都染著血跡，顯然一路上也是拼命搏殺過來的，不禁動容道：「兩位辛苦了！」

「這是我們的本分，不敢當大帥的褒獎！」李文李武躬身道。

昭慶二年二月，橫貫順州、沈州、遼州的東方第一大河——沱江已經開始解凍，巨大的冰塊或大或小，呈不規則形狀順江而下，不時互相碰撞，激起漫天的水花，撲打在兩岸的大堤上。

溫暖的陽光和煦地照著大地，春風宜人，正是早春好時節。

兩岸大堤上，嫩綠的小草頑強地探出了頭，在春風中搖曳著弱柔的身姿，遠遠看去，大堤像是換上了一件花衣，綠一塊，黃一塊的。

塘灣水師泊地，定州水師參將鄭之元有些發愁地蹲在沱江邊，看著大大小小的冰塊從身前掠過，激起的水花撲打在他的身上，他也似無所覺。

他很焦急，大帥的命令已經下達，要他們儘快沿沱江兩岸發起進攻，配合曾氏大軍纏住深入沈州的呂氏主力部隊，但今年，凌汛卻比以往要遲上許久。已是二月下旬，沱江才剛剛開始解凍，他率領的數十艘千料戰船自安順進入沱江，便困在塘灣水師泊地，眼睜睜地看著曾氏在陸地上節節敗退，卻無能為力。

「鬼天氣！」鄭之元恨恨地罵道，轉身問身邊一個玄衣老者：「吳老，你說這凌汛什麼時候才會結束呢？」

吳老是本地的一個老者，久居沱江邊，對這裡的凌汛很是清楚。

「鄭將軍，看這天氣，恐怕要等到三月初，凌汛才會完全結束。」吳老恭敬地道。

鄭之元將堤上的小石頭踢進江裡，無可奈何地搖搖頭，這時的沱江，船根本不可能進入，大大小小的冰塊對船體會造成致命的破壞，只能等待凌汛結束的時刻。

沈州山陰縣，呂氏軍隊大本營。

呂逢春也是心急如焚，戰事的發展與他們當初的預計相差甚遠，預想中的閃電戰變成了曠日持久的消耗戰，曾氏的抵抗異乎尋常的激烈，雖然勝利的天平依舊傾向他們，但也只是相對於這場局部戰爭而已，**在整個天下這盤棋局上，呂氏已經相當危險了**。

經過近一年的激戰，雖然占領了全部順州以及沈州大部，但愈往前，對方的抵抗便愈加強烈，到現在，每近一步都要付出巨大的代價。煎熬般地度過了冬天之後，呂逢春再度向前方的諸城發起了猛烈的進攻。

諸城是北軍合圍沈州城的最後一道關卡，打下了它，前往沈州的道路便是一馬平川，再無阻礙；而拿下沈州城，將進一步摧毀曾氏抵抗的決心，經過一年的大戰，曾氏的主力已幾近被摧毀，只要拿下了沈州城，兵進遼州，就可以迫使曾氏投降。

但讓呂逢春萬萬想不到的是，這座不起眼的諸城，卻牢牢地扼住了他前進的腳步。小小的諸城方圓不過數里，但駐紮了上萬精銳；更讓北軍膽寒的，是這座小城守軍裝備的精良，射程達數百步的投石機發射密度是他們攻城投石機的近乎一倍，一射四弩的八牛弩對蒙衝車、攻城車破壞巨大，士兵們的鎧甲完全擋不住對方的箭矢，往往付出絕大代價攻上了城牆，馬上就遭到密如飛蝗的百發弩的攢射。

呂逢春數萬大軍被諸城硬生生地拖了半個月，卻仍是破城無期，看著日漸暖和的天氣，呂逢春的脾氣也一天比一天暴燥。

諸城如此精良的裝備是從哪裡來的？當然是來自於定州，**自從知道定州水師全殲勃州水師之後，呂逢春就知道李清終於插手戰局了。**

年前，定州水師一部抵達安順港，讓呂逢春更感到了迫在眉睫的危險，好在他們到達之時已是冬季，沱江封凍，定州水師無法進入內河作戰，而他的打算便是在這個冬季一鼓作氣拿下沈州，進軍遼州，如此一來，只有水師的定州軍隊再也起不到多大的作用，將被迫撤回到海上去漂泊。

但沒有想到的是，一個冬天的努力，也只不過是讓自己接近了沈州城，此時，沱江已開始解凍了，他不得不思考定州水師進入沱江後，自己應當怎麼辦？

曾氏的水師根本不用考慮，幾十條破船，戰鬥力相當之差，但定州水師則不同，那都是配備齊全的水師戰艦，雖然能進入沱江的，只不過都是些千料之下的小船，但對於水師等於零的北軍來說，這就是一柄利箭，擁有了定州水師，曾氏將可以隨心所欲地在沱江沿岸任何一個地方投入兵力，而自己卻只能疲於奔命地防守。

身體俯在地圖上，久久地凝視著那條彎彎曲曲，橫貫整個東方的沱江，呂逢春終於決定，無論如何，要確保沱江沿岸的安全。

「照庭，你過來！」他招呼著他的兒子。曾被統計調查司生擒活捉過的呂照庭，一身盔甲，全副武裝地走了過來，盔甲上隱約可見的血跡，顯示著這位過去的貴公子如今也在第一線廝殺衝鋒陷陣，滿臉拉碴的鬍鬚下，堅毅的神色顯示他已在血與火中慢慢地成熟起來。

「爹，什麼事？」手上端著一個水杯，一邊咕咚咕咚地往下灌著涼水，一邊走了過來。

「看看這裡！」呂逢春指著圖紙上的某個地方。

「白馬渡？」呂照庭詫異地看了一眼父親。

「不只這裡，還有八里集。」呂逢春指尖重重地戳在這兩個地方。

「沱江在白馬渡和八里集這兩個地方都有一個急轉彎，形成了一個之字形的路線，在這裡，江面狹窄，水流湍急，只需設立堡砦，內置投石機便可以覆蓋整個河道，另外在白馬山上設寨，對這兩地加以呼應，確保截斷沱江，使曾氏水師無法沿沱江而上，攻擊我側後方。」呂逢春道。

呂照庭點頭道：「爹，這樣的布署沒有問題啊，在前面的戰事中，我們不是在這兩個地方數次重挫曾氏水師，讓他們折戟沉沙，再也無力沿沱江攻擊我們了麼？」

「可是定州水師來了！」呂逢春嘆了一口氣，「定州水師無論在船隻，還是士兵、裝備上，都不是曾氏水師可以相比的，我反覆權衡，終是覺得這幾個地方兵力過於薄弱，一旦被他們突破，後果不堪設想。」

呂照庭安慰道：「爹，你是不是過於擔心了，白馬渡和八里集每個堡砦都集結了三千士兵，白馬山上另有四千精銳呼應，一萬士兵守著這兩個地方，應當萬無一失。」

「不怕一萬，就怕萬一！」呂逢春道：「這幾個地方，真正屬於我們呂氏的精銳只有四千餘人，另外的部隊都是強徵來的本地人，還有就是投降我們的曾氏部將，這些人的戰鬥意志堪慮，如果戰時崩潰，一瀉千里，我們可就全面陷入被動了。」

「爹的意思是？」呂照庭不解地問。

「你率五千精卒，給我去死死地守住這兩個地方，不管如何，都要確保白馬渡和八里集掌握在我們手裡。」呂逢春對兒子叮囑道：「定州水師進入沱江的將領，便是那個全殲勃州的鄭之元，此人足智多謀，果敢善戰，與之對壘，你要小心再小心，萬萬出不得一點漏子。」

呂照庭雙眼放光，盯視著地圖上代表著白馬渡與八里集的兩個小黑點，信心十足地說：「爹，你放心吧，**不管他如何奸詐，我只抱定一個主意，就是死守這兩地，不放一艘船從這裡過去。**」

呂逢春撫鬚大笑，「我就是這個意思，你扼住這兩個地方，我在這裡就無後顧之憂，全力拿下諸城，進軍沈州。」

塘灣水師泊地。

困擾鄭之元多日的凌汛終於結束，奔騰的河水無拘無束地在河道中狂奔而下，每日守在河邊的鄭之元欣喜若狂，終於可以出兵了。

在塘灣泊地待了整整一個冬天的定州水兵和水師陸戰隊沸騰起來，水兵們檢修船隻，安裝武器，水師陸戰隊們則收拾好隨身武器，整裝待發。

對這些人來說，不怕打仗，就怕閒著沒事。一閒下來，軍官們為了讓士兵不生事，每日都會變著花樣地訓練士兵，一天下來，將他們累得像狗一般，回到營地，有氣沒力地扒拉幾口飯，便死豬一般地睡過去，哪裡還有力氣去幹別的，在水師陸戰隊看來，訓練比打仗可怕多了。

這支軍隊在塘灣待了很久，當地的百姓一開始的時候是相當害怕的，所謂匪過如梳，兵過如篦，就是說軍隊比起土匪那可恐怖多了，但這支裝備精良，讓人一看就氣勢不同的軍隊，卻讓當地人對這個老輩傳下來的經驗有了質疑。

整整一個冬天，百姓們每天都看到這些士兵或光著膀子，只穿一條短褲在雪地上唱著歌，邁開大步奔跑，或十數人抬著一根重達數百斤的圓木，喊著口號從家門前經過。從開始的恐懼到慢慢地習以為常，再到後來，每當這些士兵訓練時，閒得無聊的老百姓們就會前來看熱鬧，間或為他們叫幾聲好，拍拍手，鼓鼓氣，當真有些軍民一家歡的味道了。

與以前見過的軍隊不同，這支軍隊無論在當地徵集什麼東西，或者士兵們需要什麼，都是規規矩矩地付錢，不曾見過一個賴帳的，一個冬天下來，當地居民不僅沒有被當兵的禍害，反而增加許多收入，唯一美中不足的是，當地的雞鴨豬被一掃而空，都被這些當兵的買得一乾二淨了。

隨著軍號聲響起，這些讓當地人頗為喜歡的軍漢們排著整整齊齊的隊伍，一行行地踏上了跳板，進入船艙中，隨著一艘艘船隻拔錨起航，漸漸地消失在人們的視野之中。

「他們什麼時候才會回來呢？」當地百姓戀戀不捨地想道。

白馬渡。

沱江走到這裡陡地來了一個急轉彎，寬闊的江面驟然被收緊，被山勢束縛著的河水咆哮著沖下，發出轟隆隆的水聲。撲打到岸邊，濺起高高的水花，凸出的江灘探入沱江之中，猶如一把利錐。

沿著江灘往上，便是一道緩坡，白馬渡堡砦就建立在這個緩坡之上，堡雖然不大，只能容納三千左右的守軍，但因為地勢險要，堡內設置投石機，完全可以覆蓋整個江面，任何船隻想要沿沱江而上，都不得不強行攻下白馬渡堡砦才能安然無恙地通過。

一年以來，曾氏水師曾經兩次想強攻白馬渡，沿江而上去抄呂氏北軍的糧道及後路，但數十條水師艦船在這裡都被擊傷擊沉，強渡上岸的士兵死傷慘重，溺斃無數，一連兩次失利之後，曾氏水師再也無力組織進攻，徹底打消念頭。

而重創曾氏水師之後，呂逢春也將駐紮在白馬渡、八里集這邊的精銳大量調到正面戰場，只留下數千北軍，再輔以在當地強徵而來的本地丁壯及投降的附軍，共計一萬人鎮守。

在呂逢春看來，這些人馬已經足夠保證沱江的安全，但隨著定州水師進入沱江，呂逢春感到了迫在眉睫的危機，雖然圍攻諸城、進軍沈州都需要大量的人馬，但他仍然抽調數千精銳，由自己的兒子呂照庭親自統帥，前來支援白馬渡。

白馬渡守將呂嘉問，是呂氏本族人，幾天前他便得到通知，呂照庭將率五千精銳前來支援，這讓他大大地鬆了一口氣，說實話，面對著名震天下的定州軍，以手裡這支雜牌部隊，他還真是心中惴惴，雖然自己占了天時地利，但定州軍戰無不勝的名聲仍然讓他感到有些不安，盛名之下無虛士，這支從平蠻戰爭中走下來的軍隊，絕不是曾氏部眾能比擬的。

隨著天氣一天天轉暖，呂嘉問盼望援軍的心情也一天比一天強烈，他知道，天氣轉暖，凌汛過去，就代表著定州水師隨時可能出現在江面上。

呂嘉問每日都像望夫石一般，站在白馬山的寨子上，眺望著沈州方向。

三月十日，呂嘉問的癡心沒有感動上天，出現在他眼前的不是呂照庭的援軍，而是江面上密密麻麻，綿延十數里的戰船，定州水師來了。

白馬渡上的警鐘敲響，呂嘉問從寨子狂奔向白馬渡，白馬渡受地形所限，無法布下更多的部隊，三千人已是極限，寨裡的守軍只能在戰時處於觀望狀態，並隨時增援白馬渡。

鄭之元站在艦船上，皺眉看著白馬渡的地形，雖然從曾氏水軍那裡大致瞭解了這裡的地形，但真正到了這裡，卻發現比自己想像的情況更要惡劣。白馬渡的地形，決定了他們只能從東側強行登陸，而想繞到西側的話，必然會遭到堡砦裡遠端武器的打擊，只需要一次覆蓋射擊，江面上的船就無法倖免。

而東面地方有限，第一次登陸最多能展開一千人的攻擊部隊，這支攻擊部隊不但要抗住對方的反登陸狙擊，更需要擴大戰場，為後續登陸部隊提供登陸場地和展開的空間，這困難極大，對方不僅有居高臨下的優勢，而且江岸上淤地頗多，無遮無擋，極易受到敵人攻擊。

看到情勢如此惡劣，鄭之元也不由倒吸了口冷氣，難怪曾氏水師雖然有必死之心，仍然屢戰屢敗。

現在船隊中不僅有定州水師，更有數十條徵集來的民船，載著曾氏一萬名士兵，原本打著讓這些曾氏士兵打頭陣的鄭之元登時改變了主意，先遣登陸戰註定是一場險惡無比的戰鬥，**勝，則自己可以順利打開局面，敗，這一次的攻擊就會無果而終，而且打頭陣的士兵撤回來的希望極其渺茫。**

如此惡戰，寄希望於在北軍手下屢戰屢敗的曾氏軍隊之手，無疑是癡人說夢，必須讓自己的陸戰隊頂上去，只是這傷亡只怕會讓鄧鵬統領跳腳了。

「之強！」鄭之元喚道。

白馬渡堡砦。

呂嘉問深知，能不能狙擊住敵人的攻擊，就在第一波的攻擊，如果成功地將搶灘的敵人趕下江去，則萬事無憂。

如此重要的環節，他也不放心由新附軍及那些拿起武器沒多久的丁壯們去完成，而是直接將白馬渡的一千五百北軍精銳召集了起來。

「將他們再一次趕下江去！」堡砦上，呂嘉問指著江面上越來越近的船隻大聲道。

江中，鄭之元所在的旗艦發出信號，船隊在白馬渡投石機射程外拋下鐵錨，停泊下來，隨著旗號的變化，一艘艘船隻開始排成搶灘陣形。

旗艦上的投石機射出一發石彈，隨著石彈落在遠處的緩坡之上，石彈的射距被測出，與此同時，白馬渡上的投石機也開始拖拽繩索，由於地形居高臨下，他們的石彈射程可以直接打到江水之中。

鄭之元搶過鼓手手中的鼓槌，大聲喝道：「進攻！」高喊的同時，手裡的鼓槌重重地落在牛皮鼓面上。

「咚咚咚！」十艘搶攤的船隻陡地向前滑出。

定州水師的艦船都採用最新技術建造，船速極快，第一波攻擊的船上載著一千餘名水師陸戰隊，兩百輛攜帶著百發弩的戰車，還有少量的蠍子炮，由鄭之強擔任突擊隊的指揮。

定州水師船隻的速度完全出乎呂嘉問的意料之外，只轉眼之間，船隻便向前突進了數十米，「放！」他大聲喝道。

早就校準好的投石機轟然作響，無數石彈畫出一道道弧線，從堡內射向江面。

第一波射擊的效果卻是差強人意，對方船隻的速度太快，除了略微有些拖後的兩艘船各挨了數發石彈之外，其餘的居然安然無恙地繼續向前挺進。

幾枚石彈擊在船板上，強大的衝擊力將船隻甲板直接擊穿，落下底艙，將下層的定州士兵擊倒，鮮血四濺開來。

另一枚石彈卻是擊在船舷上，炸開的木屑猶如利箭四處亂飛，幾名操控船隻的士兵一聲不吭地便倒了下去，有的則掉到江中，一個浪花湧來，旋即無影無蹤。

準備登陸的陸戰隊此時無用武之地，只能將手裡的盾牌舉起，十數面盾牌環環相扣，一旦有石彈擊在盾面上，可以分散擊打的力量，當然，即便是這樣，傷筋斷骨也是避免不了的，這就要看各自的運氣了。

「近岸十米，射！」呂嘉問大吼道。堡裡的投石機都是靠人力拉動，一臺投石機便要數十人拖拉，發射速度實在不盡如人意。

轟的一聲，又是數十發石彈飛出，這一次倒是全都命中目標。石彈落在船上，不怕它將船板直接擊穿，這樣打擊面反而有限，最怕的就是石彈在甲板上滾動，這樣造成的損失就大多了，看到前面的船隻上慘叫聲連連，不時有士兵被擊得飛了起來，鄭之元心痛不已，手中的鼓槌卻不曾停下分毫。

近岸十米，一艘船隻又被擊沉，船上百多名士兵加上數十名水手，以及戰車，皆是沉到了江中。

「搜救！」鄭之元鼓聲不停下令道。十多隻小艇如箭一般地向前射出，這種小艇船速快，投石機基本上對它們毫無威脅力。

最前面的一艘船上，鄭之強一手舉著盾牌，一手握著戰刀，兩眼通紅，大叫道：「登陸！」

前面數條船上，陸戰隊士兵紛紛站了起來，一手提著盾牌，另一隻手卻是挾著一塊塊的木板，從船上紛紛跳下，將木板置在險灘之上。此時先上岸的反而更安全一些，因為第三波的投石正黑壓壓地從頭頂上落下。

鮮血飛濺，慘叫連連，一波又一波的士兵從船上縱身跳下，放好木板，然後大步地向前奔跑，在他們身後，戰友推著戰車，沿著木板鋪出的通道緊緊跟上。

此時，船上的投石機開始向白馬渡堡砦發射石彈，進行壓制射擊。定州投石機採用絞弦發射，發射速度比對方快得多。此時，艦載投石機已經可以將石彈直接射入堡砦中了。

鄭之強率領的一千名突擊隊員率先登陸，向前突進數百步，對面堡砦裡湧出一片北軍的身影，羽箭開始嗖嗖地射了下來。

「布車陣，布車陣！」鄭之強聲嘶力竭地喊道。

戰車迅速被推了上來，布下一個縱深有二百步、寬約一百步的弧形車陣，狀如新月，正是赫赫有名的新月陣。

「一品弓！」鄭之強再次下令，車陣之後，陸戰隊員取下背負的一品弓，彎弓搭箭，向上拋射。一品弓所使用的破甲箭犀利無比，對面的北軍開始出現傷亡，但仗著地勢，北軍仍然如同潮水般地向著車陣湧來。

「百發弩！」

嗡嗡之聲不絕於耳，飛蝗一般的短弩閃電般地射出，北軍雖然早就知道定州水師百發弩的厲害，前兩排士兵都是手執大盾，但要在高速奔跑之中保持盾牌的緊密，卻是根本不可能完成的任務，無數的短弩從盾牌縫隙中鑽進去，從空中落下來，將衝鋒的隊形射出一段段的空白。

江中，第一批完成運送傷患的船隻開始一邊發射投石，一邊向後側方避讓，第二波的搶灘船隻已是蓄勢待發了。

一千五百名北軍精銳突前，一千名新附軍隨後，這已是呂嘉問在這片緩坡上能投入的最大兵力了，從搶灘登陸士兵的服飾，和悍不畏死、不顧一切撲上來的意志，呂嘉問已經知道，對方的統兵將領跟自己一樣，都是將精銳安排在最前線，想要一舉奠定戰局。

此時，堡內的投石機要壓制對方的登陸船隻，無法對新月陣內的敵軍造成打擊，但對方的投石機卻可以肆無忌憚地攻擊自己的反擊部隊。

死亡的威脅讓這些士兵意識到，只有與敵人攪到一起，才能有效地遏止對方的遠端打擊，為了活命而瘋狂前進的他們，硬生生地將敵人擠到江裡去。至於會付出多少代價，此刻已不在他們的考慮範圍之內。

開戰之初，白馬山上的寨子已開始向下面增援，自己損失的人，那裡很快就能給自己補上。

呂嘉問的策略是相當成功的，死亡的威脅極大的激發了手下士兵的戰鬥欲望，往前還有可能活下來，只消將面前的敵人砍死或擠下江去，而停留在原地，則會遭到敵人遠程武器的毀滅性打擊，這等緩坡之上，石彈落下，即使沒有直接命中，向下翻滾的這些數十斤重的石彈也足以碾出一條血胡同來。

轟隆聲中，最前排的敵人幾乎是合身撲到在戰車之上，戰車最前端突出的鐵矛直接捅穿了盾牌，士兵被身後的同伴擠壓，身不由己地向前，將自己也串到了鐵矛之上，被釘在戰車上的屍體鮮血汩汩流出，頃刻之間，新月陣前已是血流成河。

長矛不停地捅出，收回，再捅出，再收回，戰車之後，陸戰隊的士兵幾乎是機械性地做出動作，戰車前的屍體層層疊疊的愈來愈高，敵人仍舊瘋狂地嗥叫著，從高高的屍山上躍起，悍不畏死地撲向前面的死亡地帶。

新月陣開始扭曲，變形，被擠壓得不成形狀，終於，第一個敵人撲進了車陣，雖然立即便被斬殺，但第二個，第三個，第十個，第一百個，新月陣被突破，敵人衝了進來，與陸戰隊攪到了一起。

鄭之強扔掉手中的鐵盾，一手拔出腰刀，一手從靴筒中抽出陸戰隊員配製的全鋼匕首，大吼道：

「背水一戰，不勝則死，殺！」

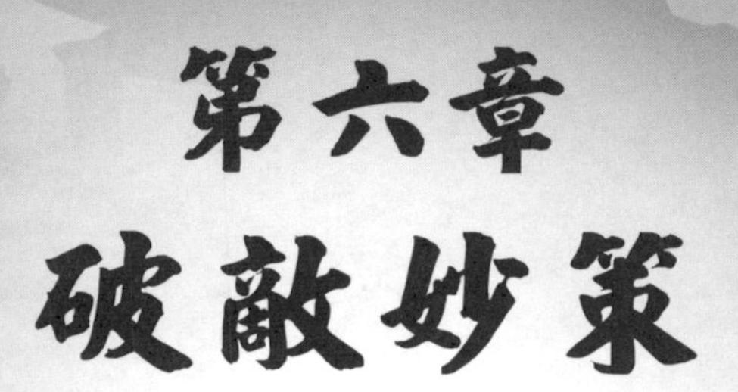

鄭之元嘿嘿一笑，「當初鍾祥的那一招，我們不妨也試試！」

鄭之強一下子跳了起來：「對啊，烤乳豬！」

曾新看到鄭之元的神情，便知對方一定有了破敵妙策，當下也振奮起來，「鄭將軍，有何妙計能破眼前之敵？」

搶灘登陸的陸戰隊員知道，在他們身後不到兩百步，便是水流湍急的沱江，他們無路可退，被逼入江中是死路一條，而且會讓自己的死亡顯得毫無意義，只有守住這兩百步的距離，才能讓身後的援軍源源不絕地前來增援自己，哪怕先鋒死光死絕，只要堅守到後續部隊登陸，那就代表著勝利，代表他們死得其所了。

與鄭之強一樣，所有的陸戰隊員們在一瞬間全部扔掉了手中已成累贅的長矛和盾牌，拔出了腰刀和匕首，狂喊道：「**背水一戰，不勝則死！**」挺身而上，與敵人絞殺在一起。

兩群殺紅了眼的士兵此時已不像是人，說他們是受傷的野獸更恰當一些，身著藏青色服裝的定州水師陸戰隊此時已急劇減員到不足五百人，但仍然牢牢地守著兩百步的灘地。

呂嘉問瞪著那一團藏青色，瞬間有些失神，恍惚之中，那些藏青色的定州士兵在他眼中，彷彿是一條青色的荒蠻凶獸，在自己優勢兵力的包圍之下不進反退，凶悍異常。

呂嘉問還是第一次看到士兵在作戰時丟掉手中防護的盾牌，一招一式全是搏命的打法，根本不在乎自己的生死，只關心自己能不能幹掉對手。

他再一次地投入了一千人，此時他投入的兩千五百名士兵已折損近一半了。

鄭之強和他的部下能堅守到現在，與定州兵一貫的強橫殺狠，天下捨我其誰的霸氣相關之外，他們精良的裝備也起到至關重要的作用，陸戰隊配備著最好的武器，五千水師陸戰隊的配備幾可與定州為數不多的特戰隊相比美，全身鐵盔鐵甲，上等鑌鐵打造的腰刀還有匕首。

特別是這種開槽的全鋼匕首，根本視對手的鐵甲如無物，一刀下去，立刻破甲而入，隨著匕首的拔出，一道血線便飆了出來，即便受傷的士兵用力地捂住傷口，血仍以恐怖的速度不可抑止地噴將出來，將其瞬間染成一個血人。即便一時僥倖，沒有被當場殺死，片刻之後也會因失血過多而亡。

「殺，殺，殺！」鄭之強狂叫著，全身上下濺滿了血跡，也不知是敵人的還是自己的，凶猛異常的他居然向前殺進了數十步，硬生生地將擠得滿滿當當地敵人捅出了一個缺口。

即便水師陸戰隊的士兵再英勇，也擋不住敵人源源不絕地撲上來，當鄭之強眼中看到緩坡頂端又出現了密密麻麻的敵人時，也是臉上變色，「媽的，老子今天要死在這裡了！」他在心裡狂叫道。

看著第一批戰船冒著投石機的攻擊靠上了灘地，千名水師陸隊和更多的曾氏軍隊撲了上來。

接著第二批敵軍登陸，呂嘉問臉色慘白，一把抓起身旁的大刀，舞刀喊道：「衝上去，將他們趕下江去。」

白馬堡中的守軍在呂嘉問的帶領下傾巢而出。

與此同時，江中的鄭之元也在大聲下令：「全軍搶灘！」

第二批上岸的士兵隨身攜帶著十數架蠍子炮，迅速地在江灘上架起這些射速奇快的弩炮，十多斤重的石彈雨點一般地打向正從緩坡上逼近江灘的援軍。

江面上，船隻已放棄了對白馬堡投石機的壓制射擊，而是一邊冒著石彈前進，一邊不停地將八牛弩、投石機的火力投向緩坡，將其完全變成了一片死亡地帶，凡是踏進這一區域的，不是被八牛弩釘在地上，就是被從天而降的石彈砸得筋斷骨折。

已經單薄得一捅就透的鄭之強先遣部隊終於鬆了口氣，後續的援軍越過他們，衝進了敵人之中，眨眼間將對方殺得步步後退。

放鬆下來的鄭之強立即覺得筋酸骨軟，雙手發麻，兩腿一軟，一屁股坐在血泊之中，只覺得全身無力，剛剛還舞得虎虎生風的腰刀此刻彷彿有千斤之重，莫說舉起，便連移動一下也是艱難無比。

兩名士兵挾著他向後退去，此時殘存下來的不到四百人的搶灘部隊，都被後援救到了身後的江灘上，全身無力地躺倒在冰冷的灘塗地上，看到戰友一步一步搶上緩坡，灘頭陣地慢慢被擴大，都是得意地大笑起來，雖然笑起來牽動著渾身上下都是一片酸疼，但他們仍然忍不住要笑。

鄭之強四仰八叉地躺倒在地，張大了嘴，像一隻離了水的魚兒般，拼命呼吸新鮮的空氣，踏上岸來的鄭之元走到他身邊，微笑地看著他，用靴尖輕輕地踢了他一下，「好樣的，不愧是我們鄭家的種，沒丟你哥哥的臉，幹得好！」

鄭之強沒力氣起身，卻高高地舉起手臂，豎起大拇指，向著自己比了比。

「說你胖，你就喘起來了！」鄭之元失笑，轉頭看著緩坡，自己的士兵已經攻上坡頂了。

呂嘉問雙眼發直，看著被趕鴨子一般驅趕回來的士兵，突然間暴怒起來，揮刀連斬幾名從自己身邊逃走的士兵，「殺回去，不許跑！」

「將軍！」幾名親兵叫道：「將軍，頂不住了，撤回堡中固守吧！」

「放屁！」呂嘉問吼道：「丟了灘頭，憑這個小堡守個屁，給我殺回去！」

正嘶聲狂喊，一發蠍子炮飛來，將他身邊一名親兵的頭當即給砸成了西瓜，腦漿噴了呂嘉問一身一臉，原來定州兵將這些易於搬動的蠍子弩給架設到了坡頂，正在對狂奔而逃的北軍投射，幾名親兵發一聲喊，幾個人架住如瘋似癲的呂嘉問如飛般地奔向白馬堡。

白馬堡來的援軍還來不及投入使用，灘頭便已失守，落入定州軍手中，呂嘉問只能無奈地隨著親兵一起縮回到白馬堡，使寨中仍然保持著近三千人的兵力。

鄭之元的戰靴踏上了緩坡頂端，看著離他數百步之遙的白馬堡，臉上露出一絲冷笑，灘頭易手，便意味著白馬渡已經落到自己手中，憑這小小的堡砦，豈能阻住自己的腳步?!

「整軍，一個時辰後，強攻白馬堡！」鄭之元一聲令下。

這灘頭一戰，水師陸戰隊損失極大，先期上岸的一千陸戰隊損失近七百人，餘下的三百人幾乎個個帶傷，短期之內將失去戰力，而自己統共不過三千人的水師陸戰隊，一戰而去三分之一，想必鄧鵬統領一定會肉疼得幾天吃不下飯，但在鄭之元看來，這些犧牲完全是值得的，拿下白馬渡，八里集便幾乎失去了作用，自己完全可以從容不迫地水陸兩面夾攻它。

白馬渡堡砦與其說是一個要寨，不如說更像一個兵營來得恰當，因為白馬渡本身地勢的險要，攻擊的敵軍大都在江灘上便被擊敗。

它修建的也不是如何堅固，由於緊靠白馬山，取木方便，整個堡砦的主體全是木質構成，碗口粗細的樹幹被豎起來，中間以橫木釘牢，便成了一排排柵欄，兩排柵欄間相隔約兩步之遠，中間填上河沙石塊，外面再塗上亂泥，便成了一道簡易的城牆，巨大的投石機便放在這道城牆之後。

要塞內，稀稀落落地建了幾座哨樓，上置八牛弩等遠攻利器，總體而言，這座堡砦的設計者從來沒有想過有一天會有人搶灘成功，攻到砦前，這些投石機現在簡直就成了對方的靶子，瘋狂湧入的守軍將整座堡砦塞得滿滿當當。

呂嘉問登上了堡砦的最高處，此時他已冷靜下來，望著江灘上，至少有不下萬人的敵軍正湧上岸來，而緩坡上，先期攻上來的敵軍正在整頓隊形，傷者被迅速地抬了下去，讓呂嘉問感到心驚肉跳的是，敵人就在自己的眼皮底下以極快的速度地組裝起十數架投石機來。

投石機這種東西，呂嘉問並不陌生，但北軍的投石機一旦被安裝好，基本就不能移動，最多調整一下射擊的角度和方位，但定州顯然已經大幅度改裝了這種攻城利器，使其能迅速地拆卸和安裝。剛剛在兩方的對射之中，呂嘉問便已發現對方的射擊速度要遠遠高於己方。

白馬堡絕不可能守得住，恢復冷靜的呂嘉問立即判斷出眼下的局勢，目前只有一條路，就是依托山勢的險峻，步步設防，拖住並消耗敵軍，等待呂照庭的援軍趕到，只有呂照庭帶領的北軍精銳趕到，自己才有可能反擊，才有可能重奪白馬堡，並將敵人趕下河去。

但眼下，必須要有人固守白馬堡，掩護主力撤往白馬山，否則大家一哄而散，敵人乘勢趕來，不用敵人打，自己軍隊便率先會崩潰。

「劉源！」呂嘉問伸手叫來一名將領。

緩坡上，曾氏軍隊已整好隊形，在他們的前面，十數架剛剛組好的投石機已做好發射的準備，數十臺便於移動的蠍子炮也排放得整整齊齊，只等鄭之元一聲令下，便將發動攻擊。

「曾新將軍！」鄭之元招來曾氏這次的統兵將領。

「鄭將軍！」曾新是曾氏家族一位旁支子弟，一向有勇武之名。

「這一次的攻擊，我們將提供火力掩護，攻堅的任務就要靠你們了，你也看到，搶灘登陸作戰，我的士兵損失太大，急需修整！」鄭之元客氣地道。

「鄭將軍放心，包在我們身上。」曾新躍躍欲試，剛剛的搶灘登陸戰看得他驚心動魄，雖然他年紀不大，但也算是久經沙場的宿將了，可是像今天這種強度的戰爭他還是第一次看到，捫心自問，如果是自己，處在先前的位置上，只怕已經崩潰，被敵人趕鴨子一般趕下沱江了。

「白馬山上的堡砦，我們要以最快的速度打下，我們兵出沱江的消息想必瞞不了敵人，如果呂逢春不是那麼自大的話，一定會派援軍到來，我們只有越早拿下這裡，才有更多的時間來收拾援軍，否則就麻煩了。」鄭之元盯著曾新，鄭重地道。

曾新點點頭，「攻擊白馬堡難度不大，這個堡砦規模不大，而且極其簡陋，但白馬山上的寨子可能便要困難一些！」

兩人正說著，白馬堡突然出現了情況，一隊隊人馬湧出，向白馬上狂奔而去。

「對方聰明得很，想撤到山上去，利用險峻的山勢來對抗我們！」鄭之元道。

投石機轟然作響，一發發數十斤重的石彈騰空而起，擊向對面的砦牆，數十臺蠍子炮則將十來斤重的小石彈雨點般的砸向砦內。

數十斤重的石彈砸在單薄的城牆之上，引起陣陣搖晃，十數發後，轟然聲中，一段數十丈長的牆體便倒了下來，曾新指揮的曾氏軍隊發一聲喊，越過投石機，向著缺口蜂湧而去。與此同時，投石機又轉移了目標，轟向另一段砦牆。

鄭之元目不轉睛地盯著進攻的隊伍，此時，他要的就是時間。沒想到白馬堡裡突然出現了讓鄭之元大感意外的情況，一支白旗左右搖晃，旋即，堡的大門洞開，敵人居然放下了手中的武器，雙手抱頭，蹲在地上。

正準備大幹一場的曾新也為之錯愕，狂奔中的士兵不由自主地放緩腳步，轉頭看向他們的主將。就見曾新也將目光轉向身後。

鄭之元痛罵一聲，曾新到底還是戰場菜鳥，這個時候你猶豫什麼，不知道老子要的就是時間嘛，看樣子一定是北軍守將率主力逃竄上山，留下來的不是新附軍就是強拉的壯丁，毫無抵抗意志可言，北軍一走，這些留下來當炮灰的人立刻投降，趕緊衝過去，越過堡砦，還有可能截住部分逃竄的北軍主力。

「衝過去，衝過去！」鄭之元身邊的旗手拼命地向曾新打著旗號，鄭之元更是邁開大步，率領著自己的親衛，大步流星地向前奔去。

劉源毫無心理壓力的投降了，他本來是白馬渡本地豪強，北軍打來，家大業大的他不想背井離鄉，便投降了北軍，而北軍也看中了他在當地的影響力，將他招攬入軍，封他一個參將的職位，統率當地徵來的壯丁協防白馬渡。

如今曾氏打了回來，而且一舉搶灘成功，眼見白馬渡又將落回到曾氏手中，而呂嘉問不加考慮地便將他留下充作炮灰，抵擋如狼似虎的敵人，心有不甘的他乾脆再一次投降，他深信，不論是北軍也好，還是曾氏也好，都不能忽視他在本地的影響力，他是一個有用的人。

堡裡的軍隊放下了武器，雙手抱頭跪在地上，曾新在鄭之元的吩咐下，看也不看他們一眼，風一般地捲過堡砦，從後門銜尾急追逃竄的呂嘉問。

沒跑多遠的呂嘉問聽到身後如雷的吶喊聲，回頭看時，黑壓壓的敵軍出現在視野中，距他們只不過里許之遙，大驚之下，馬上明白劉源這個牆頭草又獻堡投降了。

「幹你娘的！」呂嘉問破口大罵，心道有朝一日老子定然將你的頭割下來當夜壺，但這是後話，眼下的情形是敵人已經咬住了自己的尾巴，如果這樣下去，即便逃上山，敵人也跟著追了上來，不但自己跑不脫，還要連累山上的寨子。

「來人，馬上就地反擊！至少阻擋半個時辰以上！」呂嘉問派了一員偏將，率領數百人就地駐防，掩護大部隊逃竄。

鄭之元的戰靴踏入白馬堡，凝視著跪倒在自己面前的劉源，饒有興味地問道：「你叫什麼？」

「小人叫劉源。」

「你是本地人？」鄭之元問。

「將軍法眼如炬，小人正是本地人，北軍打來，曾大帥兵馬大敗而去，小人為保鄉里不受北軍荼毒，迫於無奈投降北軍，與之虛以委蛇，今天終於盼來王師，解民於倒懸之中，小人不甚感激，當舉義旗，回應王師。」劉源抬起頭，義正辭嚴，眼角帶淚，一片沉痛之色又夾雜著無限的歡喜之色。

鄭之元哈哈大笑起來，劉源的表演在他看來實在是太過拙劣，心裡也著實瞧不起這等牆頭草，但劉源本地豪強的身分卻又由不得他不重視，大帥和統領的囑咐言猶在耳，不敢或忘，進攻沱江兩岸，拖住北軍主力，同時又要盡可能擴大定州在這地區的影響力，占據足夠的地盤，以便定州擊敗北軍之後能順利吞併曾氏，而劉源這樣識時務，又在本地擁有巨大影響力的本土豪強，雖然沒有什麼脊梁骨，卻正是眼下他用得著的人。

「有一點你要搞清楚了，我可不是曾大帥的部將，本將來自定州，是定州李大帥手下參將，李大帥你知道麼？我家李大帥應曾大帥之請，出兵援助曾帥。」鄭之元笑道。

劉源的確聰明，一聽鄭之元的話，眼睛眨巴了幾下，立即便是一臉驚喜之狀，「天啊，原來是三年擊敗強大蠻族的李大帥的軍隊，難怪以白馬渡之天險也難擋貴軍一擊，小人佩服得五體投地。李大帥乃天上武曲星下凡，小人即使身處窮鄉僻壤，也知李大帥威名，能為李大帥效勞，是小人的福分。」言辭中，曾大帥已被他拋到了九霄雲外。

「你很好，本將很欣賞你，你先去安撫你的這些士兵吧，晚些時候，本將會召見你的。」鄭之元淡淡地道。

劉源又重重地叩了個頭，這才屁顛顛地爬起來，召集他的軍隊訓話去了。

看著他的背影，鄭之元若有所悟地說：「水至清則無魚，人至察則無徒，也只有這樣了，但凡用得著的人，都要物盡其用。至於以後，自然另外有人來擦屁股的，那就不干自己的事了。」

即使呂嘉問一路設防，但這種添油式的打法卻很難遏止戰意更高的敵方軍隊，曾氏軍隊目睹了江灘上的血戰，震撼之餘，深藏於骨子裡的男人血性被完全激發了出來，占著人數上的優勢，即便地形極端不利，但仍然前仆後繼，一波又一波地踏著同伴的屍體和鮮血一路仰攻向上，在呂嘉問到達白馬山寨，剛剛闢好寨門時，曾新指揮的軍隊也衝到了寨前。

一場攻防血戰隨即展開。

山上的寨子比白馬堡要堅固得多，大多採用巨石與大木混築，而且山勢險峻，曾新一次只能展開兩百人左右進行強攻，如此打法，在寨子裡有充足的守軍時，根本無法可施，雙方的傷亡比率根本無法相比。

一連進行了數次強攻，損失數百人手時，曾新終於一臉沮喪地停止了這種無謂的犧牲，在鄭之元踏上山頂的時候，曾新頹喪的表情難以掩蓋。

「鄭將軍，我盡力了，我的士兵也不畏犧牲，但這種打法，實在是死得沒有任何價值！」曾新垂頭喪氣地道。

鄭之元打量著這座聳立在白馬山上的寨子，眉頭微微皺起，顯然心裡也有些犯難。

「大哥，讓我們去試一下？」鄭之強躍躍欲試。

鄭之元哼了一聲，「你以為自己比曾將軍強麼？曾將軍想盡辦法都打不下來，你上去就行？一樣白白地折損士兵。」

鄭之強滿臉的不服氣，曾新臉上卻充滿了感激，鄭之強的自告奮勇無異是在指責曾軍的戰鬥力太差，但鄭之元的話，讓他心中開解不少，這不是自己不行，而是情勢實在太過惡劣了。

看著鄭之強不服氣的面孔，鄭之元驀地想起一事，眼中不由一亮：「之強，還記得連山島一戰麼？」

「連山島？」鄭之強莫名其妙，「那跟現在的戰事有什麼關係？」

鄭之元嘿嘿一笑，「你忘了自己差點就被烤成乳豬了，要不是我及時趕了回來，只怕你都被烤得香噴噴的了！」

鄭之強咧咧嘴，破口大罵道：「龜兒子鍾祥，等老子逮著他，一定將他裝在蒸籠中，讓他也嘗嘗這滋味，不對，大哥，你的意思是？」

鄭之元嘿嘿一笑，「當初鍾祥的那一招，我們不妨也試試，當初在連山島，你駐守的稜堡那可是全部由巨石搭建，比起眼前這座寨子可堅固多了！」

鄭之強一下子跳了起來：「對啊，烤乳豬！」

曾新聽得莫名其妙，但看到鄭之元的神情，便知對方一定有了破敵妙策，當下也振奮起來，「鄭將軍，**有何妙計能破眼前之敵？**」

鄭之元將連山島一役的經過講給曾新聽，講到緊張之處，曾新也是冷汗直流，當時情形真可謂是千鈞一髮了。

呂嘉問狼狽萬狀地退回到山頂寨子，驚魂未定的他盤點了一下自己手中的實力，足足還有近四千士兵，而且寨中儲備充足，憑藉著有利的地形，堅守到呂照庭援軍來臨應當不會有太大的問題了。

打退了曾新的兩次攻擊，呂嘉問心神大定，寨中的守軍也逐漸從驚慌中恢復了平靜，他們也看到在如此地形下，敵軍幾乎無法依仗人數優勢進行圍攻，而且敵人武器再凶，面對這種巨石建造的堅固堡壘，破壞力也有限得很。

「呂將軍，那些穿蒼青色衣服的定州兵也上來了！」一名校尉上前稟報，對於這些定州兵，呂嘉問是心有餘悸，當時如果追著自己屁股打上來的是這些士兵，自己能不能回到寨子還真是難說得很。

「他們在幹什麼，是不是在準備攻打寨子？」呂嘉問問。

校尉搖搖頭，「他們什麼也沒有幹！」

呂嘉問大奇，難道這些人爬上來就是為了看白馬山的風景麼？他爬到寨頂，觀察著寨子下的敵軍。

敵人似乎暫時放棄了進攻的打算，正從山下將投石機零件吃力地搬上來，然後開始迅速地組裝，除了正面警戒著寨裡的那些戰力超強的定州兵，曾氏軍隊都散布在白馬山四周，正用腰刀、斧頭砍伐著樹木、荊棘。

「他們想幹什麼？」呂嘉問狐疑地看著關前的投石機被組裝得越來越多，似乎敵軍將艦載上的投石機都搬了上來。

「難道他們想用石彈將整個寨子填平麼？」想想也覺得可笑，投石機可以搬上來，但需要的石彈也能大量運上來？想要填平整個寨子，那得多少石彈！

「小心戒備，讓士兵們注意對方的遠程打擊！」呂嘉問道。

一架投石機試射了一發石彈，石彈射程顯然遠遠超過了寨子所在的位置，從寨子頭上尖嘯著掠了過去，看著有些離譜的試射，呂嘉問心中突然充滿了不安。

「將軍，石彈重，木柴輕，這個發射距離應當差不多了！」一名投石機操作員向鄭之元回稟道。

「好，準備攻擊！」鄭之元滿意地下令。

一捆捆木柴被放置上了投石機，旁邊立刻有士兵將一些油脂淋在柴上，一聲令下，數十捆木柴騰空而起，飛向寨子，與此同時，定州水師陸戰隊的士兵中，有數十名射手將早已點燃的火箭射出，火箭在天空中追上柴捆，騰地一聲，柴捆立即熊熊燃燒起來。

轟隆一聲，柴捆落在寨子裡，四散濺落，不等呂嘉問反應過來，第二批燃燒著的柴捆又呼嘯著落了下來，火勢立即更大。

呂嘉問這才明白對方想幹什麼，看著那些螞蟻般在砍著柴的曾氏士兵，呂嘉問頭皮發麻，大叫道：「第一翼滅火，第二翼開門，突擊對方的投石機！」

呂嘉問的反應不可謂不快，但更絕的是，對面在連著投射了三輪燃燒的柴捆之後，突然換成了石彈，密集地砸向寨裡，剛剛從躲避處跑處來救火的北軍立即便遭到了毀滅性打擊，成片地被砸倒在地，兩輪石彈立刻將出來救火的士兵都逼回到石彈打不著的死角之地，眼睜睜地看著火勢開始蔓延。

外面又開始投射柴捆。打開寨門的北軍第二翼迎頭碰上的，便是鄭之強的水師陸戰隊，狹窄的地形，雙方都無法展開太多的兵法，這個時候，就更依靠士兵個人的戰鬥力了，而在這方面，定州士兵占了太多的優勢，此時，無所事事的曾新也掄起大刀，加入到阻擊對方的行列之中，與鄭之強並肩而立，兩人鋼刀飛舞，擋者披靡。

第二翼崩潰的極快，他們不但要承受定州水師陸戰隊的強力打擊，還要忍受對方身後蠍子炮雨點般的打擊，以及一部曾氏軍隊弓弩的洗禮。

火勢越來越大，此時，整個寨裡已陷入到一片火海之中，而在關外，更多的柴捆還在被源源不絕地投射進來，呂嘉問泥雕木塑般地立於寨頂上，想不到，自認為堅固的白馬堡失陷得這麼快。

看著被燒成火人的士兵在火中狂喊嘶吼，呂嘉問痛苦地下令道：「開門，突擊，能突出去多少就算多少吧！」

當整個寨子陷入到火海之中時，曾氏軍隊重整隊列，一列列的弓手、弩手做好了發射的準備，而蠍子炮也對準了寨前那面積不大的空地。在弓手、弩手的前邊，一隊隊的長矛手緊緊地握著長矛，組成了一座矛林。

寨門打開，被燒得無處可逃的北軍嘶叫著奔出來，有些著火的士兵等不及從擁擠的寨門中奔出，直接從牆上跳下去，跌得頭破血流，筋斷骨折，動彈不得，在大火中嘶聲慘叫，直到聲音慢慢低去。

「射！」沒有絲毫感情色彩的命令一聲聲響起，如雨般的箭、弩、蠍子炮，完全覆蓋了那一片空地，將從寨裡奔出來的士兵瞬間射倒，不到一炷香時間，空地上已堆滿了屍體。

鄭之元沒有看城門口，抬頭看著陷入火海中的寨頂，那裡站著一個人，那是敵人的統兵將領，從劉源那裡知道，這人叫呂嘉問，此刻他全身上下都已著火，整個人變成了一個火人，但他仍然屹立在寨頂。

鄭之元摘下頭盔，向他深深地鞠了一躬，不管雙方立場如何，這樣的對手總是值得尊敬的。

空氣中瀰漫著一股肉香，雖然從早上一直熬戰到現在，士兵們根本沒有時間吃飯，但他們卻沒有絲毫的食欲，反而有不少士兵蹲在地上不停地乾嘔，堡裡近四千守軍全都陣亡，不是被燒死，就是被射死砸死，他們連投降的機會都沒有，剛剛從火海中逃出，便迎面撞上了箭雨石彈。

「收拾戰場，埋鍋造飯！」鄭之元面無表情，大聲地下達著命令，他的眼光已越過白馬山，對方的援軍應當要來了，殲滅了他，再拿下八里集，沱江上再無可以擋住定州水師的力量了。

一天之後，急如星火趕來支援的呂照庭在白馬山中伏，鄭之元大膽地將絕大部分水兵也派上了岸，以絕對優勢的兵力給了猝不及防的呂照庭重重一擊，呂照庭部大潰而逃。旋即，鄭之元水陸分進，進攻八里集。

八里集守軍知悉白馬渡失守，呂照庭兵敗，當即棄關而去，自此，**扼守沱江天險的白馬渡與八里集落入曾李聯軍之手，沱江門戶大開，定州小型戰船源源不絕地沿江而上。**

久攻諸城不下的呂逢春聞訊大驚，當即撤圍，準備回兵，但在撤軍路上，便知悉大軍回師的重要通道泉城被曾李聯軍攻下，後路被斷，呂逢春數萬大軍隨即被堵截在深州，欲歸無路。

泉城，這裡是鄭之元所屬水師的終點，打到這裡，便完成了定州交給他的任務，曾氏軍隊已完全接管了泉城防務，更多的曾氏軍隊正從水路向這裡集結，準備進攻另一個軍事要地：應城，徹底斷絕呂逢春北逃的希望。

就在曾氏歡天喜地地集結兵員的時候，沱江上，鄭之元的坐艦之中，三十名水師陸戰隊的雲麾校尉正集結在一起。

「諸位，水師至此在沱江上的作戰任務基本完成，剩下的便是支援作戰，運送物資了，而要完成餘下的任務，就要靠你們這些從數千陸戰隊中選出來的精英！」鄭之元的眼神掃過每一名隊員。

「水師陸戰隊是定州軍隊中的精英，整個定州擁兵十萬，五千水師陸戰隊員無疑是這十萬士兵之中的佼佼者，而你們，更是這五千精英之中的精英。」

三十名隊員激動得滿臉通紅，能被選中站在這裡，本身就是一種最大的榮耀了。

「願為大帥效死！」三十人低沉的聲音在船艙中響起，沒有高聲吶喊，卻顯得更加肅穆莊嚴。

「沈州，順州，此刻都是戰區，敵我雙方勢力犬牙交錯，更有不少匪盜乘火打劫，可以說，這兩個地方現在是危機四伏，身處這兩個地方，如果沒有大軍傍身，隨時都有喪命的可能，你們怕嗎？」鄭之元問。

「不怕！」陸戰隊員們眼中閃過怒色，他們認為這個詞是對他們的侮辱。

「你們每個人只能帶十名隊員進入戰區，分赴給你們指定的地區。**你們的任務，不是光靠勇敢就能完成的，更需要用腦子，用智慧來完成。**」鄭之元站了起來，從一排排隊員面前走過，打量著一張張堅毅的面孔。

「將來我們踏上這一片土地的時候，你如果有一百人的隊伍了，你就是鷹揚校尉果長；你有一千人的隊伍，那你就是振武校尉翼長。」鄭之員道：「總之，你能拉起多少人來，你就能得到相應的職位，當然，我看到的應當是一支訓練有素的隊伍，而不是一群流民匪賊。」

「將軍，如果我有三千人、五千人呢？」一名隊員問道。

鄭之員放聲大笑，「那你就是參將營長了，不過，我也只不是一個參將，你這個職位我可沒權批，需要得到大帥的批覆，但若是你真能拉起這樣一支隊伍來，難道大帥會吝於一個參將職位麼，你已經證明了你完全勝任這個位置。」

隊伍中傳來一陣輕鬆的笑聲。

鄭之元臉色轉為嚴肅道：「各位，我派你們下去，不僅要拉起隊伍，更要占領地盤，而且要消化這些地盤，要讓這些地方的鄉紳也好，百姓也罷，只知李帥，忘記曾帥，這就要考驗你們的能力和智慧了。這絕不是一個可以輕易完成的任務。當你們有能力完全占據一個地方時，我會為你派來相應的文職人員，協助你治理地方。在此期前，我們水師唯一能為你們提供的幫助是，可以定期為你們提供武器，當然，這還要瞞過曾氏的耳目，不過，統計調查司和軍情司的諜探將會為你們提供一些幫助。各位，祝你們好運。」鄭之元道。

三十名隊員鞠身行了一禮，轉身出了船艙。

是夜，脫下定州軍服的這些漢子們，被一艘艘小船載著，悄悄地沿著沱江，奔向各自的目的地。

定州。

鎮西侯府，張燈結綵，喜氣洋洋，連府外馳道邊的大樹上都披滿了紅綢，廣場上，從早上起，便有各色表演隊伍使出了吃奶的力氣，卯著勁相互較量著，人山人海的觀眾不同爆發出陣陣的叫好聲，與烽煙四起的中原大地來說，這裡完全是一片世外桃源。

城中，百姓們家家戶戶都掛起了紅燈籠，整個定州城一片喜氣洋洋，雖然今天不是什麼節日，卻是另外一個重要的日子，李大帥的長公子李安民今天滿百日，鎮西侯府大宴賓客以祝賀長公子。

在上林里休養數月之後，身體恢復良好的如夫人霽月不是回到她的故居桃花小築，而是被直接接到了鎮西侯府，李清要在這裡慶祝他的長子滿百日。

對定州所有官員來說，李清的這個決定可謂意味深長，普通老百姓想不了那麼多，李帥為他們打敗了蠻族，給他們帶來了安定祥和的幸福生活，他們感激並衷心地擁戴這位英明的領袖，自發地組織起來，為長公子慶賀百日宴，但在官員們看來，李清在鎮西侯府舉辦百日宴，這裡面卻意味著更多的訊息，是不是大帥已決定了什麼了？

眾人拿捏不定，李清從來都不是一個能讓下屬摸得準心思的上司，更何況，此時在鎮西侯府，大帥的元配夫人，大楚公主傾城也已即將臨盆，如果產下嫡子，到那時，只怕情況就要更複雜了。

尚海波憂心忡忡，路一鳴淡然處之，其他官員心中游移不定，但不管大帥怎麼想，眼下長公子的百日宴，眾人肯定是要參加的。

在這些官員之中，一個人心中是無比歡喜的，那就是上林里都護駱道明。

霽月夫人在上林里休養了數月，這之間，他可是付出了無數的心血，他也深知，自己這便算是與長公子結下了一段香火緣分，如果一切順利，自己的仕途在今後將一帆風順，甚至可以延續數十年的輝煌。

鎮西侯府中，大院中擺下數十桌宴席，能夠坐到院中這些正席上的，當然非富即貴，都是定州並州兩個都護府的頭面人物，便是關興龍、燕南飛也千里迢迢從西都護府派遣專人送來禮物，更不消說這些左近的人物了。

眾人都是興高采烈，特別是來自三州商會的頭面人物，以往，他們的商人身分是難登大雅之堂的，但自從李清入主之後，商人的地位急劇提高，在三州的發言權也一年比一年大。

這裡面的代表人物則是以龍四海為最，如今他已經是三州商業總會的頭腦之一了，自從被李清訓誡一番之後，龍四海洗心革面，牢牢地記著李清告訴他的一句話，有錢大家賺才是真理。這不僅為他贏得了極大的聲譽，而且讓他的財富較之以前有了更大幅度的增加。

李清懷中抱著兒子安民，滿臉笑容地坐在上首，傾城雖然挺著大肚子，也陪坐在一側，另一邊，則是坐著安民的母親，霽月。

李清初為人父，讓莫名來到這個世界的他心中添了一絲溫暖，也更多了一份牽掛。安民雖然剛滿百日，卻沒有被眾多陌生的面孔嚇著，反而瞪著一雙骨碌碌的大眼，好奇地看著眾人。

李清笑道：「各位，可不能光用嘴恭喜，今天我可是準備要收紅包的。」

尚海波首先站起身，「大帥，老尚可是窮酸一個，兜裡沒有銀子，只為大公子準備了一本書。」

他從懷裡摸出一本翻得十分破舊的《論語》，放在安民的襁褓旁。

李清不滿地道：「我說老尚，你好歹也是我的軍師，一本書你也拿得出手！」伸手拿起《論語》，隨手翻看，卻見裡面寫滿了注釋，顯然是尚海波平日閱讀之時添上去的。

李清不太懂這些，但出身士林大家的霽月可知道這本書中定然凝聚了尚海波無數的心血，當下站了起來，恭敬地向尚海波行了一禮，「霽月多謝尚先生的厚愛。」

尚海波坦然接受了這一禮，霽月只是李清的如夫人，以他如今在定州的地位，自然是受得起這一禮的。

與尚海波有異曲同工之妙的是路一鳴，準備了一枝上好的狼毫，但與之相配的另一件禮物卻貴重得很，是一方古硯，瞧模樣，定然身價不凡。

呂大臨和楊一刀是武人，兩人準備的是一柄短刀，不過楊一刀的略顯普通，呂大臨的卻是鑲金嵌玉，名貴得很。

眾人將禮物一一擺在桌上，五花八門，無一不是用了大心思的，這些人自然不會當真如李清所言，每人遞上一疊厚厚的銀票。

「大帥，我們都送了公子禮物，卻不知大帥給長公子準備了什麼？」駱道明笑道。

眾人目光一齊轉向李清。

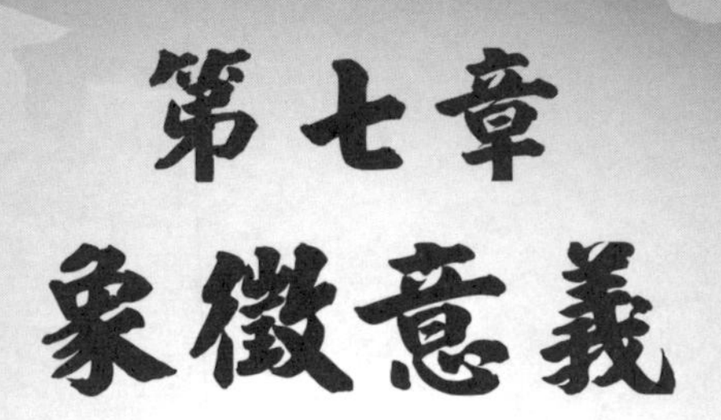

第七章 象徵意義

這件黃龍玉佩的象徵意義太過於重大，在座的人都明白現在的李清絕對是志在天下了，如果任由李清將這件東西給了安民，不啻便是坐實了安民特殊的地位，傾城一旦產下嫡子，嫡長之爭將不可避免地要在定州內部發生。

看著一眾人等都瞪大了眼睛看著自己，李清不由尷尬地摸了摸腦袋，這一陣子太忙，完全忘了自己也要準備禮物，現在可好，別人都將東西擺到了桌上，自己竟是兩手空空。

他在身上摸索了一陣，別說禮物，連個金錠銀元寶都沒有一個，不好意思地笑了笑，正想打個哈哈蒙混過去，手一垂下來，觸到了腰間的一件東西，眼睛一亮，想也沒想，隨手便將那物件取了下來，笑道：「就將這玩意兒給安民玩吧！」

那是一件長方形的玉佩，**整個玉佩呈火紅色，在燈光的映照下，亮麗異常，尤其珍貴的是，在這枚火玉的正中心，一條活靈活現的黃龍盤踞正中，張牙舞爪，鬚髮皆清晰可見。**

本以為要博得一個滿堂彩，得意洋洋的李清卻發現，一桌子的人全都沉默不語，尚海波的臉色更是不太好看，左右觀望了一下，卻見傾城的臉色也是難看得很。

李清聳聳肩，便要將那枚火玉放到安民的身邊，霽月卻霍地站了起來，拉住了李清的手道：「大哥，這東西太珍貴了，不能送給安民！」

聽到霽月如是說，尚海波的臉色好看了些，讚賞地看一眼霽月。

「一件玩物而已，有什麼珍貴不珍貴的，在我眼中，安民才是最寶貴的啊！」李清笑道。

尚海波緩頰道：「大帥，長公子年紀小，這麼珍貴的玉佩送給公子玩，要是砸壞了就可惜了，普天之下，恐怕也只有這一枚絕品了。」

李清奇怪地看了他一眼，再瞄了一眼手中的火玉，直到看到那條張牙舞爪的黃龍，心中驀地明白大家的心裡在想什麼，也明白了傾城的臉色為什麼這麼難看，只好摸摸頭收回火玉，道：「這可就難辦了，我倒真沒有準備其他東西。既然大家都說不合適，那就算了，趕明兒我再為他尋件禮物吧。」

這件黃龍玉佩的象徵意義太過於重大，在座的人，包括伯顏、肅順，也包括傾城在內，**大家都明白現在的李清絕對是志在天下了**，但安民畢竟不是嫡子，如果任由李清將這件東西給了安民，不啻便是坐實了安民特殊的地位，而大婦傾城現在也是身懷六甲，一旦產下嫡子，**嫡長之爭將不可避免地要在定州內部發生**。

有了這個意外，廳內的氣氛便有些微妙起來，先前活躍的氣氛一時間便顯得有些凝滯。

「將禮物收了，吩咐後面上酒菜吧！」李清道：「各位，今天犬子百日宴，大家可要不醉不歸。」

李清趕忙岔開話題道。

「正是正是！」眾人轟然答應，雖然臉上已看不見異狀，但各自心中皆是轉著念頭，大帥今天的舉動是刻意為之，還是真的是無意識的行為呢？

尚海波心情有些沉重，大帥對清風的寵愛一直不減，這是他心知肚明的，而且因為不能將清風娶進門來，大帥對她更是有一種莫名的愧疚，這種愧疚如果轉化成愛屋及烏，可就大大不妙了。

清風是定州權力的三架馬車之一，除了李清之外，她的影響力並不比自己低，一旦她的侄兒成了名正言順的定州繼承人，那她的勢力必然進一步膨脹，雖然她與霽月的關係並不和睦，但尚海波可不敢冒這個險，畢竟她們的血液中流著同樣的血脈，一旦和解，以清風的能力，必然對定州的權力結構造成致命的破壞，甚至以後大帥基業大成之時，更可能演變成外戚干政之勢，學識縱貫古今，看多了這類事件的尚海波絕不想這種情況出現。

「但願傾城公主能誕下嫡子，如今大楚勢微，傾城公主勢力遠遠不足以撼動定州根基，由嫡子來繼承將來大帥的基業，更利於長治久安。」尚海波想著心事，抬眼看了一下對面的傾城公主，不料對面的傾城也正看過來。

兩人目光微微一碰，便若無其事的轉向他處。略略嘗了幾口菜，傾城低聲對李清道：「大帥，妾身身體略有不適，想告退了。」

李清看了眼她高高隆起的腹部，關心地道：「沒什麼事吧？你也要臨盆了，一定要小心，如果不舒服，可要請恆熙先生來瞧上一瞧。」

傾城道：「也沒什麼大事，回去躺一躺便好。」

「行，你去吧，有什麼事馬上讓人來告訴我！」李清道。

傾城點點頭，站了起來，向眾人告罪，廳內眾人一齊站了起來，目送著傾城步履蹣跚地步入後堂。

酒過三巡，眾人興頭正高之時，廳外忽地奔進一名親衛，俯身在李清耳邊說了幾句，李清臉色微微一變，站起來道：「各位，不好意思，突然有緊急公務需要我去處理，大家自便。尚先生，路先生，呂將軍，鬍子，你們隨我來。」

尚海波四人霍地站了起來，這個時候突然有事，必然跟兩線戰場有關。

四人隨著李清走進書房，書房內，早有一人等候在那裡，唐虎正陪著他說話，看到李清等人進來，先向李清施了一禮，「見過大帥！」又轉身對尚海波等人道：「見過各位大人。」

李清擺擺手，「不用多禮了，直接說事！」

「是，大帥，下官是軍情司振武校尉何心武，今日接到急報，前來向大帥回稟軍情！」

「進行得怎麼樣了？」李清急問，雖然看這何心武的神色，便知道事情已經搞定了，但總要聽到對方說出口來才能放心。

「鄧鵬統領傳來消息，十日前，鄭之元將軍與曾氏聯軍率部攻克泉城、應城，切斷了北軍呂逢春部的退路，如今，呂逢春部已被阻斷於沈州境內。」何心武報告道。

「好！」李清撫掌大笑，「這個鄭之元很不錯啊，前段時間全殲勃州鍾祥，現在又切斷北軍主力北歸之路，為我軍打垮呂氏奠定了一個良好的基礎！」

房內眾人都是喜形於色。

「大帥，姜奎部應該發動了！」尚海波道。

「虎子，馬上傳令給姜奎、田豐，動手了，告訴他們，明天我就出發，兩天後我會趕到羅豐，那個時候，我要看到他們的軍隊已經擊破對手防線，開始長驅直入。」

「是，大帥！」唐虎兩眼放光，大帥要再一次親臨前線，如果運氣好的話，自己說不定還能撈著幾仗打打。

「大帥，北線動手，過山風那邊只怕也為時不遠了，那裡也要做好準備！」

尚海波又道。

「不僅僅是過山風那裡！」李清興奮地道：「鬍子，你啟年師也要做好準備，隨時進入復州，支援過山風作戰，全州我是一定要拿下來的。呂將軍，你在並州也要伺機而動，如果真如我所料，蕭氏擊敗寧王，長驅直入寧王控制區域的時候，興州的龍先生大概便要發動了，有機會的話，不妨我們也痛打落水狗一番，總不能讓好處都讓屈勇傑撈走了。」

呂大臨摩拳擦掌，興奮地道：「那是自然，**這一仗過後，蕭氏將再難有翻身之日，寧王龜縮南方，能自保就要燒高香了，屈勇傑底子太薄，從此大楚勢力唯我定州一家獨大。**」

李清笑道：「龍先生所謀甚大，你那邊如果能占一點便宜的話，此消彼長，於我們今後大大有利。」

眾人都是相視大笑，「此番能成功，清風的統計調查司功勞不小，要不是她發現了屈勇傑那邊的貓膩，只怕我們現在還蒙在鼓裡。對了，虎子，馬上將這一情況通知清風司長。」

清風今天沒有出席安民的百日宴，大家都自然瞭然如心，眼下大帥提到清風，眾人眼光便看向唐虎。

「大帥，清風司長不在定州，我老婆陪司長去了復州，聽我老婆說，袁方這回一路追殺清風司長，司長極為惱怒，回來之後便開始清掃職方司的暗探，定州基本已經掃空，復州形勢稍為複雜一些，司長親自過去主持了。」

李清暗嘆一聲，心知清風這是刻意要躲開這一次的百日宴，但這話卻是說不出口。

這邊興奮異常，而在鎮西侯府後院，傾城卻是鬱鬱不歡，獨坐在孤燈之下，以手支腮，出神地想著心事。

大楚如今名存實亡，洛陽朝廷掌控在蕭氏之手，如果他們願意，隨時可以將皇位上的昭慶帝推下寶座，而自己的丈夫李清如今的心意已愈來愈明顯，**問鼎天下不僅是他，也是他所有部下的心願，自己將何去何從呢？是嫁雞隨雞，夫唱婦隨，還是為了大楚鞠躬盡瘁呢？**只是眼下的情況，即便自己願意為了大楚粉身粉骨，又能改變形勢嗎？

「公主，諾將軍夫人納芙公主求見！」一名宮女躡手躡腳地走了進來，小聲道。

「納芙，她見我做什麼？」傾城抬起頭，「不見！」對這個蠻族的公主，傾城是一點好感也沒有。

宮女應了一聲，正想出屋，傾城忽地又道：「等一等。」

納芙自從來到定州之後，一直大門不出，二門不邁，安分得很，連伯顏、肅順等人也不見，更談不上與自己有什麼來往，怎麼莫名其妙地要來求見自己，想了想道：「讓她進來吧！」

嫁作人婦，內遷定州的昔日草原公主納芙，身著一身大楚女裝，挺著微微凸起的小腹，一臉平靜地踏進了傾城公主的房間，她也懷了數月的身孕了。

「見過傾城公主！」納芙微微欠身，向傾城行了一禮。當年驕傲的草原之花如今洗盡鉛華，臉上絲毫不見傲慢之色。

傾城卻略略有些傷感，納芙曾和她一樣，都是高高在上的天之驕女，一旦落入凡塵，反變成脫毛的鳳凰不如雞了。納芙的丈夫諾其阿雖然在定州軍中擔任將軍，統帥近一萬將士，但每每行事小心翼翼，除了行軍訓練打仗，回到家中，便是靜坐家中，反而不如肅順、祈玉之流逍遙自在。

「坐吧！」傾城指了指面前的錦凳，「你也是有身子的人了，不耐久站的。」

納芙落落大方地坐下，直視著傾城，「草原女子沒有這麼嬌生慣養的。」

「看你這一身打扮，哪裡還有半點草原女子模樣？」傾城指著納芙笑道。

「入鄉隨俗罷了，公主也知道，我住在內城，可不想一出門便被人指指點點，也只能作這樣打扮了。」

傾城理解地點點頭，定州內城居住的大都是老定州人，這些人與蠻族都有著或大或小的仇恨。

「算了，不說這些，你今天突然來找我，總不會是單純地來找我聊天吧？」傾城將話轉入正題。

「受人所託，給公主殿下帶來一封信。」納芙道。

「信？」傾城詫異地道：「是什麼人居然託你給我帶信？」

「公主的一個老熟人，知道今天我會來參加李大帥長公子的百日宴，有機會能見到公主殿下，便找上門來，託我給您帶來這封信。」納芙笑道。

傾城本是冰雪聰明，聽到這裡，已明白那人是誰了，臉上慢慢浮現出憤憤之色，「他膽子倒大，居然還敢潛入定州！就不怕被清風逮了去？清風現在可正在全力清洗職方司勢力。」

納芙道：「公主說得不錯，他的確膽子很大，但腦子也夠聰明。」她伸手點點桌上那盞宮燈，道：「公主您看，這燈將四周照得如此明亮，纖毫必現，然而燈的下面還是有陰影，所謂燈下黑就是這個道理吧！眼下這個時候，危險的地方反而就是最安全的地方，清風遠在復州，怎麼也想不到她想要找的人就在她的老窩中吧！」

傾城深深地看了眼納芙，「這才是真正的你吧，一個貌似臣服定州，私下裡卻仍然不死心的草原公主？」

納芙不在乎地道：「公主您大可以一聲令下將我抓起來，那個人正在我的府中，想必也是逃脫不了的，我們被擒，李大帥自是欣喜莫名，清風也一定會稱讚您一句大義滅親，不愧是李大帥的賢內助吧！」

傾城被深深地刺痛，臉上變色道：「納芙，不要以為我不知道你的那點小心思，**你巴不得定州內亂，好讓你們草原蠻族捲土重來吧？**如果你是打這個主意，我勸你還是趁早死心的好，我是大楚公主，定州主母，絕不會允許這種情況發生。」

納芙低下頭，心頭一陣刺痛，眼前似乎出現了被活活燒死的大哥，被亂刀砍死的二哥，還有哀莫大於心死，最後倒在戰場上的父親，他們鮮活的面容從納芙的眼前一一掠過，眼眶微微發紅，捲土重來？納芙的眼裡浮起濃濃的悲哀，不可能了！

對於草原蠻族的處置，納芙不得不佩服李清，貴族們雖然失去了特權，卻保住了他們的財富，這便讓他們失去了反抗的勇氣，不是每一個人都願意冒著失去一切的風險來從事一項前途渺茫的事業的，更何況李清仍然給了他們清高的地位，並保有巨額的財富，至於底層的族人，納芙心中更是絕望，如今的蠻族生活比起以前在草原上要富足得多，他們生意做得風生水起，日進斗金，早就樂不思蜀了，更是不會生出什麼造反的心思。

現在的納芙，對於重現昔日黃金家族的輝煌早已不抱任何指望，支持她的只是恨意，綿綿不絕的對李清的恨意！她唯一想做的便是殺掉李清！如果不是李清，她的父親，她的哥哥都不會離她而去。

「捲土重來？」納芙低低地道：「公主，你認為有這個可能嗎？」

傾城冷笑道：「你清楚最好。」

「公主要看那封信嗎？」納芙問。

「他為什麼不自己來見我？」

「他不敢來，他說他不知道現在公主是怎麼想的？公主仍是當年那個叱吒風雲的大楚公主呢，還是一心撲在李大帥身上的定州主母？如果是前者，他便會來見您；如果是後者，他將黯然離去。」

「我既是定州主母，更是大楚公主，他既然不敢來，我也不想見他了，你回去告訴他，容嬤嬤跟了我二十年，卻因為他一道命令而枉自送了性命，死得一錢不值，就這一件事，我就不會原諒他！」傾城厲聲道。

「行大事者不拘小節，公主，他對大楚忠心耿耿，所思所謀無不是為大楚著想，要是聽了公主這話，想必是要心灰意冷了。」納芙直言道。

「大楚？哼，大楚如今在哪裡？」傾城慘然道：「是我那位坐在皇帝位子上，卻成為蕭氏傀儡的侄兒？還是他效力的興州屈勇傑？」

納芙哈哈一笑，諷刺地道：「李大帥兵精將猛，財力充足，坐擁定復並三州，更兼土地遼闊的草原與室韋地區，如今更是準備打下北地，吞併曾氏，想必三年五載之後，坐上洛陽城中那高高位子之上也不是不可能的，公主精心輔佐大帥，到得那時候，便是母儀天下，貴為皇后，也算變相重振大楚輝煌了。」

「住嘴！」傾城霍地站起，「大楚立國數百載，傳承不滅，朝堂之上，草莽之中，不知有多少心懷忠義之士，豈是誰能輕易顛覆得了的?!眼下雖然明珠蒙塵，正義不彰，但總有一日我大楚將重新崛起。」

納芙輕笑一聲：「公主殿下，你這是在自我安慰麼？好吧，如果你不承認我說的，那我問你，李大帥如果真的忠於大楚，蕭氏謀反，他為什麼反而與蕭氏結盟？如果他真是大楚忠臣，就應當提師東進，消滅蕭氏。再者，即便他顧忌朝廷之上的昭慶皇帝，那他為什麼不出擊寧王，寧王可是擺明了要造反的，相反，李大帥卻一心想著吞併北方和曾氏，**他打的什麼主意，公主您當真不知？還是公主您真要從定州主母一躍而成為母儀天下的皇后？」**

她指了指外面又道：「您聽，外面鑼鼓喧天，那是在慶賀大帥長公子的，以定州今日之勢，以清風權勢之隆，以大帥對那霽月的寵愛之情，您當真能如願麼？說句不好聽的話，公主，即便您誕下嫡子，能不能安全養大還是一回事呢。」

「住嘴！」傾城厲聲喝道，眼中卻泛起一股無力的感覺，納芙的話句句擊打在她的心坎之上，昔日大楚呼風喚雨的公主，如今在定州卻心有餘而力不足，處處受制，事事受限，幾乎是被圈禁在鎮西侯府之中了。

納芙站了起來，她的目的已經達到了，從懷中掏出那封信，放在桌上，向傾城行了一禮，轉身走出了房間。

傾城目光瞄向那封信，卻似被晃著了眼，趕緊轉過頭去，強撐片刻，還是伸出手去，薄薄的信件彷彿有千斤之重，拿起，放下，再拿起。

終於，傾城顫抖著將信取過來，輕輕撕開封口，只瞄了眼那信上的字跡，便猶如遭了雷擊，身體晃了幾晃，眼前陣陣發黑，幾欲昏倒。

回到自己府第的納芙徑直來到書房，諾其阿早已去了軍營，準備明天統軍與李清共赴羅豐，支援姜奎與田豐的北方戰役，家中只有納芙和幾名忠心耿耿的僕役。

書房中，一名青衣男子正就著燭火，津津有味地讀著書，看到納芙進門，笑著放下書卷，微笑著問她：「見到公主了？」

納芙哼了聲，道：「袁方，我看你家公主舉棋不定，根本就沒有幫你的心思，反倒有些恨你。」

青衣男子正是職方司指揮袁方，聽到納芙的話，笑道：「這個無妨，公主恨我也是有理的，容嬤嬤陪了她二十餘年，卻因為我一句話便送了性命，但只要公主看了那封信，我敢肯定，公主一定會幫我的。」

納芙冷笑道：「你讓容嬤嬤設計霽月，以便讓李清猜忌傾城，讓傾城在定州日子難過無比，慢慢地一步步將她逼上你的船，對吧？」

袁方笑道：「哪有你說的那麼複雜，當初我是真的想要那霽月的性命的，只是想不到……算了，過去的事不說了，倒是納芙公主，你願意幫我，實是出乎我的意料之外，要知道，你的行動說不定會搭上你數十萬族人的命的。」

納芙哈哈大笑，「他們性命關我何事？我父親的性命，我哥哥的性命，他們又何曾關心過，如今的蠻族，除了我，可還有一人想念他們？可還有一人想過為他們復仇？他們死盡死絕我才趁心呢！」

袁方心中一凜，這個女人心理有些變態了，自己沾惹上她，可得千萬小心，**這種被仇恨澆昏了頭的女人，用得好，是自己手中一把利劍；用得不好，可就要引火焚身了。**

凌晨，喧鬧了大半宿的定州城終於又歸入沉寂，掛在屋簷下的紅燈籠閃著光芒，隨著晨風左飄右盪，猶如天上蜿蜒星河，點亮著整個定州城。

城外十里，剛剛奉調而回的諾其阿一萬蠻族騎兵，加上李清三千親衛軍，已整裝待發。火把綿延數里，與定州城的燈光交相輝映。

一萬蠻族精銳以白族騎兵為主，這些騎兵本就裝備精良，幾不輸給定州最為精銳的常勝營和旋風營兩營騎兵，如今的他們，仍是統一佩配著彎刀、騎弓、長矛，一人雙馬，如果不是他們打的旗幟是定州軍旗，乍一看去，不明所以的人還以為蠻族又死灰復燃了。

李清的三千親衛軍照例是定州軍的精粹所在，其裝備也比蠻族鐵騎要強很多，每人配備腰刀，和長達數米的斬馬刀、長弓外，這些人還額外裝備著五發連弩，特別是他們的盔甲，都是特別打製，防護力要比一般的盔甲強上許多。

這三千親衛，基本都是雲麾校尉級別，普通士兵比例極少，他們的統領，自然是獨眼將軍唐虎。

諾其阿站在自己的戰馬旁，打量著手下這一萬虎賁，心中卻是感慨萬千，一年多了，自己又要踏上戰場，不過**這一次卻是與以前的生死敵人並肩作戰**，造化弄人莫過於此。

諾其阿牢牢地記著巴雅爾生前的話，**李清活著一天，就不要想起異心**，蠻族如今安居樂業，也讓諾其阿心中更明白，要想讓自己的族人在定州活得更有尊嚴，就必須用自己和手下士兵的熱血去換取。

兩族之間的仇恨想要淡化，不是短時間內可以完成的，最簡單的辦法，莫過於在戰場上的同生共死，幾場仗打下來，原來相互隔膜的蠻族與定州士兵便會從陌生人轉換成戰友，當勝利來臨，當這些定州士兵回到地方之後，他們將帶動更多的人對蠻族更加友好，兩族之間的隔膜將慢慢被淡化。

遠處馬蹄聲響起，諾其阿精神一振，李大帥到了，他站直身子，整整盔甲。馬蹄聲近，數十騎狂奔而來，正是由唐虎、鐵豹護衛著的李清！

看到諾其阿，李清翻身下馬，大步走到諾其阿跟前，笑道：「諾將軍，讓你過家門而不入，真是李清的罪過啊，想必納芙公主又在痛罵我了，哈哈哈！」

諾其阿抱拳道：「大帥說笑了，納芙早已不是當年的性子了，現在又要做母親，更顯穩重了。」

李清拍拍他的肩膀：「是嗎？也對，人都是會變的啊，諾將軍，這一次我們可以幹一票大買賣了，你做好準備了嗎？」

「願為大帥前驅，赴湯蹈火，在所不辭！」諾其阿正色道。

「好！」李清道：「此去開疆拓土，建功立業，諾將軍，你可以告訴你的屬下，他們現在也是定州士兵，所以他們將享受與定州士兵一樣的待遇，只要有功勞，原定州軍有的，他們都會有，土地，房屋，一樣都不會少。」

「多謝大帥！」諾其阿謝道。

「出發！」李清一聲令下，一萬三千騎軍，數萬匹戰馬揚起四蹄，風馳電掣般向著羅豐、長琦方向奔去。

盧州。

自從呂照庭在境內被定州統計調查司綁架，羅豐、長琦被生生奪走，數萬大軍陳兵邊境，盧州大帥徐宏偉便知道，自己已經被定州瞄上了，此時的他後悔不迭，暗恨自己受了呂氏的蠱惑，不知深淺地一腳踏入了這個渾濁的黑洞之中。

呂氏是餓虎，但定州李清何嘗不是一頭餓狼啊？但世上沒有後悔藥可吃，如今的他，除了將自己更牢地綁在呂氏的戰車之上，已別無他法。

將盧州常備軍從兩萬迅速擴充到十萬，好在盧州不缺錢，他本人更是富得流油，士兵的兵甲武器有盧氏支持，倒也是能湊齊，但這兵員素質就不好說了，即便徐宏偉不太通曉軍事，也知道一群農夫匠人要想在短時間內變成合格的士兵，那是根本不可能的，但現在的他病急亂投醫，已別無他法了。

沿著陳縣、康縣、秣陵、桑株、肅寧一線，他一口氣將原本的一萬常備軍，五萬新軍都布置在了這裡，但能不能封住李清精銳的鐵騎，便連盧州最勇敢的戰士，心裡也是悲哀的。

秣陵，是這條防線的中樞，盧州大將徐基的中軍便駐紮在這裡，一萬常備軍和一萬新軍整戈以待，防備著定州軍隊的進襲。

數日以前，各個縣治同時出現了小規模的敵軍哨騎，人數從數人到數十人來等，一人雙刀，縱橫呼嘯而來，呼嘯而去，似是在窺探防線的虛實，各處防線派出騎兵剿殺這些哨探，但效果卻不如人意，你人去的少了，這些定州哨探便反客為主，主動進攻。

這些人騎術精絕，箭法奇準，往往十數人便敢向幾倍的對手發起進攻，但你人一多，他們便縱身而逃，除了留給追兵一路的煙塵和嘲笑之外，盧州兵什麼也得不到，一時間，士氣更為低落。

徐基下令各縣不再出擊，任由這些哨騎自由往來，通曉兵法的他深知定州兵不可能在這麼寬的橫面上同時出擊，他們主攻方向肯定只有一個，但這個主攻點會在哪裡呢？

各個縣同時出動大規模的哨騎，對方在窺伺虛實，看來是想找到弱點，一擊奏效了。

除了命令手下各將據城死守外，徐基也沒有什麼別的辦法，對面的敵人是在野戰中堂堂正正擊敗了為患大楚數百年的蠻族的定州軍隊，被稱為天下第一強軍，與敵野戰，他一點信心也沒有。只有高高的城牆，能稍微地讓他提起一點信心來。

但是看到秣陵那單薄的城牆，徐基便有一種想罵娘的衝動，大帥一心只想著摟錢，從來沒有居安思危的想法，盧州的城牆大都如同秣陵一般，不堪一擊，自己到達秣陵後，雖然動員了大量的人力物力對城牆加高加固，但無奈原本底子太薄，一時之間想有質的改變又談何容易。

老天保佑吧！徐基只能求滿天神佛大發慈悲了。

三月，戰爭的跡象已經很明顯了，出乎徐基意料之外的是，敵軍的主攻點居然選在了自己駐紮重兵的中軍所在地：秣陵，敵人顯然沒有將自己放在眼中，想要一舉打掉防線中樞，從而將整條防線打爛。

防線的其他幾個縣駐紮的都是新軍，戰力不足，也只有自己的秣陵稍有一搏之力，很明顯敵人也看到了這一點，只要擊敗了自己，只怕其餘幾縣的軍隊將立馬腳底抹油，逃之夭夭了。

驚心之餘，徐基也被激發了怒氣，既然如此小瞧自己，那就來吧，即便盧州兵不如你們精銳，但依託城牆，也不是沒有一搏之力的。

城下，縱橫交錯地被挖了很多壕溝，空地之上，拒馬、鹿角四處林立，鐵蒺藜被掩藏在草叢之中，徐基的戰術思想就是防守，再防守。

這些天，每天站在高高的城牆之上，眺望著遠處的地平線，已成了徐基的必修課，情緒也日漸焦躁起來，整個秣陵瀰漫著一股不安的氣氛，雖然早知道要打仗了，但真正要面對著名震天下的定州兵時，每個士兵心中仍是不免惴惴。

三天後，遠處出現了煙塵，隨即，一名騎士手執大旗，從煙塵之中一掠而出，隨即第二個第三個，越來越多的騎兵出現在徐基的視野之中。

「終於來了！」徐基暗嘆一聲，「敲鐘示警，準備戰鬥！」

警鐘聲在秣陵聲響起，整個城池一片忙亂，無數的士兵湧上城頭，藏身在垛碟之後，瞪視著遠方越來越多的騎兵隊伍。

遠處的煙塵之中，仍有騎兵源源不斷地湧來，最前邊的已到了離秣陵城不遠的地方，當頭執旗的士兵縱馬狂奔而來，其他的士兵則勒住了馬匹，注視著前面執旗士兵的動作。

這名執旗士兵騎術極其精良，縱馬狂奔，似乎無視前方那縱橫交錯的壕溝，當戰馬堪堪到了壕溝邊緣時，一個漂亮的斜轉，戰馬踏著壕溝的邊緣轉向而去，馬蹄踏下的泥土，簌簌落到壕溝之中，城上的盧州兵不約而同地發出一聲驚呼聲，那騎士借著馬力，將手中的大旗猛的用力擲出，呼嘯聲中，大旗帶著風聲，深深地紮在城下的空地上，大旗展開，在風聲中獵獵作響。

馬上騎士扭頭望著城上，衝著城上士兵高高地豎起大拇指，然後倒轉過來，狠狠向下一摁，狂笑聲中打馬而去，不遠處，他的同伴們則高聲歡呼，幾名騎士迎上來，像迎接英雄一般地簇擁著他回到隊列中。

插旗！徐基長長地吸了一口氣，這是草原蠻族常用的挑戰手法，想不到與蠻族作戰數年，定州兵也學會了這一招。不過現在他們更多的是想向自己示威而已。

遠處仍有大批士兵擁來，這些士兵在極遠的地方便下了馬，然後開始整頓隊列，片刻之後，在徐基的視野中，一個個整齊的步兵方陣便出現了。

定州居然連步兵也裝備了駝馬，能做到這一點，除了讓徐基感到羨幕外，更多的則是憂懼。而在那些步兵的身後，一架架馬車滿載著一車車被布幔遮蓋著的東西，正向這邊駛來。

十數騎擁著擁著兩名將領馳進秣陵城下，隔著數百步的距離，對著秣陵城指指點點，不時交談幾句，雖然相隔甚遠，但徐基依稀看見其中一個年輕的將領，正是定州方面布署在羅豐長琦的常勝師主將姜奎，而另一員年紀大一些的將領，徐基一時卻沒有認出來。

田豐歸附定州，雙方都沒有聲張，蕭氏自認此乃奇恥大辱，自然不會聲張，而李清得了便宜，卻也不會賣乖，畢竟此時此刻，雙方在名義上還算是盟友關係。

雖然不認得田豐，但從兩人的態度上看來，此人的地位絕對不低於姜奎，徐基心中更是不安，可見定州對於此戰是勢在必得了。

「徐基經驗豐富，秣陵的城防做的很不錯啊！」

姜奎打量著秣陵的城防體系，雖然只能看到表面上的東西，但有著豐富戰場經驗的他，自然能猜到那些掩蓋起來的凶險，「大帥要我們速戰速絕，難度不小啊！」

李清給他們的要求，是當他出現時，秣陵便應當已掌握在定州軍手中，時日緊迫，給姜奎和田豐的時間僅僅有三天，三天時間要拿下一座早有防備，駐紮重兵的秣陵，的確是在極大地考驗定州軍。

這主要是定州對盧州虎視眈眈時日已久，如果是在對手毫無防備的情況下突施偷襲，那倒是可以手到擒來，現在，姜奎不由有些擔心能不能在時限之內完成任務了。

「姜將軍不必憂心，我料定我們一定可以在大帥到達之前拿下秣陵的。」田豐看著秣陵城，胸有成竹地道。

「哦，田老哥為什麼這麼說？」姜奎問。

「關乎戰事勝敗的因素有很多，但歸結到一起，也就不外乎天時，地利，人和了，如今敵我雙方共用天時，對方有地利，我軍有人和，看起來似乎平分秋色，但在我看來，戰事還未開打，我軍就已經勝了。」

「願聽老哥詳解！」

田豐微微一笑，與姜奎相處久了，他愈發喜歡這個年輕的將軍，和自己的侄兒一般，好學上進，不恥下問，從來不認為不懂是什麼可恥的事，對自己這個半途插進來的老傢伙也保持著相當的尊敬。

「秣陵城小牆矮，雖經徐基加高加固，但這些倉促趕出來的東西其實不堪一擊，也只是為對方提高一點心理上的安慰罷了，對方雖然在秣陵有一萬常備軍，一萬新軍，看似兵力雄厚，但戰鬥力卻很低下，與百戰雄師的我軍比起來，實是太過於可憐，只看徐基甚至放棄了秣陵的外圍防守，僅僅想靠城牆抵抗我軍，就可以看出對方的懼意，主將尚且如此，下面的士兵就更加不堪了。戰事初起階段，可能對方還能興起一些抵抗的意志，但只需要我軍突破一點，便會成為壓垮他們的最後一根稻草，到時，只怕會聞風而逃了。」

田豐侃侃而談，指著秣陵的城牆道：「姜將軍，你在羅豐一年，不會對這些沒有準備吧！」

姜奎哈哈一笑，「倒是打製了一些好東西，只是從來沒有在實戰中用過，也不知效果如何。」

田豐笑道：「效果馬上就可以看到了。怎麼樣，開始吧！」

兩人對視一笑，圈馬而回。

在他們回馬的時候，本來還在後方的定州步兵已是踏著整齊的步伐來到了城下，兩翼騎兵亦是策馬而立，只有無數的哨騎不時縱馬從城下掠過。

輜兵們開始忙碌地裝備著投石機、八牛弩等重型打擊武器，戰事一觸即發。

只要是攻城戰，一開始總是掃清外圍的障礙，由於秣陵完全放棄了外圍防線，這些清掃工作便變得有些乏味起來，填平壕溝，清掃拒馬，鹿角，將散布在草叢中的鐵蒺藜找出來，便在城上投石機和八牛弩的反擊中開始。

一旦這些投石機開始射擊，便會遭到城下的定點打擊，與定州這種可以移動的投石機不一樣，盧州這些投石機還是老式的，一旦安裝好，便不能再移動，只能做一些調整射角射距的變動，這讓他們一旦暴露，很容易受到打擊而損壞。

徐基並沒有將他所有的實力都暴露出來，這些投石機將會在敵軍大舉攻城時反揮更大的作用。眼下，他只能眼睜睜地看著對方有條不紊地一步一步逼近城下。

掃蕩工作進行一整天，當夜幕降臨的時候，城下已是一片坦途，但定州軍似乎沒有連夜攻城的意思，反而鳴金收兵了。

如同田豐戰前所料，在定州軍大舉逼近秣陵之時，在陳康桑肅四縣的盧州守軍非但沒有前來救援秣陵，反而是閉緊城門，封城自守了。只怕他們還在暗中欣喜，定州軍選了一塊硬骨頭先去啃，給了他們更多的選擇，如果徐基勝，他們自然可以趁火打劫，如果秣陵失守，他們也有充足的時間腳底板抹油，開溜。

一夜時間，秣陵上至徐基，下至普通士兵們，都沒有怎麼睡著，時時擔心著對方會突然前來偷襲，實際上，姜奎的兵營中，除去擔任警戒的部隊以及輜重營叮叮噹噹地忙了一夜之外，其他的士兵們雖然不曾解去衣甲，卻睡得極為香甜，這些士兵都是在戰火中歷練出來的，戰事越是殘酷，他們反而越是能睡得著，良好的休息能保證更充沛的體力，更充沛的體力將更多地增多他們存活下來的機會，這些人在戰事中磨練出來的智慧，就不是盧州兵這些戰場菜鳥們所能體會得了的了。

一夜無眠的徐基在凌晨時分才迷迷糊糊地合上了眼睛，然而沒有等他睡上一刻鐘，對面的定州軍營中突然鼓號大作，眼睛還沒有完全睜開，徐基已是一躍而起，大步流星地奔向城牆，此時，被鼓號驚醒的士兵們也紛紛從躺著的地方爬起來，握著武器湧上城牆。

借著微微的曙光，徐基被眼前的情景驚呆了，在距離秣陵城不遠的地方，一排排巨大的怪物出現在他的眼前，無數的定州士兵正喊著號子，推動著這些巨大的怪物向著城牆慢慢靠近。

再看了幾眼，徐基已經明白了這是些什麼東西，眼前這些由巨木搭起來的攻城器械與秣陵城等高，臨近城牆的一面筆直，上面安裝著上百枚寒光閃閃的長矛，在另一側，則是一道緩坡，一旦讓這個東西撞上城牆，上百枚長矛必然會深深地扎進城牆，將這東西牢牢地釘在城牆上，而定州冠絕天下的騎兵完全可以順著他們那一面的那道緩坡縱馬疾馳，直奔上城。

徐基嘴唇哆嗦，他怎麼也想不到，對方居然會打造出這樣一個怪物來，這種攻城方法前所未見，當然，這也與秣陵城實在不夠高之固，假如是定州城那種高牆厚壘，這種巢車便根本無法搆得上去。

「投石機，八牛弩，給我瞄準了狠狠打，打垮他們，一旦讓他們靠上城牆，秣陵就完了！」徐基嘶聲喊道：「準備火箭，油脂！」

與他們的主將一樣，同樣被驚呆了的盧州士兵這才醒悟過來，投石機、八牛弩開始瞄準城外巢車，瘋狂射擊。

城外立時開始反制，與定州使用絞盤，只需數匹馬便能拉動的投石機，城內的投石機實在太過於笨重，四五十人方能操縱一臺投石機，拉動繩索發射石彈之時，只需當中一些人使力不勻，石彈便極易偏離設定的彈道。

而射速更是無法與外面相比。城內一臺投石機剛剛射出一發石彈，立時便會招來撲天蓋地的石彈打擊，雖然這些投石機都安裝在一些難以直接命中的死角，但操縱他的士兵可是無遮無擋，當看到無數的石彈蹦蹦跳跳一路而來時，士兵的直接反應便是拔腳飛逃，被他們擦著挨著一下，立時便是筋斷骨折的下場。

城下的巢車一步步靠近城牆，頂著箭雨的士兵們吆喝著推動車子一步步向前靠近，一旦有人倒下，立刻便有人補上，雖然緩慢，但卻是堅定不移地一寸寸、一尺尺向前挪動。

隨著匡匡的巨響聲，整個秣陵城牆似乎都劇烈的搖晃起來，城下傳來巨大的歡呼聲，遠處的騎兵也爆發出一聲巨大的殺聲，隨即徐基便看到奔騰的馬隊洶湧而來。

「倒油，點火！」一排排的士兵將油脂傾倒在巢車之上，火箭射上去，木製的巢車頓時熊熊燃燒起來。

然而，遠處奔騰而來的騎兵似乎沒有看見城牆頂端已是一片火海，一個個騎士縱馬踏上那道木製的斜坡，揮舞著腰刀，挺直了長矛狂奔而來。

戰爭永遠是殘酷的，第一個騎兵從火中縱馬躍上城時，全身上下，包括他的馬匹都已變成了一個火球，但那巨大的火球重重地跌倒在城牆上時，卻仍然代表著一個標誌性的意義，秣陵城牆將不能成為定州兵的障礙。

越來越多的騎兵穿過火牆，縱馬躍上城頭，城頭上立時爆發出殘酷的白刃戰，狹窄的城頭其實對騎兵極端不利，首先上城的騎兵迅速失去動力，連人帶馬被困在敵人群中，片刻之間就會被連人帶馬砍死。但定州兵卻是要利用騎兵的巨大衝擊力擾亂城頭的防守，為隨後的步兵登城爭取到一定的空間，騎兵的作用就是要在城頭建立一個橋頭堡。

一些巢車被燒垮，正在登城的騎兵立時便隨著垮落的巢車一頭栽下去，運氣不好的不是跌死就是被壓死，運氣稍好一些的也是傷筋動骨。

定州兵馬上將垮掉的巢車拖開，一架新的巢車轟的一聲又撞了上來。

田新宇揮舞著他的長矛，從城牆上飛躍而過，馬在空中，長矛猶如毒舌吐信，疾伸疾縮之間，慘叫聲連連響起，已有數人倒下，馬蹄著地，幾名盧州兵被壓倒，筋斷骨裂，當即便死的人反而更幸運一些，幾個受了重傷倒在地上的無法動彈，大聲嘶叫，可惜此時人人都在搏命，哪裡有人去關注他們，無數的大腳此來彼去，重重地踩在他們身上，一會兒工夫便再無聲息，竟是被活活踩死了。

借著馬匹落地的巨大衝力，田新宇將長矛舞得風車一般，擋者披靡，在城牆上人頭攢動的密集地區居然被他生生地殺出了一條血胡同，跟在他身後的騎兵乘機在這條血胡同中左衝右突，漸漸地在城頭上站穩了腳跟，控制住了一段城牆。

在城頭指揮戰鬥的徐基馬上發現了這裡的險情，「殺死他們，將他們趕下城去！」他嘶聲大吼，看著城下源源不絕撲上來的定州兵，心裡一陣絕望，如果讓定州步卒也上得城來，這場仗就不用打了。

大批的盧州大卒向田新宇這邊猛撲而來，此時，這些老卒心中也明白，如果不將這一股在城上站住了腳跟的定州兵趕下去，那接下來他們的命運是什麼就可想而知了。

田新宇開始感受到了壓力，胯下的馬匹早就被射死，此時，他和突上城牆的其他騎兵一樣，都棄馬步戰，牢牢地守著這一段城牆。長矛也丟掉了，人太多，長矛反而不易施展，腰刀起落之間，每一次都帶起一蓬血雨。

田新宇根本就不管防守，在他的身旁，有兩名田家老僕，一人執著一面大盾，死死地護著他們的小公子。

看著城頭激烈的廝殺，遠處觀戰的姜奎手不由癢起來，戰馬似乎也感受到了主人心中有熊熊戰意，不停地打著響鼻，前蹄刨著地面，似著提醒主人，牠也想上陣廝殺了。

「田老哥！」姜奎嘻嘻地笑著叫了一聲。

「姜將軍，李大帥嚴禁師以上指揮官親身赴險，您肩負著全師的指揮重任，可不能擅離職守。」田豐一眼便看透了姜奎的心思，立即一口拒絕。

「切！」姜奎不滿地看了一眼田豐，抱怨道：「大帥啥都好，就這一點不好，你說看著手下兒郎們拼命殺敵，自己在這兒袖著手看熱鬧，這心裡就叫鬧得慌！」

田豐微笑道：「大帥的這條規定很有道理，一名將軍指揮的軍隊越多，他身上所擔的責任便越大，像姜將軍，你現在手下數萬兒郎，豈能輕易去冒險，**戰場之上，禍福難料，一點小小的意外便可能釀成大禍**，姜將軍，在大楚的歷史上，不是沒有因為最高指揮官的突然殞落而導致整支軍隊的崩潰的。」

姜奎抽抽鼻子道：「那是以前，我們定州軍制可不會發生這種情況，田將軍，你也應當熟悉我們軍中施行的這一套戰時體制，即便我掛了，也絕不會導致軍隊出現慌亂崩潰的事情。」

田豐哭笑不得地看著姜奎，「姜將軍，戰場上，說話可不能隨心所欲啊！」

姜奎卻是百無禁忌，「老田，你我都是百戰餘生，難道你還相信我說我掛了就真掛了？你瞧，新宇將軍已打下一塊地方來了，我去助他一臂之力，你調配部隊，該步卒們上了！」說完，也不等田豐反應過來，兩腿一夾，已是風一般地去了，跟在他身後的親衛一見將軍親自上陣了，自然也是跟著奔出。

田豐叫之不及，只能眼睜睜地看著姜奎直奔巢車，狂捲向城頭。

「步卒登城！」田豐厲聲叫道。

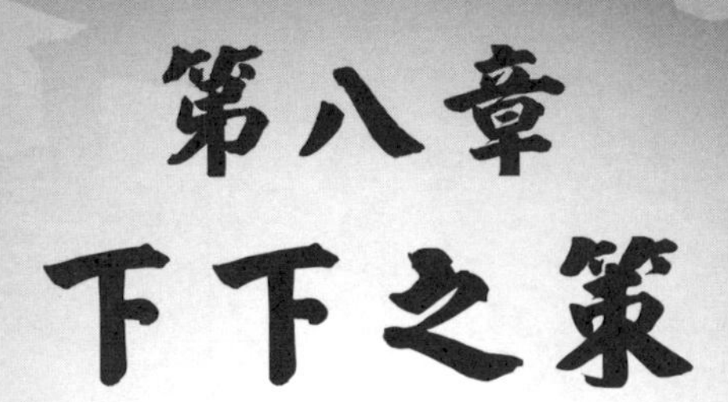

第八章
下下之策

傾城霍然色變，怒道：「你想讓我殺夫麼？」

袁方淡淡說道：「公主息怒，即便公主殿下有大把的機會刺殺李清，但您真要如此做，我反而要勸阻了，此乃下下之策。」

「那你為何說此事著落在我身上？」傾城餘怒未消。

城上，田新宇這一片區域受到了重點攻擊，身邊的人不斷地倒下，雖然後面也不停地有人加入，但兩相對比，他們仍然不停地被壓制得步步後退，特別是徐基瘋狂地調來一臺八牛弩，根本不管這裡還有他的士兵，不停地向著這裡射擊，每一根八牛弩射來，都會帶走一串戰友和敵人的生命，剛剛還在拼死搏殺的雙方，此時卻被一根強弩給串到了一起，臉貼臉，身擠身。

田新宇感受到了極大的危險，身邊兩個老兵手中的大盾都已破碎了，那是抵擋八牛弩的後果，雖然八牛弩在連串數人後已是威力大減，但射到盾牌上，仍是將盾牌擊碎，當然，也順帶著讓這兩個老兵的手骨折斷，此時，田新宇不但要殺敵，還得護著這兩個老家人。兩個老兵此時只能用一隻手揮著鋼刀，竭力抵擋敵人的攻擊。

姜奎衝上來的時候，恰當好處，馬兒躍起，人在馬上，姜奎張弓搭箭，嗖嗖連聲，一連數箭，將正對著田新宇瞄準的八牛弩幾名操作手同時射斃在當地，馬匹落地，隨手扔掉弓箭，兩手同時抽出刀來，大叫一聲，雙刀盤旋，殺進了盧州兵中。

姜奎與他的親衛的加入，立即將情勢逆轉，這些親兵不但武功高強，更是裝備精良，全身的鋼製盔甲不但輕便，防護更是強悍，一頭撞入盧州兵中，剛剛被壓縮的橋頭堡立時向外擴張。

城下，步兵已衝了上來，無數的人沿著巢車向上衝來，更多的人則豎起雲梯，沿著雲梯蟻附而上。

城樓之上，徐基臉若死灰，精心準備了一年之久，料想再不濟也可以抵擋個數月的秣陵，居然被對方不到半天時間就攻破，秣陵一破，整個防線便會崩潰，用腳丫子也能想出，自己這裡垮了，陳康桑肅四縣的守軍會做出怎樣的選擇。

「將軍，快撤吧，再不撤就來不及了！」一名親兵對著徐基大叫道。

「撤，撤退，開西門，走！」徐基猛的醒悟過來，**既然事已不可為，那保住性命便成了他第一時間的選擇。**

西門大開，徐基狂奔而出，在他的身後，無數的士兵撒開腳丫子，狂奔出城，向著盧州方向亡命奔逃。

隨著徐基的逃跑，秣陵城上的抵抗瞬息便衰弱，城上定州士兵一路殺到城門，打開厚厚的城門，更多的定州士兵順著城門湧了進來。

秣陵城破，除了城裡偶爾的零星抵抗外，再也聽不到廝殺聲。

城牆之上，姜奎一手勾著田新宇，正在大笑：「痛快，痛快，好久沒有這麼痛快了！」

全身乏力的田新宇有單刀支著身子，也是得意不已。

「姜將軍！」田豐疾步上城，目光掃了一眼田新宇，剛剛還威猛無比的將軍立時乖得像貓兒一般，鬆開搭在姜奎身上的膀子，吶吶地走到一邊。

「老田，什麼事？」姜奎笑道。

「姜將軍，宜將剩勇追餘寇，我們不能在這裡耽擱太多時間，咬著徐基的尾巴，一路追殺上去，大帥不是說過了，**這一次的攻略盧州，要的就是一個快字！**」

「妙極！」姜奎反手一刀砍在城牆頭上，「田小將軍，我看你也沒勁了，就先留在這裡收攏傷兵，整頓先期登城的部隊，我和老田先走，你隨後再來！」

「末將遵命！」雖然心有不甘，但此時，田新宇也確實沒有力氣再接著作戰了。

李清率部已越過羅豐，距離秣陵尚有百里之遙，見到了被姜奎用作拖後警戒的陳澤嶽正一臉的穢氣，滿心的不甘，看著前面的友軍吃肉，自己在這裡連湯也喝不上一口，心裡不住的罵娘。

「見過大帥！」一臉怏怏的陳澤嶽向馬上的李清行了一個軍禮。

「怎麼啦？看樣子我們的陳將軍很不高興啊？」李清笑問道，對於陳澤嶽，他還是印象很深的。

「大帥！」陳澤嶽一臉的委屈，乘機告狀，「我統率的這營士兵的戰鬥力您可是知道的，可姜將軍和田將軍卻讓我拖後，這不是大材小用麼？」

李清哈的一聲，「陳將軍，你的意思是說，前方的兩營步卒的戰鬥力比你部要差很多麼？」

陳澤嶽臉色一僵，「這個，倒也不是！」

「那就對了！」李清甩甩馬鞭，「將你部用作拖後，正是姜奎和田豐二人對你部的重視啊，要知道，他們率部突前深入敵境，在他們的身後兩側，陳康桑肅四縣守軍隨時有可能撲上去，將你放在後面，正是他們對你放心，有你保護他們的側翼和後路，他們才能放心殺敵，沒有後顧之憂，要是二位將軍知道你居然還有怨言，想必會很不開心的。」

「這個我倒是沒有想到！」陳澤嶽臉色稍微緩和了一些，「可是大帥，這都幾天了，這四縣守軍根本就沒有出城的意思，龜縮在城裡。」

「這樣好啊！」李清笑道：「秣陵一埼，這四個地方的守軍便不足為患，最大的可能便是逃跑，**能不打一仗而驅敵，難道不是最大的勝利麼？**」

「可要是這樣的話，仗都讓二位將軍打完了，我不是連湯都撈不到喝一口嗎？」陳澤嶽又不甘心起來。

李清大笑，「盧州算什麼，這只是一盤開胃小菜罷了，你還怕你沒有用武之地？放心吧，拿下盧州之後，有的是硬仗讓你去打！」

兩人正說著話，前方傳來急驟的馬蹄聲，十數名騎兵疾衝而來，看到李清的旗幟，奔到跟前，翻身下馬，一邊向著李清奔來，一邊高聲大喊道：「秣陵大捷，常勝師破秣陵了！」

常勝師破秣陵，早在李清意料之中，如果以定州精銳集結的常勝師，準備近一年之久，還不能擊敗區區一支弱旅的話，那真會讓他勃然大怒的，讓他想不到的是居然如此之快，按照行軍日程來計算，常勝師應當到達秣陵不超過三天。

「這麼快？說說姜奎那小子是怎麼打下秣陵的？」李清翻身下馬，饒有興趣問信使。諾其阿，唐虎，陳澤嶽都圍了上來，特別是陳澤嶽，臉上的豔羨之色那是怎麼也掩飾不住。

這信使笑得跟朵花兒似的，繪聲繪色地講起秣陵攻堅戰。

聽到姜奎造出了能使騎兵直接登城的巢車，李清放聲大笑，「姜奎這小子，倒學會動腦子打仗了，不過回頭我得收拾他，上一次我到羅豐，他居然還跟我打啞謎，這等好東西居然不給我看看。」

信使陪著笑臉，「大帥，上次你到羅豐，來去匆匆，我家將軍本來是安排了，想給大帥您一個驚喜的，但您當夜就返回了，這事不就泡湯了麼！」

李清呵呵一笑，「你倒會替他開脫，咦，上次我去羅豐，你怎麼知道的？」

「小人是姜將軍的親兵，當天隨將軍去迎接了大帥您的，所以知道。」

「原來如此，好罷，你接著說！」李清笑道。

「田小將軍好生勇猛，突上城去，瞬息之間，便在城牆上打開了一個缺口，大家夥兒一擁而上，但那守城的敵將卻凶殘得很，竟然使用八牛弩攢射，連他們自己人也統統射倒，眼看著田小將軍就要吃虧了，這時候我家將軍猶如天降神兵，突上了城頭，這一下子敵人可就繃不住了……」

信使講得興高采烈，渾然沒有注意到李清的臉色從開始的滿臉堆歡慢慢變得陰鬱起來，直到一邊的陳澤嶽重重地咳嗽了幾聲，這才發現異常，吶吶地住了嘴，還不知道自己錯在那裡了，當時的情況就是這樣嘛！

「你喉嚨不舒服麼？」李轉頭冷冷地看向陳澤嶽，陳澤嶽心裡一抖，立刻垂下頭，姜奎是他頂頭上司，眼見這信使說得興高采烈，殊不知姜奎赤膊上陣，已是違反了李清親自下達的軍令，他將姜奎描述的越英勇，李大帥便會越惱怒，可憐這小子還以為自己在給自家將軍添光加彩呢！

「你去吧！」李清揮揮手。

一肚子疑惑的信使轉身走開，打馬向秣陵方向奔去，一邊的諾其阿這才道：「大帥也不用惱怒，其實姜將軍如此勇武，對於鼓舞士氣卻是絕佳，秣陵之戰能如此快拿下，與姜將軍的勇武是密不可分的！」

李清搖搖頭，「將乃軍魂，諾其阿，你知道我為什麼要禁止指揮官親自去一線肉搏麼？」

諾其阿搖頭道：「大帥，我也不解，以前我們在草原上，也是將軍們衝殺在最前線，以此來鼓舞士氣的。」

李清暗自搖頭，這個時代，將軍們的帶兵理念想要一下扭轉是不大可能的。「在我定州，一個師級指揮官轄下數萬士兵，**他的任務應當是統籌規劃，居中調度，戰時觀望戰局，隨時應變，戰時情況瞬息萬變，豈是戰前的布署所能完全預料並作出應對的，此時就需要指揮官及時作出改變，否則一招棋錯，滿盤皆輸。如果都像姜奎這樣，自己赤膊上陣，一旦戰局發生變化，他如何自處？**身處戰場之中，他豈能及時發現變化並做出應對？」

「大帥說得是！」諾其阿點頭道。

「此其一也。其二，戰場上，凶險隨時隨地都可能發生，任你勇武蓋世，一支冷箭便能要了你的命去，**一旦一支部隊的最高指揮官在激戰中被殺，對部隊的士氣打擊可想而知**，歷史上，多少此戰役便是因為最高指揮官的意外死亡而導致兵敗，我們不能不防。

「其三，千軍易得，一將難求，培養一個合格的指揮官，難道是一件很容易的事情麼？需要多少士兵的屍骨和鮮血才能讓他們積累出足夠的戰場經驗，莫名其妙的死了，不僅是對自己的不負責任，對軍隊的不負責任，更是對那些為了他們死去的英烈們的褻瀆。」

「**一將功成萬骨枯！**」李清擲地有聲地作出總結。

周圍的將軍們全都默然不語，李清的話對他們的衝擊太大，陳澤嶽在心中咀嚼著李清這番話的同時，又暗自替姜奎擔心，大帥都將這個問題抬到如此高的高度上來講了，只怕姜將軍一頓重重的責罰是跑不了，心想得偷偷給姜將軍送個信去，好讓他做好心理準備，不過畢竟是打了勝仗，料想也不會責罰太重吧！

「出發！」李清翻身上馬，心裡卻在暗嘆，雖然自己著力培養姜奎，但江山易改，本性難移，姜奎終究只是個衝鋒陷陣的勇將材料，難以成為像過山風那樣能獨當一面的統帥之才。

此時，正興沖沖地率領著常勝營、旋風營兩營騎兵急追徐基的姜奎，自然不知李清正在為他赤膊上陣而大發雷霆，此時的他，興高采烈，攆兔子一般地將隨著徐基從秣陵逃走的士兵追得滿山遍野都是。

秣陵一戰，盧州兵傷亡並不大，兩萬盧州兵隨著徐基逃出來倒有一萬四五，但軍心全散，除了緊緊跟著徐基逃亡的數千原盧州常備軍外，一萬新軍早已是亂了建制，兵不見將，將不見兵，丟掉了兵器，鎧甲，將所有影響到速度的東西扔個精光，撒開腳丫子狂奔，見水入水，見山竄山。

但兩隻腳如何跑得過四隻蹄子，更何況常勝營和旋風營是八隻蹄子，絕大部分的盧州兵見實在逃脫不了，乾脆便雙手抱頭，就地蹲下投降了。

姜奎對這些投降的盧州兵視而不見，他的眼睛只緊緊地瞄著還在逃跑的徐基所部，旋風營當真如旋風一般，從這些投降的士兵之中狂奔而過。

目瞪口呆地看著姜奎所部從自己的面前捲過去，好半天才回過神不的盧州兵這才醒悟過來，原來人家根本不在乎自己，想明白了的這些盧州兵們倒也不忙著逃了，而是好整以暇地悠閒地散著步前進。

後面又捲起一陣狂風，王琰的常勝營緊隨著旋風營而來，這些逃兵們也有了經驗，馬上再次抱頭蹲下，倒不是王琰的常勝營戰力不如姜奎親自統帥的旋風營，而是王琰看到姜奎狂奔而去，眼見著漫山遍野的盧州逃兵，他卻不能不管，只得安排一個翼在後面掃尾，收攏這些逃兵。

安排好這一切，他已是落後姜奎數十里地了，心中生怕姜奎有失，王琰摧促著常勝營，順著煙塵的方向急追而去。

曠野上出現了一幕可能是戰爭史上的奇蹟，成百上千身著灰衣的盧州兵雙手抱頭，蹲在地上，看守他們的居然只有十數名定州騎兵，最多時也不過只有數十名，王琰常勝營一個翼只有一千名騎兵，但眼下已追了徐基上百里路程，沿途收攏抓住的降軍越來越多，看守的兵力已是越攤越薄了。

這時，不但是投降的盧州兵心裡犯著嘀咕，便是勝利者心裡也打著小鼓，你十多個人看守一百多名俘虜，要是這些傢伙們暴走發難，你除了仗著馬快逃跑之外，還真沒有什麼別的辦法。兩方的人都緊張不已。

幸好這種情形沒有持續太久，快要天黑的時候，田豐率領著一個營的步卒終於趕了上來，這些步卒騎著的是一些駝馬，腳力遠遠比不小騎兵們的戰馬，再加上步卒們能騎在馬上趕路已很不錯了，你也不可能要求他們有騎兵們那樣的騎術。

將降兵收攏起來，田豐驚訝的發現，此時的降兵已過了五千之數，謹慎的他選擇了紮營，先將這些俘虜們看管好，等待後續部隊到來後，再將這些俘虜押回秣陵去。同時向前方姜奎部派出信使，要求姜奎放慢腳步。

而常勝營的那一翼騎兵，在交割了這些降兵之後，卻是急急忙忙的去追他們的長官去了。

倒楣的徐基本以為對方占領了秣陵，總得要穩定住局勢，才會向盧州方向進軍，自己逃跑的時間充裕得很，甚至還有可能收攏部隊，重建防線，但才跑了數十里地，他便驚恐地發現身後煙塵大作，旋風營旗幟隱隱可見，那天殺的姜奎居然不依不饒地追了上來。

此時的盧州兵已被打破了膽，有城池作依靠還被對手一鼓而破，如今沒了城池的依仗，他們如何敢於定州騎兵野戰，除了打馬狂奔，他們心裡也完全沒有別的想法。

徐基給裹在亂軍當中，為了減輕戰馬的負重，逃路的路上早就脫了盔甲，此時披頭散髮，衣衫破亂，活脫脫變成一個丐幫弟子了。

「大將軍，大將軍，定州兵在身後十里處停下來了！」斷後的一名軍官追了上來，上氣不接下氣地向徐基報告。

聞聽此語，徐基這才長長地鬆了一口氣，總算是結束了，看看自己，又看看自己身邊的士兵，不由羞愧難當，自己手裡還握著一把鋼刀，而很多的士兵連武器都丟掉了，除了胯下的戰馬，已是啥都沒有了。

「定州兵，我們拿什麼才能擋住他們呢？」徐基心驚膽戰地想道。

定州常勝師在盧州打得歡實，狂飆猛進，但作為戰爭策源地的定州，卻顯得相當平靜，與以前對蠻族的戰爭全州發動不同，這一次卻是顯得波瀾不驚，很多普通百姓甚至不知道定州又開始對外作戰了。

能做到這一點，當然是定州對於北伐之戰準備充足，策劃良久，其二也是這幾年定州日漸富庶，這種強度的戰爭已經犯不著全州動員了。

李清親自前往前線，駐守定州，主持全面工作的當然便是尚海波了，當然，由於有路一鳴和清風的存在，尚海波其實主要管著軍事方面的工作，定州的日常運轉依然靠著這三架馬車的齊心合力。

尚海波的住所離鎮西侯府不過里許路程，雖然說不上巍峨壯觀，但也占地頗大，本來身為南方人的尚海波在定州待得久了，性格也大變，所修宅院少了一些南地的宛轉雅致，卻多了一些定州的豪放大氣。

如今尚府裡一百多口子人，大都是輾轉來投的親戚，所謂窮在鬧市無人問，富在深山有遠親，尚海波落魄時，一些家境殷實的親戚便有些不待見他，但隨著尚海波到了定州，日漸崛起，眼下更是名震大楚，作為李清的首席謀士，定州的實權人物，哪個不知，誰人不曉？於是便有些親人不遠千里來投，隨著中原大地烽火迭起，來投奔他的人便更多了。

對於這些人，尚海波本身也是不大待見的，但這個時代，宗族的力量和觀念卻也不是他所能抗衡，真將這些人拒之門外，不免會讓自己的名聲受到極大的影響，便只能捏著鼻子收納了下來，在其中選些能幹的安排個無關緊要的職位，權當是讓他們有個養家糊口的生活來源，畢竟堂堂尚府的人，真個生活無著，被迫出去攬工過活的話，尚海波的面子上也不好看。

除了這些人以外，尚府裡還有數十名貼身護衛和士兵，以及一些僕人丫頭，貼身護衛是尚海波從軍中精選而來，忠心自然是無需多說，但那些士兵卻是州府派過來的，其中有沒有幾根雜草，那卻是難說得很，便是那些丫環老媽子，花工雜役，其中有沒有統計調查司的人，尚海波的心裡也沒有底。

對於清風，尚海波有著一種深深的忌憚。雖然軍情司的茗煙將這些人調查了一個底朝天，祖宗十八代都給挖了出來，也不動聲色地辭退了一些人，**但真個洗乾淨了嗎？**

坐在書房中，足智多謀的尚海波現在卻有些犯愁，原因無他，今天，傾城公主派人召見。**傾城公主這個時候要見自己是什麼意思？**尚海波一時想不出個所以然來，**大帥剛剛離開定州，傾城公主便召見自己，這裡面藏著什麼玄機呢？**

學得屠龍術，賣與帝王家，胸懷經綸的尚海波落魄半生，卻從未改變過自己的志向，一個偶然的機會讓他來到定州，見到了當初跟他一樣落魄艱難的李清，數年的時間，定州崛起，作為輔佐李清一步步走到今天的他，在被李清一步步折服的過程中，也為自己的成就而感到自豪，李清的勢力日漸龐大，讓他看到了實現自己抱負的機會。**打天下只是一個過程，尚海波看重的卻是日後天下一統的龐大帝國。**

為天地立心，為生民立命，為往聖繼絕學，為萬世開太平。這是每一個讀書人的最高境界。而尚海波更為之迷醉。有朝一日，身居朝堂之上，施展自己的胸中所學，讓天下路不拾遺，夜不閉戶，河晏海清，那才不枉自己來世上一遭。

如今的定州正在一步步接近這個目標，所以尚海波考慮的事情不僅限於眼下，更著眼於未來，在他看來，如今的大楚根本沒有什麼勢力可以阻擋住大帥的腳步，大帥登上那個位置只是遲早的事，而作為首席謀士，定州僅次於李清的實權人物，**當大帥榮登九五之時，皇帝寶座之下第一人非自己莫屬，所以，他要將**

影響到日後這個帝國的不安因素統統掐滅在搖籃之中。

大帥什麼都好，尚海波心中暗想，不論是文治武功，李清所表現出來的才華都讓尚海波嘆為觀止，能輔佐這麼一個明主，實在每一個謀士的幸運，但美中不足的是，大帥在治國治軍中所表現出來的殺伐果斷，在內事上卻是猶豫不決，反反覆覆，這讓尚海波心中很是不安。

大帥重親情，重友情，這對於一個普通人來說，的確是一種難得的美德，但對於一個志在天下的人來說，卻是一個致命的缺陷。

所謂梟雄，大都滅情絕性，對於有可能危及到自己事為的人或行為，都會果斷地將其打落塵埃，但很顯然，李大帥做不到。在尚海波看來，**現在大帥的家事明顯已危及到日後帝國的穩定**，現在雖然跡象不顯，但日後必然會在一個合適的時間內來一個大爆發。

對於清風，作為一同為了一個目標而奮鬥的戰友來說，尚海波是很佩服的，清風的表現讓絕大多數的男子汗顏，有時尚海波甚至會為有這麼一個戰友而感到慶幸，但聯繫到清風另一個不公開的身分——大帥的寵姬，而且是長紅不衰的女人時，尚海波便感到這太危險了。特別是霽月被大帥納為側室，並為大帥產下長子之後，這種危機感讓尚海波有如芒刺在背。

對於清風在政治上的布局，尚海波不是沒有察覺，卻無法遏制，因為清風做事太漂亮，讓他抓不住任何把柄，相反，因為一直以來自己的咄咄逼人，清風看似的步步退讓，反讓大帥有些偏向她那一方了。

清風，**如果你不是大帥的女人，如果你的妹妹沒有為大帥產下長子，那該有多好啊！**每每深夜無人，尚海波便會感嘆一聲。有這樣一個高明的人作為自己的對手，讓尚海波警惕的同時，卻也感到無比振奮。我絕不會輸給你。

後宮干政，為歷來統治者的大忌，大帥或許現在還沒有意識到這一點，但當他真正走到那個位置的時候，就一定會明白了。

對於傾城公主，尚海波一直沒有太過注意這個帶著明顯政治目的嫁來定州的主母，在他看來，傾城是屬於那種四肢發達、胸大無腦的女人，與清風的幾次交鋒都狼狽地敗下陣來，便可以看得很明白，但傾城的公主身分卻對定州很重要。

尚海波認為，大帥平定天下之後，傾城公主的主母身分，將有助於大帥迅速地整合地方勢力，那些朝野之間忠於大楚的人，將更能接受李大帥的新政權，因為大帥與傾城的後人血液裡也流著大楚皇室的血脈，在改朝換代的情況下，這些人也只能退而求次，接受這個結局了。

更妙的是，大帥獲勝之後，原先的大楚皇室不可避免地將受到清洗，至少在政治上不再可能有任何作為，這也同時掃清了后黨干政的任何可能，一個前朝公主成為皇后，即便是最愚蠢的政客也不會去投效於她，因為她肯定是朝野上下重點防範的對象。

但如果這一切化為泡影，清風獲勝的話，尚海波有些不寒而慄，霽月高居後宮之首，安民成為太子，清風手握強大的權力機關，如此強大的組合，將無人能敵。

除非大帥除掉清風！尚海波如果想，但以尚海波對李清的瞭解，知道這是不可能的，也許大帥會削掉清風的所有權力，但只要清風活著，她的影響力就會存在。

只有讓傾城在這場後宮角逐中獲勝，讓嫡子登位，才是最好的辦法。

這個時間傾城召見自己，是不是傾城也意識到這個問題了呢？在定州，傾城可以依靠的人不多，燕南飛被遠遠的打發走了，秦明雖然握有數千兵力，卻在呂大臨的掌控之下，也許傾城終於想明白了，在定州，旗幟鮮明，一直支持她的人，就只有自己了。

「老爺，你去侯府見公主嗎？如果要去的話，就該動身了！」尚敬走進書房，垂手問道。尚敬是尚海波老家裡的僕人，也是尚海波最為信任的人。

尚海波站了起來：「去，主母有召，我們做臣子的怎能不去？否則不是要讓人議論我尚某人囂張跋扈，目中無人麼？」

「可是老爺……」尚敬跟著尚海波久了，耳濡目染，對定州內部的一些矛盾也十分清楚。

尚海波昂然道：「我尚某人行得正，坐得直，身正不怕影子歪，有什麼好怕的，備馬，去侯府！」

「是，老爺！」尚敬垂首退下。

片刻之後，在數十位親兵的護衛下，尚海波招搖過市，徑直進了鎮西侯府。

而此時，在復州至定州的馳道上，一輛黑色的馬車在上百名黑衣親衛的護送下，正向著定州一路疾馳，正是前往復州清洗職方司勢力後返回的清風。

華燈初上，尚海波婉言謝絕了傾城公主的留宴，告辭出了鎮西侯府，有些心事重重地回到自己的府第。而在侯府中，傾城公主仍然獨坐在房中，出神地看著跳躍的燈火，甚至一個青衣人從房中藏身處走出，坐到她的對面，她仍是一無所覺。

「公主殿下！」那人輕輕地叫了一聲。

傾城霍然一驚，抬起頭來，看著對方，緊繃的面容稍稍放鬆了一些。

「袁大人！」

袁方微微點頭，「對於尚海波，公主有什麼想法？」

傾城搖搖頭，「尚海波此人可利用而不可能引納，他不可能投靠我們的。」

袁方道：「公主說得是，以往我們都判斷錯了，自從公主來到定州，擺明一直支持公主的定州大臣便只有他一個，讓我們一直以來認為此人心中或多或少是對大楚朝廷有些忠心的，但現下看來卻是錯了，此人有著他自己的政治抱負，很可惜，他認為眼下的大楚不能讓他實現他的抱負，李清則給了他更廣闊的政治舞臺，讓他能一展所能，這便足以讓他對李清死心塌地了。」

傾城嘆道：「可惜這樣的人才當初卻不能為朝廷所用，反而讓他遠走邊荒，終成朝廷大患，此乃丞相之責也。」

袁方失笑，「公主的看法太偏頗了，大楚地域廣闊，人才更是輩出，山野草莽之間，不知有多少英雄豪傑埋沒其中，直致老死也無人問津，區區一個尚海波又算得什麼，他只不過是運氣好，碰到了一個賞識他的李大帥而已。真要說起來，才能上遠超他的人不在少數，只不過這些人無人賞識，無法出頭而已。」

傾城面帶不解地道：「袁大人，有時我也覺得奇怪，我家大帥發跡之初，無兵無將，可說是一無所有，但你看看，**他選中的人一個個都這樣厲害，難道他當真是先知先覺？**尚海波、路一鳴就不說了，但你瞧瞧過山風，一介山匪而已，現在儼然是能獨當一面的帥才，駱道明、許雲峰以前都不過是蕞爾小吏，但在他的手上卻煥發出極大的能量，如今都成了定州的能臣。**這僅僅能用一個運氣好來概括嗎？**」

袁方嘆了口氣，「李大帥是我見過的最厲害的人物，文治武功都是當世絕佳之人，不能不讓人佩服得五體投地，至於他手下這些人，呵呵，公主，那倒不是李大帥能洞察先機，而在於李大帥設置的運作機制，在他這套體制運作之下，能力差的官吏自然而然就被淘汰下去，能站起來的都是精英之輩，**公主看到的是一個個被大帥發掘出來的埋沒的英才，卻沒有看到在這套機制之下，更多的人被打壓下去。**」

傾城眼睛發亮地說：「也就是說，未來的大楚也可以套用這種機制來發現人才，裁汰劣員？」

「公主，大帥如今統治的不過區區數州之地，而且在這些地方，他的威望至高無上，說一不二，政令極易推行，但大楚地域何其廣大，想要推廣這些機制何其難也，這是一項浩大的工程，可不是一聲令下就可以施行的，想當初大帥在定州實行新政，陛下也曾問過他可否在全國推廣，您知道李清是怎麼說的嗎？」

「他怎麼說？」

「**自取滅亡！**」袁方笑道：「當然李大帥說的很委婉，但意思就是這樣。」

傾城眼神又慢慢黯淡下來，「既然如此，皇帝哥哥費了這麼大的心力又有什麼用？即便獲勝，不過讓大楚又苟延殘喘數十上百年而已，最終還是會走上今天這條老路。」

袁方臉色鄭重起來，眼裡閃爍著銳利的光芒，「自古以來，世上沒有不滅的王朝，想要打造一個傳承萬世的帝國，何其難也！但我們正在做，路要一步一步地走，也許我們這一輩子只能做一件事，但只要大楚的歷代皇帝堅持不懈，每人做好一件事，大楚傳承萬世也不是沒有可能。

「陛下雄才偉略，袁方縱觀史書，從來沒有一個帝王能如陛下這般雄才大略，甘願捨其自身一切，來為大楚謀萬世基業，也許終陛下一生，終我袁方一生，我們只能做到一件事，但這卻是最難的一件事，做到了，大楚便又會有上百年，甚至數百年的時間來一步步完善發展。萬事開頭難啊！」

「**是打破舊有的藩籬嗎？**」傾城問。

「不錯！」袁方站了起來，在房裡踱著步，侃侃說道：「大楚如今已是千瘡百孔，朝廷政令不出洛陽百里，廣大地域，豪門世家，地方軍閥割據，陽奉陰違，各行其是，**想要重振大楚，第一步便是將舊有勢力打碎，才有重建的機會，**

這就是皇帝陛下制定這個計畫的初衷。為了這個，陛下隱身民間，首輔陳大人如今仍是身陷牢獄，生死不知，雖然付出了巨大的代價，但眼下看來，卻是進展順利，一切都按著陛下的意願在向前發展，除了……」

傾城道：「**除了大帥這個意外崛起的勢力，是嗎？**」

「是的，當初陛下雖然看好李清的發展，卻沒有想到李清居然有如此能力，發展之速，讓所有人始料不及，如今反而有些尾大不掉之勢了。」袁方坦言道。

「皇帝哥哥冒奇險而為之，**難道就沒有想過會為他人作嫁衣裳麼？**」傾城幽幽地道。

「謀事在人，成事在天！」袁方雙手一攤，「不如此，大楚也會在數年間轟然倒塌，既然如此，何不奮起一搏？更何況，現在事情還在我們掌控之中，蕭氏叛逆，覆滅在即，寧王自大，更是朝不保夕，大楚興盛之日不遠矣！」

傾城長嘆了一口氣，下意識地撫摸著高高隆起的腹部，道：「定州呢，大帥呢？你們是作何打算？兵戎相見？以我看來，只怕你們不是對手吧？」

袁方深深地看了傾城公主一眼，「定州兵鋒銳利，的確讓人難攖其鋒，觀其兵勢，我也是膽戰心驚，李清出兵北伐，不出意料，將會取代呂氏控制北方，甚至連東方也會落入他手，他將成為陛下重整河山的最大障礙。」

頓了一頓，袁方接著說：「但軍事永遠都只是政治的輔助手段，我們要解決定州勢力，最後依靠的可不是軍事手段。」

「想依靠我麼？」傾城輕笑道：「你也瞭解我現在的處境。」

袁方笑道：「定州勢大，但內部也並不是鐵板一塊，我與陛下思謀良久，在某個時段挑起定州內部動盪才是最佳的解決辦法。而公主你，的確是其中最重要的關節。」

傾城搖頭道：「大帥在，任何矛盾都將被掩蓋，都將被大帥強力抹去。在定州，沒有人敢挑戰大帥的威權，不看別的，就看清風如此強勢的人物，在尚海波的爭鬥中，只是因為他一句話，清風便步步退讓。」

袁方眼中閃過一絲殺意，「既是如此，**那就要讓他消失。**」

「你們想要刺殺他？」傾城失聲道。

「刺殺？」袁方搖搖頭，「談何容易？不提李清本身武功高明，防護森嚴，單單想要接近他便困難之極，此事就要著落於公主身上了。」

傾城霍然色變，怒道：「**你想讓我殺夫麼？**」

袁方淡淡說道：「公主息怒，即便公主殿下與李大帥同床共枕，有大把的機會刺殺李清，但您真要如此做，我反而要勸阻了，此乃下下之策。」

「那你為何說此事著落在我身上？」傾城餘怒未消。

袁方道：「您當真如此做了，第一，您首當其衝，絕難活命，陛下對您寵愛有加，豈會允許這樣的事情發生。」

傾城嘴角微微一牽，顯然對這個說法不以為然，皇帝哥哥連自己的性命都捨得，又豈會在乎自己這個妹妹的性命。

「其二，即便您得手了，李清死了，也只會壞事，李清如今已有長子，公主殺了李清，定州仍然有主人，反而會激起定州勢力同仇敵愾之氣，上下一心，團結合作，興復仇之師，普天之下也會因為此事而不恥皇室為人，皇室威望會因此事一跌千丈，民心雖然看不見摸不著，但的的確確可以左右一個朝代的興衰啊！陛下豈會做此不智之事！要知道，李清平蠻，在大楚民間聲望可是極隆的，到時即便動手，也絕不會讓公主殿下手上沾上一點血腥，而且李清死後，陛下還指望公主殿下出面收拾局面呢！」

「既然如此，又如何解決李清的勢力？」

袁方道：「如今時機還沒有成熟，何況陛下還對李清抱有一絲希望，如果李清願意臣服，陛下即便以世襲罔替的鐵帽子王相酬也在所不惜，以李清之能，如能輔助陛下，則打造大楚萬世基業便可以加速不少啊！」

傾城默然，她心中何嘗不是如此希望，但這有可能嗎？

「李清如不能臣服，一旦時機成熟，我們便會啟動計畫，眼下我與陛下正在籌謀之中。」袁方直視著傾城，「公主殿下，**陛下希望你能以大楚為重，以皇室最高利益為重，陛下連皇位都捨得，難道你還捨不得一個丈夫麼？**」

傾城痛苦地低下頭去。

袁方眼中露出一絲欣慰的光芒，從袖筒之中摸出一張紙來，「公主殿下，這是我們伏在定州集團內的暗子，請公主記下他們的名字。」

傾城拿過紙條，只看了一眼，便駭然色變，「怎麼可能，他……」

袁方笑道：「職方司成立上百年，在我手中也有十數年經營，豈能沒有幾枚重要棋子，只不過，我也沒有想到當初一個不起眼的小卒如今也有如此成就罷了，只怕此人現在也不肯承認自己是職方司一員吧？公主有機會，不妨敲打他一番。」

見傾城已看完紙條，袁方拿了過來，湊近燈火，將其燒成了灰燼。

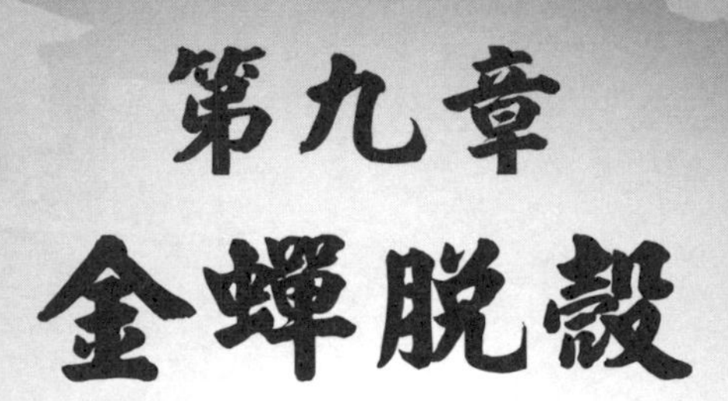

第九章
金蟬脫殼

尚海波震驚地看著清風，「你說什麼，袁方到了定州，而且見了傾城公主？」

清風點頭，「不錯，我離開定州，本來是想誘使他來，好將他逮住，可惜，袁方的確厲害，棋高一著，金蟬脫殼而去，我只抓住了幾個小蝦米。」

回到府第的尚海波意外地看到了一個訪客，定州三駕馬車之一的路一鳴。定復並三州，東西都護府，從名義上來看，級別都是一樣的，像路一鳴之定州，許雲峰之復州，揭偉之並州，駱道明、燕南飛分別出任東西都護府，實則上，並復二州包括都護府在文治之上，都受定州知州路一鳴的節制，這便奠定了路一鳴與尚海波與清風兩人相抗衡的政治基礎。

看到路一鳴，尚海波笑了。

「老路，你的消息可真夠靈通啊！」

路一鳴哼了聲，「你招搖過市，生怕別人不曉得你進了侯府，便是瞎子聾子也知道了，難道我連瞎子聾子也不如麼？」

尚海波默然不語地坐下。

路一鳴重重地吐了口氣，張口欲言，尚海波猛的豎起手臂，「老路，你的來意我知道，你不用說了，我自有主張。」

路一鳴定定地看著他，「老尚，你我二人當年初來定州之時，都是落魄至極，也算是患難之交，那時的我們，相互之間知無不言，言無不盡，從什麼時候起，我們兩人開始出現了裂痕了。」言辭之間，很是傷感。

尚海波有些詫異地看了他一眼，有些感動，路一鳴今天來，那是將他尚海波當成朋友了。

「老路，我知道你要說什麼，但我一顆丹心蒼天可鑒，自問站得直，坐得穩！」尚海波義正詞嚴，擲地有聲地說道。

路一鳴緩緩搖頭，「老尚，你我兩人都是飽讀史書，以史為鑑，你且說說，**古往今來，插手帝王家事的大臣，有幾個有好下場的?!**」

「大帥眼下有些糊塗，我們做臣子的不得不為他防微杜漸，即便日後大帥怪罪，我也沒有怨言。」尚海波大聲道。

「糊塗！」路一鳴斥道，又放緩語氣道：「再說，清風司長為定州崛起立下汗馬功勞，所作所為，比之我們絲毫不為之遜色，**你為什麼一直對她有如此成見？為什麼就這樣肯定她會成為禍害？**」

「她本事越大，將來為禍愈烈！」尚海波固執地道。

眼見話不投機半句多，路一鳴站了起來，「老尚，今天是我最後一次勸你了，我們兩個是朋友，清風雖然不是我的朋友，卻是我的戰友，你們兩個相爭，只要不危害定州大業，我也只當看不到，兩不相幫，但只要有一個人危害到定州大業，說不得我是要幫助另一方的，到時即便要和你反目為仇，我也在所不惜！」

尚海波也站了起來，「老路，你我兩人不一樣，**你相信人心本善，我卻相信**

人心本惡，防微杜漸，將一切可能扼殺在搖籃之中，你的心意我知道了。」

路一鳴惱火異常，恨恨地一頓足，拂袖而去，身後，尚海波長揖相送，**他知道，從今天起，兩人的友誼便到此為止，以後便如路一鳴與清風一樣，只可能成為戰友了。**

「老爺！」尚敬垂首一側，震驚地看著一向沉穩的自家老爺眼角居然淌下一行淚水。

「給我弄幾壺酒來，今天我要不醉不休！」尚海波揮揮手，頭也不回地向書房走去。

這一夜，尚海波醉得人事不醒。

定州，高家店。

這是一個在定州地圖上找不到的小地方，但因為定州馳道打這裡經過，倒是讓這個只有幾戶人家的小村莊熱鬧了起來，原因無他，這裡方圓十里之內，就這裡有一個可以歇腳打尖的地方。

路邊一家簡陋的茶樓裡，清風坐在木桌邊，一連喝著茶，一邊瞭望著馳道的盡頭，倒似在等什麼人，鍾靜陪坐在一側，腰刀放在桌上隨時可以拿到的地方，顯得有些緊張。

「王琦，確定袁方會從這裡走麼？」清風淡淡地問著扮成茶樓掌櫃的王琦。

王琦躬身道：「司長，昨夜我們便得到消息，袁方從侯府出來之後，便進了廖家藥行，今天一大早，廖家藥行便有一行車隊要啟程到復州，我們的暗樁看得清楚明白，車隊中有一架馬車上，坐著的正是袁方。」

清風手指輕輕敲打著桌面，「他居然進了侯府？」

「小姐，這肯定與傾城公主有關係。」鍾靜道。

清風搖搖頭，「我說的不是這個，我在想，**袁方是怎麼與傾城取得聯繫的**。傾城的手下一直被我們盯得死死的，袁方在定州的勢力除了這個廖家藥行外，其他的也被掃得七零八落，他是怎麼取得與傾城的聯繫的呢**？莫非，還有我們不知道的人是袁方的人，而且這個人還可以自由出入侯府？**」

清風眼光一凝，手指停了下來，「阿靜，回去之後，讓內勤司從這方面入手，看看近期傾城公主見了什麼人？或是有什麼人去拜見了她？」

「阿靜明白了！」鍾靜點頭道。

看著鍾靜凝重的臉色，清風不由笑道：「阿靜，怎麼了，有些緊張？」

鍾靜笑笑，「小姐，那個袁方功夫極高，隨行護衛肯定也沒有庸手，您還是避一避吧，等我們拿下他，您再出來好了！」

清風冷笑，「從洛陽回來，一路上便被他追得像條喪家之犬，如今回到我的地盤上，難不成還要避開他不成？我倒要看看這一次他如何逃過去？功夫再高，還擋得住這裡無數把強弩不成！」

鍾靜見小姐生氣了，不由悄悄地吐了吐舌頭，向王琦使了個眼色，王琦會意地點點頭。

遠處鈴響叮噹，一陣馬蹄聲遠遠傳來，王琦看了一眼，點頭道：「司長，他們來了！」興奮地搓搓手，「這個袁方恐怕怎麼也想不到我們會在這裡等著他，嘿嘿，司長跑到復州去，不就是為了引這個傢伙來定州自投羅網麼，想不到他真的上套了。這次拿住了他，我一定要好好地整治他一番，為上次死在他手裡的弟兄們報仇。」

廖氏藥行的車隊浩浩蕩蕩十數輛馬車，除了其中兩輛是坐人的車外，其他都是平板貨車，老闆廖一歸這一次親自押送貨物。

「夥計們，前邊就是高家店了，咱們喝碗茶再趕路！今天一定得趕到復州去，將藥材拖回來，州府可等著徵用呢！」廖一歸看了眼前面的茶樓，對手下趕車的夥計們道。

「好勒，老闆好心腸，乾脆賞弟兄們一人一碗酒吧！」一個漢子在後面大聲喊道，引起一陣哄笑。

「王三，你個小山崽子，幾個錢全灌了黃湯，活該你討不到老婆，酒還怕沒得喝麼，等這趟藥材拉回來，讓你們喝個夠！」廖一歸大聲笑道。

「那就謝謝老闆囉！」一群夥計大聲喧嘩著。

到了茶樓門口，夥計們立刻忙著拴住牲口，廖一歸則大步向茶樓走來，「夥計，給我準備幾壺大碗茶，給我外面的夥計送過去，再給我泡一壺好茶來！」進了茶樓，廖一歸吆喝道。

「廖老闆，今天這茶我請了，過來坐如何？」一個好聽的聲音傳進廖一歸的耳中，猛的轉頭，看到茶樓一邊坐著的兩個女子正含笑看著他。

廖一歸的兩條腿霎時間軟了，整個人幾欲跌倒在地，這個人他當然認得，統計調查司司長清風。

「完了，完了！」腦子裡只反覆重複著這兩個字。

清風微笑著向廖一歸走去，鍾靜緊緊握著腰刀，身子半擋住清風，微微突前半步。

「廖老闆，袁指揮使呢？」清風笑道。

廖一歸牙關格格打戰，一個字都說不出來，清風搖搖頭，逕自出門。

王琦搶先一步，一聲呼哨，四面八方忽地湧出無數的黑衣漢子，或手執弩弓，或手握砍刀，將廖氏藥行的車隊牢牢圍住。

「媽呀！」先前那個討酒喝的王二兩腿一軟，一屁股坐倒在地，這些人的服飾，作為老定州，他自然不陌生，那是統計調查司的制服。

「袁指揮，既然光臨定州，怎麼不見見我就要離去了呢？這不是讓我這個地主臉上頗為無光麼？」清風看著其中的一駕馬車，揚聲笑道。

這輛馬車兩旁，兩個一直低眉順眼的漢子忽地抬起頭來，伸手在馬車一邊一摸，揚起手來時，卻多了兩柄寒光閃閃的鋼刀，一頓足，兩人如同箭矢同時射向清風。

崩的一聲響，靠近茶樓的數十把弩弓同時發出聲響，兩聲慘叫，兩人從空中重重地摔下來，已被射成了篩子，鮮血從無數個小洞中湧出，將黃土傾刻間染成紅色。

「這又何必呢！」清風嘆道：「袁指揮，難道要我強請麼？」

馬車的門緩緩打開，一個青衣中年人出現在清風面前，揚聲大笑道：「**指揮已脫金鉤去，清風司長徒奈何？**」

那人站在車轅之上，笑聲不絕於耳，嘴中卻不斷地湧出紫黑色的血來，顯然是在出馬車前已服下劇毒，不願讓自己被統計調查司生擒活捉。

清風臉上笑容漸漸斂去，柳眉慢慢地豎了起來，眼前這人哪裡是袁方，只是一個身材容貌相仿的人罷了。

清風死死地盯著軟倒在車轅上，背靠車壁，嘴裡黑血不斷湧出，卻仍在笑著的青衣人，鍾靜也看著他，眼裡卻有著佩服之色，王琦也在看著，眼裡卻只有熊熊怒火，他又被對方耍了，袁方金蟬脫殼，在他的眼皮子底下溜之大吉。

清風嘆了一口氣，轉身走回茶樓，王琦衝了出去，怒吼道：「將這些人都鎖起來，帶回定州，詳加審訊！」

統計司調查人員一部分警戒，一部分湧了上去，熟練的將廖氏藥行的所有人串糖葫蘆般綁了起來，場中頓時響起一片哭嚎喊冤聲。

坐到硬梆梆的長凳上，清風閉上眼睛，兩手揉著額頭，臉上露出一絲痛苦之色，鍾靜將軟倒在地上的廖一歸一把提了起來，扔在清風面前。

廖一歸此時已慢慢恢復冷靜，看著閉目不語的清風，心知自己將要走上絕路，沉思片刻，悄悄的從衣襟下襬摸出一顆東西。

「廖老闆，如果我是你，就絕對不會自殺！」清風沒有睜眼，卻似乎看到了對方的動作。

廖一歸整個身體頓時僵住了。鍾靜眉梢一跳，腳尖輕踢在他的手腕上，廖一歸吃痛，手向上揚起，一粒藥丸飛起在空中，鍾靜伸手接下。

「你的妻兒老小都在定州，你若死了，你的罪過就得他們來承擔了！」清風霍地睜開眼，看著面前的廖一歸。

廖一歸身子一抖，「李大帥制定新法，早就沒了株連之罪，廖某犯了事，一力承擔，與我妻兒並無瓜葛。」

清風格格地笑了起來，「你倒對定州的律法清楚得很，難怪有恃無恐，李大帥的確不會株連你的妻兒，但我就說不定了。」

看著清風的面容，廖一歸卻如同看著地獄裡的魔王，心理防線徹底被擊垮。

「清風大人，你想要我做什麼？我已經暴露了，是個沒有用的棄子，對你用處也不大，你何不讓我乾乾淨淨地死了算了！」廖一歸央求道。

「你的確用處不大了，但總歸還是有一點剩餘價值。」清風冷冷地道：「把他們都帶回去。」

定州。

尚海波震驚地看著清風，「你說什麼，袁方到了定州，而且見了傾城公主？」

清風點頭，「不錯，我離開定州，本來是想誘使他來，好將他逮住，可惜，袁方的確厲害，棋高一著，金蟬脫殼而去，我只抓住了幾個小蝦米。」

「他去見傾城公主，你有何證據？」尚海波有些疑惑地看著清風。

清風微微一僵，她總不能告訴對方，自己離開定州後，便一直派人盯著大帥府，盯著傾城吧？

「我的人在定州發現了袁方，跟蹤他之後，發現他進了大帥府，軍師，你說他進府不是見傾城公主，還能見誰？」清風想出一番說辭。

尚海波看了眼清風，心裡卻有些懷疑，是不是清風又在搞什麼陰謀，狐疑道：「清風司長，傾城公主在定州眼下雖然地位崇高，卻無權無勢，而且身懷六甲，大門不出，二門不邁，袁方去見他做什麼？」

清風皺眉道：「這也是我在想的問題，**袁方冒奇險進入定州，潛入大帥府見傾城是為了什麼？一個無兵無將，在定州也沒有什麼影響力的公主，不可能對大帥的大業造成什麼危害，為什麼袁方還要去見她呢？僅僅是為了告訴他天啟還活著？**」

尚海波看著清風，心裡卻想得更多，也許袁方真來了定州，也許他真見著了傾城公主，但清風很有可能利用這件事將傾城徹底打下塵埃，這卻是他不想看到的。

「如果袁方在定州還埋有釘子，而且這個釘子能在一定程度上影響到定州大局呢？」清風自言自語地道。

尚海波冷笑一聲，「清風司長，你太杞人憂天了吧？在定州能影響到時局的人屈指可數，但這些人，你恐怕都查了個底兒朝天吧，還有什麼人能潛藏在其中？」

清風顯然沉浸在自己的世界中，沒有注意到尚海波的諷刺，突地抬起頭，道：「軍師，我想對傾城公主實行全面監控，查與她接觸的每一個人，和她近期見過的每一個人，紙總是包不住火的，只要做過，就一定有蹤跡可尋！」

尚海波大怒，霍地站起，「清風司長，在你說袁方進入侯府的那個時間，我正在侯府面見公主，你就從我查起吧！」拂袖便要離去。

清風一愣，她倒是沒有想到這個問題，「軍師，我不是這個意思。」

一邊一直默不作聲的路一鳴拉住尚海波，緩頰道：「老尚，你進侯府，清風司長並不知道，不是故意冒犯，何必動怒，坐，坐，此事非同小可，我們得商量出一個好辦法來。大帥不在定州，我們要精誠團結，才能讓大帥在前線不虞分心啊！」

尚海波氣哼哼地坐下，「我不同意你監控傾城公主，公主已快要臨盆，如果受了驚嚇，或者知道了此事而氣惱，因此影響了腹中胎兒，誰來擔這個責任？」

清風皺起眉頭，看向路一鳴。

路一鳴也有些頭疼，清風所說之事太過於重大，但這件事如果放任清風去做，又怕清風當真用這件事來無限擴大，不管傾城如何，都將她套進去，想了一會兒道：「老尚，這件事的確非同小可，我也同意小範圍地對傾城公主進行一些調查。」

「路大人！」尚海波眉毛一下子豎了起來。

路一鳴微微一笑，「不過這件事，就交給軍情司來做，如何？」

尚海波與清風二人都有些出乎意料之外，同時看向路一鳴，路一鳴卻坦然自若地看著兩人。

屋裡沉默半晌，清風點頭道：「既然如此，我沒有意見，回頭我便讓人將廖一歸等一干人犯移交給軍情司，不過我有一個要求。我要看到每日的簡報。」

路一鳴笑道：「這有何難，本來也會送給清風司長的，是吧，尚大人？」

尚海波哼了聲，這算是個折衷的結果了，讓茗煙來負責此事，至少能把握住事態的控制範圍。

定州城裡展開了一場沒有硝煙的爭鬥，而在盧州戰場上，定州常勝師卻是勢如破竹，士氣如虹，長驅直入。

常勝營、旋風營徑直向著盧州城方向突進，沿途上，一些縣城的守軍看到定州軍隊經過，沒有一支敢出城作戰或者阻攔，只龜縮在城牆內，眼睜睜地看著這支軍隊向著盧州城方向突進，隨後田豐督帥的步兵營趕到，讓這些縣城守軍的最後一絲心理防線也被擊垮，聞風而降的縣鎮越來越多。

半個月後，常勝營、旋風營兵臨盧州城下，一天之後，李清率領的一萬鑾騎和三千親衛營也趕到了盧州城下。

盧州城中亂作一團，定州軍的進軍速度和作戰方略完全出乎盧州所有人的意料，盧州城中的達官貴人雖然一直在收拾東西準備跑路，但定州軍來得實在太快，金銀細軟還沒有收拾妥當，定州軍已經兵臨城下，堵住了他們的去路。

徐宏偉看著一路狼狽逃回來的徐基，連斥責他的力氣都沒有了，徐基已經是他手下最能幹的戰將了，也被一戰而破，數萬軍隊一戰而潰，完全不堪一擊，看到城下旌旗如林，兵勢滔天，徐宏偉顫抖著聲音問道：「徐基，你說怎麼辦？」

披頭散髮的徐基顏色憔悴，十幾天來幾乎沒怎麼睡過覺，沒好好吃過一頓飯，一直處在亡命的奔逃之中，看到緊隨著自己的腳步追到城下的定州兵，咬著牙道：「主公，定州兵實在太過於凶猛，我們根本就不是對手，如今之計，只能依靠盧州城城池高大堅固，固守待援，想必呂氏不會看到我們被定州滅掉的，援軍一定也在途中了，只消我們堅持一段時間，呂氏援軍一到，我們就得救了！」

徐宏偉手指摳著城牆，道：「求援信早就發出去，但我們守得住嗎？我給了你六七萬軍隊，但你一天時間就丟了秣陵，陳康桑肅不戰而降，眼下盧州城中只有不到三萬士兵，而且大都是新卒。」

徐基滿臉羞愧，低下頭道：「主公，實在是對方太過於凶悍，而秣陵城又城小牆矮，難以抵擋對方，但以盧州城的高大堅固，我們守個十天半月，那是一點問題也沒有，主公不妨打開武器庫，將城裡所有的平民也武裝起來，一起守城，一定可支撐更長時間。」

「事到如今，也只能如此了！」徐宏偉長嘆道：「徐基，城防之事便交給你了，希望你不要再讓我失望，我這身家性命可都交給你了。」

徐基跪倒在地，「主公放心，我一定會守住盧州城的。」

盧州城一片忙亂，但城下的定州軍卻偏生沒有攻城的打算，等了兩天之後，定州步兵營陸續趕到，常勝營、旋風營，一萬蠻騎和李清的三千親衛合計二萬餘騎兵突然拔營而去，只留下數營步兵圍在城下。

李清與常勝師兩個騎兵營會合後，居然沒有看到常勝師的最高指揮官姜奎，常勝營指揮王琰吞吞吐吐地告訴他，「姜大人去前方探查呂氏薩特騎兵的蹤跡去了！」

李清先是一陣奇怪，接著便恍然大悟，看來前幾天自己的表態有人提前告訴這傢伙，這小子是出去避禍了，想等自己火消了再出現，當下也不言語，只是仰天打個哈哈，不過臉上卻殊無笑容，反而陰沉得像要滴出水來，看得王琰和田新宇一陣心驚肉跳。

告辭出帳，王琰與田新宇兩人相互使了個眼色，田新宇便偷偷騎著馬出了大營，一路向著北方狂奔而去，聽到唐虎回報的李清微微一笑，「這是給姜奎那臭小子去通風報信了。」

果然，到了傍晚時分，營外傳來急驟的馬蹄聲，數百騎騎兵湧進大營，李清端坐在大帳內，與田豐兩人交談甚歡，看都沒有看低著頭，赤裸著上身，身上背著一束棘條的姜奎。

偷偷瞄了一眼大帥，見大帥連眼角絲毫不曾看向自己，姜奎更是膽戰心驚起來，悄沒聲地走到李清跟前，單膝跪下道：「大帥，姜奎回來了！」

聽到聲音，李清這才轉過頭來，一臉的詫異，「喲，這不是我勇冠三軍的姜大將軍麼？怎麼，查到薩特騎兵的訊息沒有啊？」

姜奎一臉的羞愧，解下棘條，雙手捧著遞給李清：「大帥，我錯了，請大帥責罰！」

李清一把搶過棘條，「姜大將軍，我的軍令你居然敢不當一回事？」

「不敢違抗大帥將令，只是我一看到戰場上的廝殺就熱血沸騰，實在管不住自己了，頭腦一發熱，就衝上去了！」姜奎自我辯解道。

李清大怒，噗的一聲，一鞭打了下去，姜奎身子一抖，頓時露出一條血痕，但旋即又挺直了身子。

「管不住自己，你是常勝師統帥，幾萬人的指揮，你頭腦發熱管不住自己，置幾萬士兵於何地？」李清越說越怒，一揚手臂又要抽下去，這下子一邊的田豐、諾其阿都坐不住了，兩人一齊搶到前邊跪下。

唐虎也從李清身後竄出來，跪在李清面前，兩手攀住李清的手臂，求情道：「大帥，小姜就是這個性子，您也是知道的，他已經知道錯了，您便饒了他這一回吧！」

田豐也道：「大帥，姜將軍違反軍令，我身為副指揮也有責任，請大帥一齊責罰！」

李清喘了口粗氣，將棘條狠狠地摔在地上，氣呼呼地坐了回去，田豐捅捅還直愣愣的姜奎，姜奎這才反應過來，「多謝大帥。」

李清冷笑道：「謝我做什麼？你不是喜歡廝殺麼，好得很，從今天起，常勝師的指揮由田豐擔任，你降為常勝師副指揮兼領旋風營，我讓你殺個夠去！」

田豐一驚，抬起頭來，「請大帥收回成命，田豐願用心輔佐姜將軍，絕不再發生先前這樣的事！」

李清一擺手，「我意已決，不用再說了，姜奎，你有什麼意見？」

姜奎卻是一臉的笑容，「多謝大帥，哈哈哈，這下可以放心大膽地上陣廝殺而不用擔心違抗軍令了，老田，以後常勝師你便多費心吧！」

田豐哭笑不得，李清卻是怒火又起，罵道：「你這扶不上牆的爛泥！」飛起一腳將姜奎踹倒，正想再狠狠地踢上幾腳，唐虎已是一把抱住了李清飛起的腳，田豐則摟住李清的腰，諾其阿趁機拖著姜奎便向外走，「快出去避避，大帥這次可是真怒了！」

姜奎連滾帶爬地跑出帳外，帳外的親兵不由大奇，姜將軍身上一條血痕，還印著老大一個腳丫子，明顯是被大帥收拾了，怎地還笑得這麼開心呢？

李清餘怒未消地坐回去，姜奎是他重點栽培的大將，到頭來卻只能是一員猛將，這帳中，不說田豐，便是諾其阿的大局觀都比他要強很多，李清不由有些頭痛起來。

「田將軍，姜奎實在不是統帥一方之才，我在北方戰線不會待得太久，這北方戰事，以後你要多多費心。」李清轉頭向田豐賦予重任。

「大帥放心，大帥以國士待我，我必以死報之！」田豐心中異常激動，自己來定州才多長時間，但大帥卻將定州最精銳的部隊交給了自己，並委以一方統帥，這份信任，讓他覺得除了以死相報之外，真得無法用其他的方法來感謝了。

「胡說什麼！」李清道：「我要的是你不斷地給我帶來勝利，如果你不能勝任，我會毫不猶豫地撤換你！」

「大帥看我的吧！」田豐很有自信地說：「我將以整個北方的領土來感謝大帥的知遇之恩！」

「很好！」李清讚賞地看了他一眼，「接下來我們商議下面的戰事！田豐，你來說說！」

「是，大帥。盧州士兵雖然糟糕透頂，統兵大將也算不得優秀，中規中矩而已，但盧州城作為盧州的首府，卻是城池堅固高大，如果硬打的話，我們付出的代價將會很大，這跟我們的初始的作戰方略不符，所以，**對於盧州，我打算圍而不打！**」

「就這樣僵持？」諾其阿大奇，「不打下盧州城，我們很難放心北上啊！」

李清笑笑，「諾將軍，且聽田將軍仔細說！」

田豐笑道：「盧州大帥徐宏偉在我們的閃擊戰下，其實已經嚇破了膽，之所以還固守城池，不過是仗著北方呂氏的救兵罷了，如果我們將他寄以厚望的救兵擊潰消滅，他死守盧州城的倚仗就沒有了，以他的個性，除了向我們投降，還能做什麼？」

諾其阿恍然大悟，「**先滅掉來支援的呂氏騎兵，再回頭迫使徐宏偉投降，這樣可不費一兵一卒拿下這座大城。**」

田豐點頭道：「正是！不過來支援盧州的呂氏薩特騎兵可不是軟柿子，這是呂氏手中最驍勇的一支騎兵，為了防備我們，呂逢春進攻曾氏都沒有將這支部隊帶走，而是部署在盧州邊境上，現在只怕正在日夜兼程地向盧州挺進。」

李清道：「各位，擊潰這支騎兵，不僅是迫使徐宏偉投降，更重要的是，將其消滅之後，北方呂氏將再沒有一支機動部隊可以大規模地調動，這對於我們以後的戰鬥相當重要，所以，我命令！」

田豐，諾其阿，王琰一齊站了起來。

「田豐駐守盧州城下，布署困城事宜！諾其阿一萬蠻騎，姜奎旋風營，王琰常勝營，再加上我三千親衛迎戰薩特騎兵，務必將薩特騎兵一戰擊潰！」

「遵令！」眾人轟然應答。

三天後，一個無名小村莊，戰事驟然爆發，雙方誰都沒有想到居然會這樣撞到一起。

當時天空電閃雷鳴，暴雨如注，數尺之內已是看不到同伴的身影，轟鳴的雷聲，雨聲掩蓋了所有的聲音，在這個數十戶的村莊外，雙方的騎兵前哨陡然相遇。

打前哨的是諾其阿的蠻騎，幾個哨騎突然看到出現在自己對面的薩特騎兵，雙方都是呆住了，第一反應居然都是勒馬互看幾眼，然後發一聲喊，兩邊都是撥馬回轉，向回狂奔。

諾其阿手頭只有不到五千的前鋒騎兵，聽到哨騎的回報，低頭沉思片刻，大聲召來傳令兵，命令他馬上找到大部隊，並向大帥回稟軍情。

「將軍，我們怎麼辦，要後退和大帥會合麼？」身邊的一名裨將問道。

「後退？」諾其阿冷笑一聲，「全軍準備突擊！」

「諾將軍！」那員裨將一驚，「現在我們的部隊這麼亂，雨這麼大，兵找不著將，將找不著兵，怎麼打？」

諾其阿神色堅毅地道：「我們亂，對方只怕比我們更亂，**狹路相逢勇者勝**，告訴每一個士兵們，這一戰沒有指揮，沒有戰術，給我衝上去盡情地砍殺吧！」

距離諾其阿不到五里遠的地方，正是前來支援盧州的呂氏薩特騎兵，領兵大將是**薩特族著名勇士胡歌和呂氏族人呂惠卿**，聽到哨騎後回報，兩人也是大驚失色，兩人原本以為這個時候，定州部隊應當正在圍攻盧州城，難道這麼快盧州城就被定州拿下了嗎？兩人驚疑不定。

「整頓兵馬，準備迎戰！」

抬頭看看仍然暴雨如注的天空，胡歌心裡有些鬱悶，和對面的諾其阿一樣，這場突如其來的大雨讓他的軍隊也失去了隊形。

雙方將領在這一時刻不同的決斷，最終使這場本來應當是勢均力敵的戰鬥成了一場一面倒的屠殺，當胡歌和呂惠卿還在竭力整頓隊伍，排列陣形的時候，暴風雨中，蠻族騎兵已是如狼似虎地衝了上來，沒有隊形，沒有建制，便如同炸了巢的蜂窩一般，揮舞著彎刀，長矛，大刀，殺進了薩特族騎兵的隊伍之中。

弓箭此時能起的作用已極小了，但李清配給蠻族的手弩卻發揮了極大的殺傷力，雖然不是五發連弩，而是只能射出一發的手弩，但在兩兵交接時，仍然讓蠻騎占據了極大的主動。不等胡歌二人反應過來，諾其阿率領的蠻騎已深深地扎入到薩特騎兵的隊伍之中。

狂風裹脅著暴雨，瘋狂地席捲大地，兩萬薩特騎兵被諾其阿當機立斷地一衝，頓時亂成一團，慌亂之中，四面殺聲震天，也不知有多少有定州騎兵襲來，此時便連胡歌和呂惠卿這邊也有流矢飛來。

「吹號，命令所有部隊向我處集結！」胡歌只慌亂了不到片刻，便冷靜下來，當務之急，還是要將部隊集結起來，一旦集結了足夠的隊伍，他相信以薩特騎兵的戰力便可以發動反擊。

十幾支長柄牛角號同時響起，薩特騎兵開始井然有序地向著聲音發出的地方移動，諾其阿立即發現自己的對手正在邊戰邊退，向著號角聲響的方向移動，心裡立時有些焦急起來。

剛剛的一陣亂戰，他也發現薩特騎兵的確名不虛傳，哪怕是在這種混亂之中，仍然是抵抗得極為劇烈，一旦讓其大部隊集結成功，又發現自己只有五千左右人，那自己可就要偷雞不著蝕把米了。

回頭看向來時的方向，**自己五千部眾哪裡去了？大帥呢，離自己還有多遠？**

「你說什麼？」聽到那名蠻騎的稟告，李清大吃一驚，如此大的風雨之下，以五千之眾向兩萬餘戰鬥力極強的薩特騎兵發起衝鋒，諾其阿的膽子不可謂不大了。

只稍一思索，李清立即便明白了諾其阿的意思，「姜奎，王琰，你二人率旋風營、常勝營立即馳援諾其阿。」

「是！」兩人興奮地大聲應命，旋即策馬離去。

看著兩人離去的背影，李清回顧身邊的唐虎，笑道：「虎子，這次看來我們要親自上陣來做最後一擊了，怎麼樣，你的刀生銹了麼？」

唐虎興奮的臉上橫肉直抖，哈哈笑道：「大帥，虎子盼這一天可很久了，我的刀子可鋒利得很，在家裡老是被婆娘揍，這一回可找著出氣的對象了！」霍地抽出大刀，虎虎生風地虛劈幾下。

這句話一說完，李清和身邊的其他親衛都是放聲大笑起來。

唐虎長相凶惡，瞎了一隻眼後更是面目猙獰，乍一看之下，當可止小兒夜啼，不過這傢伙卻娶了一個美貌的媳婦，不瞭解內情的人都道一朵鮮花插到牛糞上，不過他們可是曉得，這朵鮮花可是帶毒帶刺的，除了唐虎皮糙肉厚，一般人還真承受不起。

李清大笑道：「好，本帥也多日刀下不曾飲血了，今日便讓它飽飲敵人鮮血。」

無名村莊外，諾其阿感到壓力越來越大，雖然自己的另外五千騎兵在最危急的關頭趕了過來，但敵人的集結之勢仍然沒有遏止，現在的他就像陷入了一團爛泥之中，只感到越來越黏腳，幾乎有些騰挪不開了。

偏生在此時，風雨驟停，一時間，天地忽然清明，諾其阿赫然發現，自己雖然將薩特騎兵從中截成了兩斷，但現在自己的情形卻很是不妙，被對方四面包圍住了，自己並沒有完成鑿穿敵人隊形的企圖，眼下反而陷入困境。

胡歌與呂惠卿也發現襲擊自己的定州騎兵竟然不到萬人，而且還是分成兩個批次先後來襲，此時被圍在方圓數十里的兩個戰場上。胡歌氣得發瘋，這一仗打得太憋屈了，剛剛的一場混亂之中，只粗粗估計一下，自己就損失了上千騎兵。

「他媽的，區區不到萬人的騎兵就敢來打老子的主意！」胡歌狠狠地吐了口唾沫，「給我滅了他們！」

呂惠卿忽地身體一震，細心的他發現地面竟然微微顫抖起來，能造成這種狀況的，一是地震，二便是有大規模的騎兵狂奔來襲。

面前戰鬥雖然也是騎兵作戰，但由於雙方膠著在一起，很少有人能發揮騎兵的衝擊力，不可能造成這種效果，他臉色有些發白，猛的轉頭看向胡歌，此時胡歌也發現了異狀，兩人從對方的眼中都看出了駭然之色，顯然定州騎兵遠遠不止眼前見到的這些。

「集結！」胡歌聲嘶力竭地大吼起來，十幾支牛角號再一次吹響，這一次卻顯得更為急促了。

諾其阿也發現自己的援兵到了，大喜之下，手中大刀連舞，一連將數人劈於馬下，大喝道：「兒郎們，我們的援兵到了，纏住他們。」

胡歌與呂惠卿驚恐地看到他們已來不及集結大部隊了，兩支奔騰的騎兵猶如洪流滾滾而來，首先攻擊的便是自己的左翼，兩支隊伍猶如兩柄鋒利的刀片，輕而易舉地將自己的騎兵如削雪團一般一片片削下來，瞬息功夫便將整支隊伍鑿穿。

繞過一道弧線，馬不停蹄向著自己的本軍衝來，在這兩支部隊的身後，又有一支騎兵隊伍狂奔而來，最後的這支部隊人數最少，但氣勢卻比前兩支隊伍更高，高舉的李字大旗更讓胡歌與呂惠卿兩人大驚，**居然是李清親自帶隊來了。**

被旋風營和常勝營削去厚厚一層的薩特騎兵還來不及喘一口氣，便又迎來了新一輪的屠殺，馬還隔著十數丈，便見到對面的騎兵驀地抬起手來，嗖嗖之聲不絕，一道道黑線撲面而來，打到身上卻是陣陣鑽心的疼痛，那是定州騎兵特有的手弩，輕而易舉地破開對方的鐵甲，深深地鑽進肉內，薩特騎兵便有如下餃子般從馬上掉下來。

「殺！」李清一聲大吼，揮舞著鋒利的鋼刀，正要將眼前的一名薩特騎兵劈翻，斜刺裡卻突然伸過來一柄長矛，搶先將那名張牙舞爪的對手挑飛到空中，原來是緊隨在李清馬側的鐵豹。

李清哼了一聲，又尋到一個對手，還不等他下手，身邊的唐虎已是探出身去，刀光連閃，將那傢伙自頸旁一刀斜劈成兩半。

李清每每要下手之時，身邊的親衛總是搶先一步將對手或砍或挑，或射或劈，總之李清隨著三千親衛軍將敵陣打穿，硬是沒撈著一個敵人，鋼刀鋒利如故，竟是一絲鮮血也沒有沾上。

「哎！看來這癮頭是過不上了！」李清心裡哀嘆，不許師以上指揮官親自上陣搏殺，這是自己定的規矩，自己自然不能違反，好不容易等到今天這樣打亂仗的機會，自己可以名正言順地開開葷，卻被這幫護主心切的親衛給毀了。

他重重地吐了口氣，乾脆也不打這主意了，提著寒光四射的大刀，隨著三千親衛左衝右突，又一次殺透敵陣，將諾其阿被圍的部眾接應了出來。

薩特騎兵已完全陷入了混亂，從一開始被諾其阿衝亂之後，他們就沒有真正地集結起來，此時，被分成兩塊的部眾，左翼的已完全被擊潰，只剩下胡歌與呂惠卿兩人身邊還聚集著不到五千人苦苦支撐著。

「撤退！」胡歌知道完了，自己的兩萬薩特騎兵算是毀了，現在，他想的是怎樣能殺出重圍，將自己的族人儘量多帶一些出去。

呂惠卿卻比他想得更多，看到四處潰散，不成模樣的薩特騎兵，他心裡充滿了悲哀，**這支軍隊的完敗，代表著呂氏在北方最重要的一支機動力量徹底喪失，北方在李清的鐵蹄之下，幾乎等於不設防了。而呂氏的主力部隊卻被堵在沈州，欲歸無路，即便他們能殺回來，又還能剩下多少兵馬，如何抵擋定州李清的攻擊？呂氏完了！**

萬念俱灰的他，喃喃地道：「撤吧，能跑多少是多少，為呂氏留一點種子吧！」

隨著薩特騎兵中軍旗的移動撤退，還在苦苦掙扎的薩特騎兵終於全盤崩潰，轟然而散，各自策馬奪路而逃。

諾其阿的蠻騎、姜奎的旋風營、王琰的常勝營開始追殺潰逃的敵騎，親衛營卻在號角聲中停下了追擊的腳步，李清臉色煞是難看，看著唐虎和鐵豹的眼色似乎要噴出火來，兩個傢伙卻都是還了他一個憨厚的微笑。

「就地紮營，等候三位將軍得勝歸來！」李清沒好氣地道。好傢伙，打了這麼一大仗，自己在戰場上來回兜了幾圈，刀上竟是沒看到一點血跡，心裡著實有些鬱悶。

第十章
勝利者特權

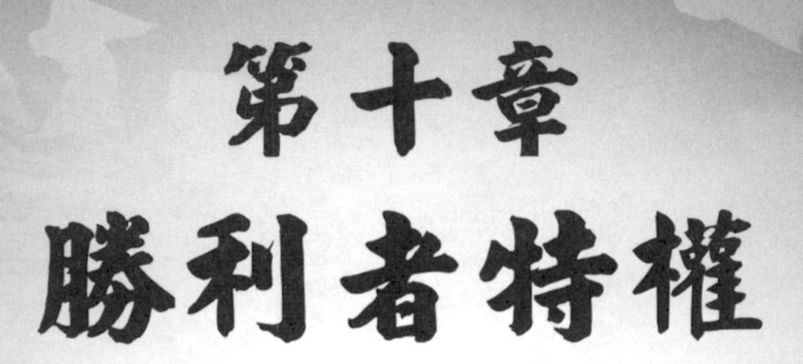

寧則臣心中悲哀，這便是勝利者的特權，尤其是占盡優勢的勝利者，自己連一點討價還價的籌碼也沒有，這不叫前來談判，這是前來聽取對方的判決。事已至此，倒不妨乾脆些，如果再絮絮叨叨不識相，只會自取其辱了。

傍晚時分，遠處響起定州激昂的軍歌，追殺敵軍的部隊返回了，首先回來的是王琰的常勝營，夜幕降臨時，姜奎的旋風營也高唱戰歌而回。

直到營地燃起熊熊篝火的時候，再一次響起馬蹄聲，諾其阿終於率隊返回了，與前面回來的兩支部隊不同，他們的馬上都掛著一串串的敵軍人頭，血肉模糊，面目猙獰。

對於這意外一仗的大功臣諾其阿，李清親自迎出營外，如果不是諾其阿當機立斷，率領處於絕對劣勢下的部隊衝亂了敵軍，而且堅持到援兵到來，與薩特騎兵這一仗絕不會勝得如此輕鬆。

本來李清是準備要打一場苦戰的，**沒有想到一場意料之外的大雨，一位前鋒將軍的當機立斷，竟然贏得如此輕鬆**，除了諾其阿部眾傷亡較大外，其他部隊損失微乎其微。

李清伸手挽住諾其阿的手，與他把臂而談：「諾將軍，從今天起，你部升格為定州騎兵師，下轄兩營，營名捍威、捍武，每營編制六千人。」

李清為了酬謝諾其阿之功，一下子將諾其阿手中的兵力擴充了兩千。

「多謝大帥！」諾其阿大喜。

盧州城下。

常勝師所剩下的步卒只有三營約一萬八千人，再加上後勤輜重營與各色雜役人員，總共也只有不到四萬人，相較之下，盧州城中便要算是兵多將廣了，光是軍隊就還有數萬之眾，再加上臨時動員的守城民勇，能拿起武器戰鬥的絕對有十萬之數。

從數量上比，兩者之間相差懸殊，但奇怪的是，偏偏是人少的一方盛氣凌人，人多的一方反而膽戰心驚，被堵在城中，竟然不敢出城一戰。

定州軍隊不慌不忙地在城下開始築壘，半人高的壘牆越築越長，數天之後，便將盧州城圍了一轉，眼見著出去打援的李清大帥還沒有返回，田豐便又開始命令士兵築第二道。

其實築不築這胸牆都無所謂，田豐相信，只消李大帥帶著勝利的消息返回，徐宏偉就會在絕望之下投降了，但他不能讓士兵們閒下來，面對著盧州這樣的大城，士兵們繃緊的弦一旦鬆下來，就很難再一次緊張起來了，只有讓他們忙碌起來，讓他們感到戰事一直在持續，才會將高昂的士氣一直維繫著。

築起的壘牆後開始有條不紊地布置八牛弩、投石機、蠍子炮等重型遠端武器。

盧州城內，徐宏偉度日如年，看著城下一日比一日增長的胸牆，一天比一天多的各色遠端武器，心驚膽戰之餘，除了每日翹首以盼北方的援軍之外，便終日龜縮在府第之中，借酒澆愁。

城外突地傳來數萬定州兵山呼海嘯般的歡呼聲，其聲浪之大，便是在州府中的徐宏偉也聽得清清楚楚，一驚之下，一身冷汗嘩地流出，一臉的醉意立時一掃而空，猛的跳了起來，語無倫次道：「怎麼了，定州兵攻城了麼？」

府中頓時雞飛狗跳起來，徐宏偉急匆匆來到城牆上，卻見徐基也正站在城樓上，面色沉重地看著城下定州兵軍營，此時，歡呼的聲浪一波高過一波，正在外面築壘牆的士兵也回到了軍營之中。

徐宏偉長出了一口氣，「我還以為這些定州兵攻城了呢？原來不是，害我白擔心一場啊！」

徐基聲音沉重道：「這些定州兵不知在慶祝什麼？有什麼值得他們這麼大肆慶祝的呢？」

腦中閃過一個可能，頓時打了一個哆嗦，看了一眼徐宏偉，聲音顫抖地道：

「大帥，那定州騎兵數日前離去，至今未回，他們肯定是去圍堵北方援軍去了，如今是不是來援的北方軍隊已被他們消滅了？」

徐宏偉一聽之下，臉色陡地蒼白起來，喝斥道：「胡說什麼，來援的可是兩萬薩特騎兵，兩萬啊，明白麼?!」嘴上雖然強硬，但不斷顫抖的手卻顯示了他內心的慌亂。

定州軍營大開，田豐在數十騎的護衛之下縱馬疾馳而來，竟然直奔城下，來到距牆根百來步處方才勒住戰馬。

田豐戟指城頭，大笑道：「城上可是徐大帥麼？末將田豐。」

徐宏偉從牆垛之後探出頭來，大聲道：「田將軍，**我盧州與你定州一向井水不犯河水，李清為何要興兵犯境，奪我土地，殺我子民？**」

田豐大笑不絕，「徐大帥身為一方英雄，為何說出這等令人好笑的話來，田某也懶得與你爭辯什麼，實話告訴你吧，你寄予希望的薩特騎兵已於昨日被我家大帥一鼓全殲，他們來不了啦，是戰是降，徐大帥早做決斷吧，否則定州兵一旦發起攻擊，那就無可挽回啦！」

說完，也不管徐宏偉如何回答，一撥馬頭，便轉身向回馳去。

城上，陡然從敵將嘴裡聽到這個消息，徐宏偉已是呆若木雞，直愣愣地過了片刻，忽地大叫一聲，向後翻身便倒，竟是暈了過去。

徐基大驚，一把將徐宏偉扶了起來，又是掐人中，又是拍臉頰，忙活了好一陣子，才將急火攻心的徐宏偉救活，睜開眼來的徐宏偉仍是面無人色。

「這可怎麼辦，這可怎麼辦？」口中連聲說著。

徐基強自鎮靜，「大帥，也許這是那田豐虛言唬人而已，想那胡歌麾下兩萬薩特騎兵，何等強悍善戰，李清部下縱然也是強橫無比，但兩強相遇，擊潰或者小敗那是不可避免，但要做到一鼓全殲，豈有可能？」

徐基也是老將，深知一鼓全殲像薩特騎兵這樣強悍的部隊其難度之大，除非你有數倍以上的兵力將他團團圍住。田豐今天的話更像是虛言恫嚇，也許胡歌的薩特騎兵小敗的確有之，但只要收拾整頓兵馬，隨時都可以再戰。

徐宏偉臉上閃過一絲希冀之色，但旋即又被深深的憂慮所代替，寄予厚望的薩特騎兵還沒有看到盧州城牆便吃了敗仗，自己這盧州城還有什麼指望呢？有些踉踉蹌蹌地回到州府，立即召來一眾官員幕僚前來議事。

與徐宏偉一樣，一屋子的官員或許都不是什麼蠢材，但長久的承平和富裕已讓他們失去了應有的銳氣，悲觀的氣氛充斥著整個屋子。

「大帥，城內民心浮動，治安大壞，有匪徒趁機四處為非作歹。」

「大帥，城內官員也是人心惶惶啊，怎麼辦，大帥要儘快拿主意啊！」

「大帥，我看守城士兵也是毫無士氣，從秣陵逃回來的士兵簡直就像傳染病，將定州兵說得如同天兵神將，現在城裡的士兵聞定州兵色變，這仗怎麼打啊！」

徐宏偉被吵得暈頭轉向，不過眾人的意思他是聽明白了，**那無非就是要自己投降，但他們能投降，自己能投降麼？他們投降了照樣可以再去做官，他呢，李清豈不會殺了自己以絕後患?!**

「都給我滾下去！」徐宏偉忽地暴怒起來，將一眾官員幕僚全都趕了出去，自己該何去何從呢？

一個不眠之夜過去，一大早，剛剛假寐了一小會兒的徐宏偉便被一名親衛喚醒，「大帥，徐基將軍請您馬上到城頭去。」

「出了什麼事，是不是定州兵開始攻城了？」徐宏偉慌亂地問道。

「不是，聽士兵說，是定州的李清來了！」

「李清？」徐宏偉背上忽地滲出一身冷汗。

急匆匆地趕到城牆上，就看到徐基面喪若死，再看向城下，一隊隊的騎兵正繞過壘牆，從城下飛速馳過，並不斷地將一些東西拋在城下。

「是什麼東西？」徐宏偉問。

「大帥，是薩特騎兵的軍旗、角號等器物，看樣子薩特騎兵的確大敗了！」徐基沉痛地道。

地上鋪滿了薩特騎兵的軍旗，但接下來的場面就很血腥了，諾其阿統率的捍威、捍武兩營耀武揚威馳過城下，從他們手中拋下的可不是什麼器物，而是一個個血淋淋的腦袋！

兩營在數日前的戰鬥中雖然損失巨大，只餘下六千餘人，但此時，每個人的馬上都掛著一到兩個腦袋，定州兵沒有在殺死敵人後還砍敵人腦袋的習慣，但這對蠻兵來說，卻是家常便飯，他們便是用腦袋計算功勞的。一戰過後，不論是不是他們殺死的，反正將腦袋斫下來帶走便是。

六千餘騎兵走過，一萬多血淋淋的腦袋堆在城下，血腥味直衝城端，城上有的士兵雙腿發軟，噗通一聲便坐在城牆上，手裡的兵器也匡噹落地，即便是膽大的，也是臉色發白，手微微顫抖，不知從哪個地方傳來一陣劇烈的嘔吐聲，馬上便像瘟疫一般傳遍全城。

城下的定州兵神色如常，從屍山血海中殺出來的他們，別說只有一萬多腦袋，再多的屍體他們也見過，像在當年的白族王庭之外，一戰之下，近十萬室韋軍隊倒斃在那片草原之上，其情景之殘酷，比起今日不知要慘烈多少倍。

徐宏偉已經完全站不住了，雙腳發軟，全靠兩名士兵扶著才能站穩，此時，他終於知道田豐昨日所說的話不是虛言。

似乎還沒有完，城下數十個定州兵抬著一根長達數十米的長竿急奔而來，離城頭數十米，將那長竿猛的立起，在竿子的頂部，縛著一個人頭，此時太陽正好從東邊躍出，一縷陽光恰好射在那人頭之上，徐宏偉和徐基兩人都是驚呼一聲：

「胡歌！」

想不到連薩特人的大將胡歌也被定州兵殺了。

看著在陽光照耀下面目猙獰，齜牙咧嘴的胡歌，徐宏偉再也忍不住胃中的翻江倒海，哇的一口吐了出來，早上還沒有來得及吃飯，胃裡空空如也，這一吐，差點連膽汁也吐了出來。

嘯聲響起，一枚鳴鏑從城下射將上來，奪地一聲釘在城上，箭尾懸掛著一封書信，此時，任誰都知道這信中寫的是什麼了。

一名親兵拔出鳴鏑，將書信取下，呈予徐宏偉，徐宏偉看也沒看，緊緊地握在手中，有氣沒力地道：「回府！通知所有官員到府第議事！」

是夜，盧州城上吊下了一個籠子，籠子裡坐著一個誠惶誠恐的官員，他是徐宏偉的特使，也是徐宏偉的一個幕僚，在盧州也算是能說會道，滿腹經綸的人物，平日頗得徐大帥的看重，不過今天，平日裡的從容全都無影無蹤，白天血淋淋的一幕到現在還在震撼著他的神經，原來戰爭是這樣的。

兩股戰戰，臉色蒼白的特使大人寧則臣，邁著沉重的腳步，踮著腳，一步一步地穿過遍布人頭的城下，小心地踩在空隙之中，滿地的人頭血液早就凝結，只消看這恐怖的場景，便讓人心旌神搖。

他強忍住腹中的不適，捂著嘴巴，艱難地穿過這片地獄，走到離壘牆數十步處，大聲對牆後守衛的士兵道：「盧州寧則臣，奉徐大帥之命前來求見李帥！」

壘牆後的士兵早就注意到了步履蹣跚的寧則臣，得到吩咐的他們饒有趣味地盯著這個文弱的書生，有人甚至打賭這傢伙會不會吐出來，甚至被嚇暈，當然，結果是一方歡喜一方愁，看到寧則臣安然無恙地穿過開闊地，有的士兵發出低低的歡呼，另一些人則垂頭喪氣，顯然輸了不小的東道。

一名雲麾校尉出現在胸牆後，「寧大人有請，我家大帥恭候多時了！」

寧則臣不由嚇了一跳，難不成對方連今日盧州要請降都算計得一清而楚麼？摸摸懷裡的文書，寧則臣不由苦笑起來，絕對的劣勢之下，除了簽定城下之盟外，還能有什麼別的出路呢，就盼李清吃相不要太凶惡，好歹也給徐大帥留點面子，自己如能做到這一點，也算對得起大帥對自己一直以來的知遇之恩了。

鼓起勇氣，將要說的話在腦子裡又轉了數遍，確認自己的說法有理有據，卻又不至於觸怒對方，寧則臣稍稍安心了些，努力在臉上堆起笑容：「這位軍爺，還煩請你前頭帶路！」

「請，這是末將的榮幸！」雲麾校尉臉上露出古怪的笑容，打頭大步前行。

李清的中軍大帳燈火通明，一舉擊垮呂氏的兩萬薩特騎兵，解決了心頭大患，盧州已是囊中之物，通往北方的門戶已大開，由不得李清和麾下大將們興高采烈，李清甚至從醫營中調出數十罈烈酒，在中軍大帳中大開宴席，宴請軍中振武校尉以上的高級軍官。

數十名軍官齊聚在大帳中，難得大帥開恩，將這種好酒調來給眾人過癮，哪有不趁機開懷痛飲的，特別是那些酒蟲，更是喜形於色。

李清與田豐等幾員大將喝了幾杯，便放下酒杯，不肯再喝，其他的軍官自然知道在這帳中還輪不到自己去給大帥敬酒，便找到自己相熟的人，趁機喝個痛快，幾杯酒下肚，有些人卻是原形畢露起來，猜拳聲有之，狂笑聲有之，袒衣露腹之人有之。

田豐有些尷尬地看了眼上座微笑不語的李清，生怕李清怪罪這些傢伙不知禮節，不過看到李清微笑不語，安之若素，反而饒有趣味地看著諸將，心裡這才放下心來。

其實李清知道，自從開戰以來，這些軍官們的神經一直都繃得很緊，對盧州一戰，談不上激烈，但在時間上卻趕得太厲害，眾人幾乎沒有喘氣的時間，與薩特騎兵一戰更是將這種緊張攀上了頂點，有張必須有弛，弦繃得太緊便會斷掉，不出意外的話，盧州將會投降，短時間內將沒有硬仗可打，讓將領們放鬆一下緊繃的神經，對以後的戰事是大有好處的。

帳中很多將領他都認識，或者依稀記得他們的容貌，這些人大都出自自己的親衛營或者當年常勝營的老兵，幾年仗打下來，這兩個營的老兵只要能活下來的，大多都是軍官了，看到他們，李清不由自主地便想起當年的艱苦歲月，對他們更是多了一份親切感。

同時，酒後露真容，正好借此機會，看看這些人當中有沒有什麼可造之才。

「報！」帳外傳來清晰的聲音，讓帳內喧鬧的將領都安靜下來。

李清與田豐對望一眼，點點頭，「終於來了！」

「回稟大帥，盧州特使寧則臣求見！」雲麾校尉跨進帳來，向李清躬身回報。

「讓他進來吧！」李清道。

「是！」雲麾校尉倒退著走出帳外，李清端起酒杯，對田豐道：「來，田將軍，我敬你一杯！」

田豐趕緊端起杯子，連道不敢。

帳門掀開，寧則臣出現在眾人眼前。

寧則臣曾在腦中想了無數回自己即將身處的場景，但就是沒有想到居然是一場宴會，當然，他不會天真地幻想這場酒宴是為自己準備的，顯然李清正在慶功，酒宴正進行到酣處。

這一幕場景，頓時讓寧則臣如同從頭到腳被潑了一桶涼水，**顯然對方早料到了盧州要派人來，但卻如此的不在意，這說明了什麼呢？**

李清捏著酒杯，看著寧則臣。寧則臣站住腳步，也打量著李清。

這是他第一次看見李清，與傳說中的不一樣，李清比自己想像中的要年輕很多，國字形的臉膛上，神情不怒自威，深邃的眼神讓人看不到他內心深處的想法，修飾得整齊的鬍鬚使他看起來更有威嚴，身上穿著青色的棉布袍子，這是最近正流行的衣物，價格昂貴，寧則臣自己也有一件，買時著實心痛不已，但人在官場走，該講的場面還是要講的，這種棉布就是定州出產的。

「見過李大帥！」寧則臣向李清鞠躬致意。

李清把玩著酒杯，道：「罷了吧，寧大人，徐大帥是要你來商討如何向我軍投降的麼？」

李清單刀直入，寧則臣瞠目結舌，他還準備了一肚子的話想要和李清說，好盡可能地為徐大帥多爭取一點福利呢！但李清一句話便將他所有的說辭全都堵了回去。

「這個，是的，我家大帥為免盧州遭刀兵之災，願意向李大帥獻城！」寧則臣道。

李清哈的一聲，明明是山窮水盡，但說出來卻是冠冕堂皇，聽起來倒像是自己窮兵黷武似的，而對方是在為民請命了。

李清冷笑一聲，「寧大人，我也不廢話了，既然如此，我們便簡單一點，你也看到了，我正在與手下大將們歡宴，不想耽擱太多時間。」

寧則臣心中悲哀，這便是勝利者的特權，尤其是占盡優勢的勝利者，自己連一點討價還價的籌碼也沒有，**這不叫前來談判，這是前來聽取對方的判決。**

「請大帥明示！」事已至此，倒不妨乾脆些，如果再絮絮叨叨不識相，只會自取其辱了，寧則臣轉眼間便想明白了這個道理。

「徐大帥想投降，又怕我要他的性命，是吧？」李清將杯中酒一飲而盡，含笑看著寧則臣，寧則臣有些尷尬，這便是他此來首要的任務。

「你回去告訴他，讓他放心，我從來就沒有想過要殺他，只要他投降，我不但保證他的性命在現在和將來都是安全無虞的，而且他的私產我也不會動他分毫，盧州的高官顯爵們都會享受同樣待遇，便是那屢次與我們作戰的徐基，我也不會追究他的任何責任！」李清淡淡地道。

寧則臣一愣，李清如此爽快，一口便說出了如此好的條件，甚至超出了自己的期望，不禁動容道：「多謝大帥的仁厚！既然如此，**徐大帥需要付出什麼？**」

寧則臣知道，李清要求徐大帥的肯定不止是獻城如此簡單。

「徐大帥要搬家啦！」李清笑呵呵地道：「我在定州城已經為徐大帥選好了一座上好的府邸，裡面一應俱全，只等徐大帥入住了！另外，徐大帥的私產可以帶走，但盧州府庫不能有分毫差池。」李清笑瞇瞇地道，盧州之富，可是天下聞名的。

寧則臣點點頭，能讓徐大帥帶走私產已經很不錯了。

「至於其他人，凡是被我定州點名要搬到定州去的，都必須與徐大帥同日啟程！」李清又道。

寧則臣心中凜然，知道李清這是要將盧州的統治階層全都弄走，好方便他儘快整合盧州，讓盧州能為他窺視天下之大業出一份力量。

「留下來的嘛，如果的確有能力而又願意為我效力的，我李清也是不吝重任的。」李清道：「便像你寧先生，如果願意留在盧州，那李某人可是歡迎之至啊！」

寧則臣一呆，任他如何聰明也想不到這時候李清居然會招攬起自己來，一時間倒兩難起來，背主會讓人不恥，但明眼人都能看出李清前程似錦，說不定有朝一日真能問鼎天下，至不濟也是一方豪雄，而盧州徐大帥已是西邊的太陽了。

「多謝李大帥的好意，這個，在下還要向徐大帥回稟，如果徐大帥應允，在下自然願意為大帥效力，如果徐大帥不答應，在下也只能向李大帥說聲抱歉了！」

李清哈哈大笑，「好好，你且去問問徐宏偉！」心裡卻道這寧則臣聰明之極，明裡來說，他是去向徐宏偉討主意，得到允許方肯過來，但李清知道，自己既然開了這個口，眼下的徐宏偉安敢拒絕？肯定要放人，這傢伙這一手玩得漂亮啊！

寧則臣走了，很快就盧州投降事宜與李清達成了協議，其實說不上什麼協議，完全是一方在吩咐，另一方在聽著，只不過聽著的人心情卻很放鬆，因為李清給出的條件比他們想像的要好上許多。

一般而言，覆巢之下豈有完卵，能有如此的結果，已足以讓盧州人喜出望外了，絕望之下的人總是很容易便滿足的。就好比一個身患絕症、知道自己只能活上幾天的人，心裡想必是很不好受的，但突然醫生告訴他，你還可以活上一年，他心中的欣喜可想而知。

眼下盧州人便是這種心情，眼看就要溺死了，突然抓住了一根稻草，哪怕心裡知道這根稻草是不可靠的，但還是要緊緊地抓住不放。

喝得差不多的將領們已返回各自的軍營，大帳裡只剩下李清與唐虎、鐵豹兩人，李清半閉著眼，斜靠在虎皮交椅上，沉默半晌，突然道：「豹子，你確定袁方進侯府與公主見了面麼？」

鐵豹點點頭，「大帥，從定州傳來的消息就是這樣，而且此事清風司長也知道，看來是清風司長故意離開定州，給袁方一個機會，清風司長設下套兒，本來是想一舉抓獲袁方的，但袁方棋高一招，金蟬脫殼溜掉了。清風司長誤中副車，聽說惱恨得很。」

李清笑了出來：「清風一向眼高過頂，這次吃了袁方一個悶虧，心中鬱悶可想而知，不過這樣也好，讓她知道任何人都是不能小瞧的。」

鐵豹與唐虎兩人都笑而不語，他們可沒資格評價清風。

「知道袁方都與傾城說了些什麼嗎？」李清一邊翻閱著案上的文報，一邊隨口問道。

鐵豹臉色微微一變，「大帥恕罪，定州那邊雖然想盡了辦法，也無法接近那間書房，您也知道，那袁方功夫太高，太過接近，就會暴露我們的人了。」

李清點點頭，「小心些好！其實不用去聽，我大概也知道他們談的內容，想必這時候傾城一定知道天啟皇帝還活著的消息了，**讓她自己去選擇吧！**路是自己走的。」

「大帥，清風司長還安排了不少人手在監視傾城公主。」

「由她去！」李清擺擺手，腦子裡卻在想著另一個問題，**袁方進侯府之後，尚海波也進了侯府，這是傾城故意為之呢，還是巧合，抑或是有其他原因？**

如果說尚海波會背叛自己，李清是怎麼也不相信的，但如果尚海波有另外的小算盤，比方說為了遏止清風和霽月的勢力，會不會與傾城聯合，來跳一齣危險的鋼絲舞呢？以尚海波好行險招的個性卻是很有可能的。

李清不由皺起了眉頭，**尚海波大張旗鼓地進侯府，不用猜也知道是故意做給**

人看的，他想做給誰看，是自己？還是清風？或是所有其他的官員呢？

李清有些頭疼，自己這個軍師才智極高，謀略深沉，卻又好行險招，有時連自己也感到頭疼得很，看來要找個機會與他好好談談了。

「虎子，傳我的命令回定州，任命定州原財政司司長兼債券發行司司長付正清為盧州知州，原崇縣縣令龍嘯天接任付正清現任職務！」

「是！」唐虎應道，隨即一笑，「大帥，龍嘯天又升官了，大帥這招極妙，龍嘯天當了債券發行司長，他那有錢的老子還不要卯著勁地買債券支持他的兒子?!」

李清哈哈一笑，「胡說什麼？龍四海如果真有這麼蠢，又豈能有今天的地位，他聰明著啦，提拔龍嘯天，與他老子沒有多大的干係，這小子倒是繼承了他老子的優良傳統，你看他到崇縣沒兩年，將一個崇縣經營得風生水起，財政收入直逼原來駱道明經營多年的信陽，就知道這小子對賺錢一道很有天賦，讓他去當這兩個司的司長也是物盡其用了！」

提拔龍嘯天的確是看中了他賺銀子的天賦，不過讓付正清來當盧州的知州，卻是李清故意為之了，他要進一步提高路一鳴在定州的地位。

在起事之初，李清對於尚海波的依重要遠遠超過路一鳴，那是因為當時李清勢力弱小，很多時候都要以弱搏強，以小戰大，這就需要尚海波這種類型的軍師，布局遠，奇謀迭出，每每一拳擊出，都在敵人萬萬想不到的腰眼之上，但就眼前而言，李清的勢力已是大漲，路一鳴那種沉穩的執政風格，一步一個腳印的做事風格就顯得更加老成，而且路一鳴與尚海波相比，前者更能看懂自己，尚海波卻總是對自己有一種莫名的不信任，不是怕自己做錯了這，就是怕自己做錯了那，更可笑的是，現在八字還沒有一撇，這位軍師就已經替自己操心接班人的問題了。

李清格格一笑，搖搖頭，老尚這個人啊！

一夜平靜地過去，不論是城外還是城內，都已知道盧州決定投降了，劍拔弩張的形勢立時緩和起來，城上也不再刀光閃爍，瞄準著下面的八牛弩已收回到倉庫，投石機正在逐一拆除，城外，大批的士兵也在積極的施工，盧州城的東大門外，壘牆迅速被推平，遍布人頭的地面已被收拾得乾乾淨淨。

除了正在連夜趕工的雙方人馬，城裡城外其他人等都睡了一個難得的好覺。

當李清在軍營悠揚的號角聲中醒來，洗漱完畢，全身披掛走出自己的大帳時，帳外，在田豐、姜奎等人的帶領下，一眾將領都穿著簇新的盔甲，整齊地站在外面。

見到李清，由田豐領頭，大家一齊向李清施以軍禮，高喊道：「恭喜大帥拿下盧州！」

李清微笑著接受了眾人的道賀，「同喜，沒有各位將軍的努力，就沒有今天的勝利果實，現在，我們該去摘果子去了。」

號鼓齊鳴，一眾大將簇擁著李清馳出大營，大營外，全軍按照編制，已列成一個個整齊的軍陣，不過今天沒有仗打，隊伍依然氣勢如山，卻少了那份沖天的殺氣。

李清的馬隊奔到離城百步開外停了下來，過了片刻，緊閉的盧州城門轟然打開，以徐宏偉為首，盧州的文武百官井然有序地排成整齊的隊伍走了出來。走在最前面的徐宏偉，手中則高捧著盧州統帥的大印和一疊文書。

李清躍下馬來，向前走了數步，唐虎和鐵豹兩人一左一右，手按腰刀，眼睛死死盯著走來的隊伍，不怕一萬，就怕萬一，這種時候，越是小心為上。

「罪人徐宏偉，見過李大帥，徐宏偉不知天高地厚，妄圖蚍蜉撼樹，自不量力，如今知罪了！」

徐宏偉今天的姿態放得很低，見到李清，雙膝一軟就要下跪，李清哈哈一笑，向前一步扶住徐宏偉，和顏悅色道：

「徐大帥，識時務者為俊傑，你入下馬兵，使盧州免受刀兵之災，盧州百姓定會感激你的，我李清也要謝謝你，當真要打起來，我的這些健兒必有損傷，那我可是很心疼的！」

徐宏偉嘴巴一咧，也不知是笑還是在哭，「這是盧州統帥大印以及盧州人丁戶冊，請李大帥查收！」

李清點點頭，接過這象徵著盧州最高權力的兩樣東西，隨手扔給身後的唐虎，李清知道，這東西只不過是名義上的罷了，自己真正得到盧州的，第一便是強有力的軍隊，第二便是對盧州有效的統治，讓老百姓過上好日子，老百姓很快就會忘了盧州是自己用強硬手段奪過來的。

「請李大帥上馬，徐某為大帥牽馬執鐙，盧州城闔城鄉親父老正在恭迎大帥入城！」隨著徐宏偉的說話，城裡數百名士兵抬著一捆捆的紅地毯奔了出來，從城門口將地毯一直鋪到李清的身前。

李清哪肯此時讓徐宏偉為自己牽馬執鐙，眼下自己對徐宏偉的態度，城內數十萬百姓可都睜眼看著，自己對他的態度，便等於是對盧州的態度了，李清笑道：「徐帥言重了，此等事哪能讓徐帥來做，來人啊，給徐帥牽一匹馬來，我要與徐帥並肩進城！」

「不敢，不敢！」徐宏偉連連擺手，一邊的唐虎早已牽過一匹馬來，嗡聲嗡氣地道：「徐帥，我家大帥不喜歡有人違拗他的意思，請上馬吧，唐虎來為你牽馬！」

徐宏偉看了一眼面露凶相的唐虎，打個哆嗦，又連連告罪，這才爬上馬去，唐虎和鐵豹兩人分別牽著李清與徐宏偉的馬，兩人並轡而入。

街道兩邊，每隔數步便站著一名盧州士兵維持警戒，不過此時的他們卻是赤手空拳，為了避免引起不必要的誤會，徐宏偉下令讓他們將兵器全放在軍營，同時也是以此向李清表明自己的誠意。

當然，也是為了防止有個別士兵趁機圖謀不軌，要是真跳出這麼一個人來，那他就是跳進黃河也難洗清了。

士兵的身後，密密麻麻地站滿了一臉惶恐的盧州百姓，他們也在為不可測的未來而擔心著。

看著身邊一臉諂笑的徐宏偉，再看看街道兩邊的滿臉惶恐的百姓，李清忽地警醒起來，**身在高位者，一旦失敗，他的命運是極慘的**，像徐宏偉這樣的，只不是運氣好碰上了自己，自己有另外的方法來處理這些失敗者，換作別的征服者，可能最簡單的方法便是將前任一刀砍了來得乾脆俐落，**如果自己不發奮圖強的話，有朝一日落到徐宏偉的下場，只怕就沒有他這麼好運氣了。**

數日之後，徐宏偉及原盧州的部分達官權貴在定州軍的護送下，啟程赴定州定居，雖然李清早已下令這些人只能帶走屬於自己的私產，但隨同徐宏偉而去的數十人仍然有大車數百，裝載著數之不清的財富，特別是大帥徐宏偉，一人便多達百餘車財貨，看得李清及麾下諸將都是大搖其頭。

原來的主人既去，新主人自然要去檢點一番所得，盧州府庫早已被定州軍封存，上百名全副武裝的士兵在四周警戒，看到李清等人過來，領頭一名雲麾校尉趕緊過來見禮。

「打開所有倉庫！」李清命令道。

幾十座大庫相繼敞開大門，饒是李清等人心裡早有準備，此時也有些張口結舌，倉庫中，堆積如山的財貨讓眾人目不暇接，被鑄成條狀的金銀每一塊都重達數十斤，整整齊齊地疊成小山狀，幾乎晃花了眾人的眼睛，這樣的倉庫便有兩個，粗粗估算，價值怕有數萬萬兩銀子之巨。

李清嘖嘖稱奇，有些倉庫中，碼著一摞摞的鐵箱，隨便打開一個，裡面全是珠寶首飾，其他的不用看，想必也是如此了，甚至在庫房的地面上，也隨意散落著一些珠寶玉石。這些常人若擁有一兩件便可以吃穿數年乃至更久的寶貝，在這裡卻像垃圾一般被扔在地上。

撫摸著這些珠寶，李清嘆道：「空自擁用如山財富，卻不知精兵強州，將其庫藏在這裡，除了養眼，又能起什麼作用，定州諸人切記，財富有時是好東西，但有時卻又一文不值，它不是糧食，能讓人裹腹，也不是武器，可以讓你保護自己，使用得當，它是無上利器，使用不當，便是一堆無用的死物，看看徐宏偉的下場吧，假如他將這些財物的一半拿出來，輕而易舉便可以練出一支強軍，我們哪有這麼容易便掌控盧州，眾人當以此為戒！」

眾人齊道：「大帥說得是！」

李清擺擺手道：「我們回去吧，叫人點驗，造冊，徐宏偉不能善用它們，但到了我們手裡，用處可就大了，前些日子燕南飛來信，抱怨沒有錢，使他一連串的施政之法不能順利實施，這下子便可以解決了；駱道明在上林里也差大筆的銀子，如今上林里來投的蠻族越來越多，去年慕蘭節他賺的一點錢也全搭了進去，這回也一併解決了，有了這些錢，我們甚至可以修一條橫貫大草原的馳道，將室韋、草原、定州連接起來。」

田豐吃驚地道：「大帥，如此大興工程，錢再多也不經花啊，而且眼看著更大的戰事會接踵而至，還是要留一些儲備吧！」

李清哈哈一笑：「田將軍，留一定的儲備是必須的，但是這些工程也不能落下，要想富，先修路，交通方便了，我們便能將更多的東西變成錢，定州府庫經常空空如也，但老百姓卻富得很，**國富不如民富，老百姓富了，我們才是真的富**，我們真要用錢的時候，才不會缺錢。你不知道當年我們與巴雅爾大汗那一戰，我是一窮二白，但數月之間，便從民間募集了數百萬兩銀子的軍費，草原鐵騎驃悍善戰，當年我哪是打贏了他們，完全是用銀子砸敗了他們啊！」

在場眾人都是心有所悟，諾其阿卻是低下了頭，作為戰事的親身經歷者，定州的財大氣粗他是見識了的，李清說得不錯，定州當年完全是生生地困死了蠻族。

說話間，眾人已是來到徐宏偉的議事大廳，走進大堂，眾人又是驚嘆出聲，李清的鎮西侯府在眾人看來已是很氣派堂皇了，與這裡一比，簡直就是乞丐版。

地上清一色的玉石磨面，合抱粗的柱子上全包著金箔，金光閃閃，廳裡裝飾非金即玉，置身其間，當真如身在天堂。

拍拍這些柱子，李清大笑，「徐大帥真是有錢，老田，回頭將這些金箔都給我剝下來，充作軍費，將士們打了勝仗，便用這些東西來賞賜我們的士兵。」

田豐笑道：「大帥，那我可要趁早下手了，要不然等付知州一來，只怕我就剝不走了，他鐵定是要沒收的。」

堂內眾人都是大笑起來。

李清坐到上首，回顧一人道：「寧大人！」

寧則臣神色尷尬地向前跨了一步，不出李清意料，徐宏偉很乾脆地將寧則臣送給了李清，也許在他看來，寧則臣如果能在李清手下得到重用的話，以後自己有什麼事也可以有一個能說得上話的人。畢竟兩人主顧一場，還是有些煙火情分的。

「大帥！」寧則臣此時恨不得有個地縫能讓自己鑽進去，徐大帥驕奢淫侈，他作為幕僚豈能無責，聽到眾人嘲笑徐宏偉空有寶山而不知利用，他是羞愧無地。

「前幾天我讓你統計盧州田畝一事，如何了？」李清問道。

寧則臣振奮精神，從袖筒裡摸出一卷紙，道：「大帥，下官這幾日一直在致力此事，盧州城直轄地區計有田畝兩百餘萬畝，其他各縣的資料尚在統計之中，恐怕還要一些時日才能報上來。」

「那公田有多少？」李清最關心的便是這個。

定州新政，最關鍵的便是土地一項。在定復並三州，李清為什麼能以最快的速度得到三州百姓的擁護？便是李清給他們分田地，讓這些原本一窮二白的人擁有了自己的土地，農民對於土地的那一份感情，李清的體會是很深的，對他們而言，有了田地，便是有了根。

「大概有一百餘萬畝！」寧則臣翻閱了一下資料，道。

「什麼？你有沒有搞錯？」李清大訝，合著一共兩百餘萬畝土地，公田就占了一半？

寧則臣道：「大帥，沒有搞錯，這些土地原本是屬於徐大帥和盧州一些大人們的，大帥將徐大帥等人遷往定州，並且只許他們帶走浮財，這些土地便被收歸公有了，更有一些豪紳攜家眷逃亡而去，這些田地便也被充作公有。」

李清向後一靠，變色道：「盧州的土地兼併如此嚴重？難怪軍無戰意，孱弱如此！寧則臣，我授你為盧州同知一職，在付知州未到任之前，你便負責清查全州田畝，至於有那些惡意兼併，侵奪他人田產之輩，不用客氣，同時，也要統計全州丁口，做好所有準備，一旦付知州到任，便可以從容推行新政。」

寧則臣大喜，在徐宏偉時代，他只是一個幕僚，雖然權重，卻沒有實在的地位，現在李清一開口便是盧州同知一知，這在一個州之中，可是僅次於知州的二號人物了。

「多謝大帥看重，下官一定竭心盡力為大帥效命！」寧則臣一揖到地。

李清正色道：「李某人提拔人才一向不拘一格，但收拾不合格的官員也一向是毫不手軟，寧同知，醜話先說前頭，如果你還像以前在徐帥面前那般做事，只怕這同知也是當不了幾天的。」

寧則臣冷汗涔涔而下，「下官明白，下官一定兢兢業業，不敢有絲毫怠慢！」

「那就好！」

「徐基！」李清的目光轉向另一人。

「罪將在！」一直低著頭跟在眾人之後的徐基，這幾天彷彿老了十幾歲，白髮清晰可見，李清送走了他的家人，卻不准他離開盧州，他已做好準備，自己在秣陵等地抵抗定州軍，想必李清是要收拾自己的，不過看情形，自己的妻兒不會有什麼事，雖然到了定州不免要仰人鼻息，但活著總是好的。

「你知道我為什麼留下你麼？」李清笑問。

徐基大步走到前面，跪倒在李清面前，「罪將不知天高地厚，數度率軍抵抗大帥大軍，自知有罪，請大帥處罰！」

李清一愣，接著大笑起來，「你起來吧，你是這樣想的嗎？哈哈哈！」

徐基愕然抬頭，難道不是這樣麼？

「你在秣陵的表現，田豐將軍其實是很讚賞的，只不過你運氣不好，率領了一支毫無戰力的士兵，碰上的偏偏又是定州軍。怎麼樣，有沒有為我李某人效力的打算啊？」李清笑吟吟地道。

他在北方只安排了一個常勝師，數萬人的部隊接下來都要抽走去打北方，盧州其實並沒有駐紮軍隊的打算，但盧州又不能不派駐軍隊，那麼徐基便是一個不錯的選擇。

這個人能力還是有的，只是軍隊素質太差，讓他也是徒呼奈何，自己只需從定州抽調一批基層軍官充實到盧州軍中，便可以在短時間內極大地提高盧州軍的戰力，雖說不可能去打硬仗，但安撫地方、運送糧草卻是可以勝任的，而且徐基作為本土將領，在盧州兵中有一定的威望，也可以在最大程度上安撫盧州軍心。

「我⋯我⋯⋯」徐基一時有些迷糊，張口結舌，不知作何回答好。

「如果你不願意，我也可以送你去定州，與你妻兒團聚，如何，你自己決定吧。」李清道。

徐基猛的清醒過來，恨不得狠狠地抽自己一巴掌，**這麼大一個機會擺在面前，自己還猶豫什麼?!**真到了定州，自己從此便是個閒散之人了，寄人籬下，仰人鼻息，那日子肯定難過得很，不僅是自己，只怕連子孫都會受到牽連。當下重重一個頭磕下去，「多謝大帥洪恩，徐基願為大帥效力！」

「很好！」李清猛拍了一下手掌，「那我授你為盧州守備將軍一職，重振盧州軍威，嗯，盧州軍隊戰力太差，我會抽調一部分定州軍軍官給你充實各級指揮，以便能以最快的速度提升軍力，盧州軍直接對軍府負責。」

「是！」徐基又重重地磕了一個頭，喜氣洋洋地站了起來，先前的穢氣已是一掃而空。

沉寂數月的中原戰場，在寧王世子秦開元率五萬精銳進入秦州之後，再一次拉開大戰的序幕。

南軍大將胡澤軍圍攻秦州城，久不能下，藍玉夜襲獅子關，破金州，一舉殲金州守軍，大舉入侵，將秦州徹底孤立了起來，正是在這種有利的條件之下，秦開元率軍到來，準備與藍玉合兵一處，向蕭氏控制的核心區域進攻。

與胡澤全手下的都是大量的雜兵不同，藍玉與秦開元兩人率領的兵馬可都是寧王精心培育多年的精銳兵馬，不論是戰力還是士氣都是上上之選。

「胡將軍，什麼時候能夠拿下秦州城？」秦開元皺著眉頭，盯著屹立在他面前的秦州城，城上飄揚的蕭字大旗顯得格外刺眼。

胡澤全苦笑一下，「世子，秦州歷來為兵家必爭之地，城池堅固，險峻無比，蕭遠山在秦州又經營多時，城防更是得到了極大的加強，他採用了李清在定州時的城防策略，又有足夠的兵力，糧草器械的儲備極為充足，硬打，末將實在沒有把握，兵法有云，十倍攻之，五倍圍之，現在末將便連圍城也是心有餘而力不足啊！」

秦開元有些不滿地道：「胡將軍，你也是老將了，秦州足足打了一年多，就只剩這座府城了，耗費如此多的糧草輜重，卻一無所獲，父王已很是不滿。蕭遠山在秦州損兵折將，如今只剩下這座府城，他還能有多少人馬？兩三萬頂天了吧！蕭遠山又沒有未卜先知的本領，難不成早就知道秦州城要被圍困？他又能儲備多少糧草輜重？」

胡澤全心中一跳，腦中忽地閃過一道靈光，似乎想起了什麼，但馬上又被秦開元的話給打斷了。

「胡將軍，你老成持重是好的，但太過了，就變成猶豫不決了，我希望你儘早拿下秦州城。」

「可是世子……」胡澤全剛開口，便被秦開元打斷了，「好了，我也知道你的難處，明天我將率軍進攻張愛民部，將他驅逐，如此一來，秦州與外面的聯繫便全部中斷，再也得不到任何外部的援助，孤城一座，胡將軍如果還不能拿下，那本世子可就要質疑胡將軍的能力了。」

看著秦開元打馬離去，胡澤全一臉的苦澀。秦州城那是哪麼好打的？不填進去數萬條人命根本不可能，現在在城裡的可不是那個志大才疏的蕭天賜，而是老謀深算，久歷戰場的蕭遠山，這個蕭遠山對於守城戰可是駕輕就熟，快至爐火純青之境了。

艾家新遲疑地道：「胡總管，真打啊？」

胡澤全哼哼兩聲，「小艾，世子都這麼說了，不打怎麼辦，打打試試吧！也許真如世子所說，蕭遠山已是強弩之末了，說不定一捅就穿。」

數日之後，秦開元所統帶的五萬南軍精銳，與藍山部兩面夾擊蕭氏大將張愛民所部，張愛民見勢不妙，立即率軍跑路，退入岷州，至此，秦州城終於成了一座徹徹底底的孤城。秦開元與藍山兩部合二為一，旋即侵入岷州。

就在張愛民部被迫後撤之際，胡澤全立即發動了對秦州的攻勢，一連三天的慘烈攻防城，將秦州城下的外圍防線全部摧垮，戰事推進到了秦州城下。

「胡總管，明天我們就可以直接攻城了！」艾家新興沖沖地指著面前高大的城池，「蕭遠山不過如是耳！」

胡澤全臉上卻無歡容，這三天的激戰，他損失了數千士兵，戰果是僅僅推進到城下，而且他總認為，對方的戰力應當不只於此，外圍防線倒似乎是對方有意在節節後退，為什麼會有這種感覺呢？

胡澤全自己也一時想不明白，也許當初圍殲蕭天賜時，其所部表現出來的戰鬥力比今天自己遇到的對手要相差一個檔次，照理來說，蕭遠山的直系屬下，戰力絕不應當輸給蕭天賜才是。

「明天先打一仗試試！」胡澤全揚揚馬鞭，點了點頭。

秦州城內，蕭遠山正哼著小曲，欣賞著幾個歌女邊歌邊舞，臉上殊無大軍壓境、秦州已成一座孤城的自覺。

三天以來，自己一邊抵抗，一邊將外圍防線的主力一步步撤退到城裡，將士們的表現還是合格的，至少沒有引起對方的疑心。國公爺的大計畫就要收口，自己可千萬出不得半分漏子，寧王，哼！你想要與國公爺交手，還嫩了一點呢！

秦州城中，守軍並不是秦開元估計的兩三萬，而是足足有五萬之眾，而且全都是京師左右大營的精銳，**蕭遠山在等待，等著南軍深入岷州，蕭國公在那裡已**

為他們準備好了盛大的歡迎儀式，蕭遠山臉上露出笑容。

「蕭大將軍，胡賊開始攻城了！」左軍將軍周同跨進門來。

蕭遠山將手裡的一枚乾果丟進嘴裡，用力嚼了幾下，站起身來，笑道：「走，咱們去看看胡澤全的攻城手段，此人可是老當益壯啊，非一般人可比！」

周同笑道：「饒他奸似鬼，這一次也得喝我們的洗腳水，且先陪他樂樂吧！」

蕭遠山嘿嘿一笑，「周同，這老賊鬼得很，可別大意失荊州，讓他瞧出了破綻。」

「放心吧大將軍，都布置妥當了！」周同道：「絕不會出漏子的！」

圍困秦州城也有半年之久了，對於攻城，胡澤全已做了充分的準備，各種遠端武器打造得極多，蒙衝車，攻城車，撞車，密密麻麻地湧向秦州城，遠處，胡澤全凝視著秦州城，心裡的不安感始終沒有減少。

隨著戰鼓聲聲響起，戰場上陡地響起海嘯般的喊殺聲，南軍抬著雲梯，在八牛弩、投石機的掩護下，蜂湧衝向城牆，攻城車和蒙衝車也在士兵的推動中，小山般地向城牆移動。

雲梯搭上了城牆，攻城車靠了上去，蒙衝車重重地撞了上去，上百部蒙衝車同時撞上城牆，即便以秦州城的堅固，整座整牆也似乎顫抖了起來。

激戰旋即展開。攻城作戰由副將艾家新具體指揮，而胡澤全則立在中軍旗下，目不轉睛地瞪視著秦州城，似乎想要瞧出什麼花樣來。

激烈的戰鬥整整持續了半天時間，南軍攻勢雖凶，但守城的卻也是戰意高昂，艾家新使盡手段，卻也只是數度攻上城牆，便被攆了下來，連一個連足之地也沒有占得，城上守軍實在太過於凶悍了。

「收軍吧！」胡澤全突然吩咐道：「明天再來！」

第二天，又是第一天的翻版，除了每天在秦州城下抬回上千具戰死士兵的屍體外，南軍一無所獲。

「統領，秦州城實在太難打了，我們從去年冬天挖的地道可以使用了吧，這些地道距離秦州城牆只有百多步遠了，只消一個晚上，我們便可以挖上數十條通往城內的通道，只要進了城，以我們兵力上的優勢，可穩穩拿下秦州城。」艾家新一臉的不服氣。

「今天晚上試試吧！」胡澤全有些心不在焉地道。

當天晚上，艾家新又遭到了重大挫折，狡滑的蕭遠山似乎早就料到了對方的這一招，秦州城內，貼著城牆根，被他挖了無數筆直的豎井，自己的地道挖到這些豎井處之時，立即便遭到了致命的打擊，對方在豎井內放置了無數的易燃物品，在其上澆上毒藥，火一燒起，毒煙順著地道向外蔓延，進入地道的士兵十成中倒是死了七八成，看著一具具從地道中拖出來的屍體，艾家新的臉色猶如鍋底一般難看。

「休息一天，後天再打吧！」胡澤全吩咐道。

第四天，艾家新鼓起餘勇，再一次向秦州城發起攻擊。

一連數天的激戰，城上的部隊損失頗大，看著奮力沿著雲梯蟻附而上的南軍，蕭遠山搖著頭道：「胡澤全還真是大將之才，這些軍隊以前不過是些造反的烏合之眾，到了他手裡不過年餘，便被他打造成一支精兵，如果不是我們早有準備，兵力充足的話，還真有可能讓他得手。」

周同得意地道：「國公爺深謀遠慮，豈是他們這些傢伙能想到的，胡賊只怕做夢也想不到，在這秦州城中，藏著五萬精兵，比他的兵馬一點也不少，精銳程度更是強多了，如果我們願意，隨時可以吃掉他們！」

兩人相視而笑，就在此時，城下忽然響起收兵的鑼聲，這一次攻城戰竟然是虎頭蛇尾，就這樣結束了。

看著潮水般退去的南軍，蕭遠山皺起了眉頭，「這胡老賊又想幹什麼？」

艾家新也是一肚子的不解，回到胡澤全的中軍大營，一看胡澤全的臉色，不由吃了一驚，「統領，你怎麼啦？」

胡澤全臉色慘白，兩隻手在微微發抖，眼睛直勾勾地看著面前的地圖。

聽到艾家新的問話，抬起頭來，似乎一瞬之間便老了數年一般，「小艾，不好了，我猜，**我們墜入到了一個巨大的圈套之中了！**」

艾家新臉色大變，「統領，你在說什麼，我不明白！」

請續看《馬踏天下》11 鳳凰涅槃

馬踏天下 卷10 縱論天下

作者：槍手一號
發行人：陳曉林
出版所：風雲時代出版股份有限公司
地址：10576台北市民生東路五段178號7樓之3
電話：(02) 2756-0949
傳真：(02) 2765-3799
執行主編：朱墨菲
美術設計：吳宗潔
行銷企劃：林安莉
業務總監：張瑋鳳

初版日期：2021年4月
版權授權：閱文集團
ISBN：978-986-352-950-7

風雲書網：http://www.eastbooks.com.tw
官方部落格：http://eastbooks.pixnet.net/blog
Facebook：http://www.facebook.com/h7560949
E-mail：h7560949@ms15.hinet.net
劃撥帳號：12043291
戶名：風雲時代出版股份有限公司

風雲發行所：33373桃園市龜山區公西村2鄰復興街304巷96號
電話：(03) 318-1378
傳真：(03) 318-1378
法律顧問：永然法律事務所 李永然律師
北辰著作權事務所 蕭雄淋律師

行政院新聞局局版台業字第3595號 營利事業統一編號22759935

定價：270元

國家圖書館出版品預行編目資料

馬踏天下 / 槍手一號著. -- 初版. -- 臺北市：風雲時代出版股份有限公司, 2021.01- 冊； 公分

ISBN 978-986-352-950-7 (第10冊：平裝). --

857.7 109020730